그레이스
피어리어드
Grace Period

그레이스 피어리어드 *Grace Period*

초판 1쇄 | 인쇄 2019년 10월 1일
초판 1쇄 | 발행 2019년 10월 7일

지은이 | 하정아
펴낸이 | 권영임
편 집 | 조희림
디자인 | 여현미

펴낸곳 | 도서출판 바람꽃
등 록 | 제25100-2017-000089(2017. 11. 23)
주 소 | (03387) 서울시 은평구 연서로22길 16-5, 501호(대조동, 명진하이빌)
전 화 | 010-7184-5890
팩 스 | 070-7314-6814
이메일 | greendeer@hanmail.net

ISBN   979-11-962706-8-1 03810

ⓒ 하정아

값 14,000원

이 도서의 국립중앙도서관 출판예정도서목록(CIP)은 서지정보유통지원시스템 홈페이지(http://seoji.nl.go.kr)와 국가자료공동목록시스템(http://www.nl.go.kr/kolisnet)에서 이용하실 수 있습니다.(CIP제어번호: CIP2019037090)

LA 간호사 하정아의 힐링 에세이

그레이스
피어리어드
Grace Period

도서출판 바람꽃

차례

제3부 나는 이렇게 간호사가 되었다

제4부 틈과 땜

제5부 그레이스 피어리어드

제6부 네 개의 창

제7부 **꽃의 연한**

제8부 **마중물**

제1부

아침에는

A nurse is one who opens the eyes of a newborn and gently closes the eyes of a dying man. It is indeed a high blessing to be the first and last to witness the beginning and end of life. __Christine Bell

간호사는 신생아의 눈을 뜨게 해주고 죽어가는 사람의 눈을 부드럽게 감겨주는 사람이다. 인생의 시작과 끝을 지켜보는 첫 번째 사람이 되는 것은 참으로 큰 축복이다.   __크리스틴 벨

아침에는

이른 아침, 현관문을 나서면서 숨을 크게 들이쉰다. 밖은 아직 어둑하다. 무르익어가는 어둠이 아니다. 걷히는 어둠이다. 여명 직전의 서기가 어려 생동감이 감돈다. 빛과 어둠은 상반적이거나 이원론적인 개념이 아니다. 그 혼재를 지금 경험하고 있지 않는가.

아침 공기 속에는 범접할 수 없는 신비한 고요가 녹아 있다. 영혼을 소생시켜주는 힘이 스며 있다. 생명을 키우고 유지시키는 창조 에너지를 뿜어낸다. 본래 하늘에 속했으되 밤 동안 지상에 머물러 세상을 감싸 안아주는 영기靈氣.

미세한 습기가 피부에 내려앉는다.

물기를 머금은 것은 모두 선량하다. 이슬방울을 매달고 있는 부겐빌리아bougainvillea. 꽃 이파리 같은 진분홍빛 잎사귀 한가운데 수술과 암술처럼 자리 잡은 작디작은 노란색 꽃송이가 새치름하다. 그 옆에 누군가를 기다리는 듯 녹색 꽃대 위로 긴 목을 빼고 있는 칼라. 물기를 머금은 꽃잎이 푸른빛을 띨 만큼 새하얗다. 아, 내 입김도 따뜻하게 젖어 있다.

신실하고 공평한 아침. 비가 오든, 안개가 끼든, 화창하든, 아침에는 아침에만 느낄 수 있는 특별한 정서가 있다. 긴 밤을 지새운 후에는 그 감정이 더욱 유난하다. 아침도 저 홀로 밤새 삭이고 다독이고 추슬렀음을 알 수 있다. 아침 공기를 대할 때마다 목울대가 잠기는 이유다. 차분하고 겸손한 기운 속에 머물러 있노라면 어느새 샘물이 차오르듯 마음속에 희망이 고인다. 출근길에 만나는 아침은 언제나 감동을 준다.

빨간색 신호등 앞에 선다. 앞선 자동차 불빛들이 유난히 정답다. 저들도 어둔 밤 시간을 건너왔다. 뒷유리창에 밤새 맺힌 이슬이 자동차가 움직임에 따라 길게 흘러내리고 있다. 선량한 풍경에 마음이 따뜻해진다.

하루가 서서히 열리고 있다. 동편 하늘에서 옥빛 빛살무늬로 떠오르는 해가 잠든 도시를 토닥여 깨운다. 쨍쨍한 한낮보다 동틀 무렵에 사물들은 본연의 빛깔로 더욱 선명하다.

4차원의 세계에는 지구에 없는 빛깔이 셀 수 없이 많다고 한다. 일곱 가지 색의 배합만으로도 황홀하거늘 수천 개가 넘는 빛깔이 어울린 세상은 어떤 경지일까? 극히 제한된 오감으로 차원이 다른 세계의 아름다움을 어떻게 온전히 느낄 수 있을까?

아침에는 낯선 생각과 표상을 자주 만난다. 사물이나 형상에 투영된 영적 에너지를 감지할 때가 많다. 도무지 표현할수 없는 영감의 세계. 그 섬세한 감동을 고스란히 감싸 안아주는 언어가 있을까? 아니다. 그런 정서는 가슴속 깊이 묻어두어야 한다. 심안이 극대화되는 순간의 비밀을 어찌 가볍게나눌 수 있겠는가.

병원에 도착했다. 자동차에서 내려 넓은 잔디밭을 가로지른다. 물기 머금은 아침 잔디가 발밑에서 사각댄다. 생명력으로 가득 차 있다. 하늘은 밤마다 초록 잔디 위에 내려 앉아 쉬는 것이 아닐까. 잔디 위를 걸으면 하늘의 비밀을 살며시 엿보는 느낌이 든다. 혹시 그 흔적이 남아 있을까 살피며 걷는맛이 좋다. 아침 공기에 담긴 하늘 기운이 내 몸에 들어와 생명력을 북돋운다.

아픔을 다독이는 위로의 음성을 듣는다. 어제 겪었던 힘든일은 잊어라. 이렇게 새날이 다시 오지 않느냐. 어둡고 메마른 세상일지라도 이렇게 촉촉하고 신선한 공기를 매일 아침선물로 받지 않느냐. 그러니 아직은 힘내어 살아야 하지 않겠느냐.

동료 간호사 메리는 신발이 젖는다며 디근자 시멘트 길을따라 걷는다. 라운지에서 신발을 닦는 내게 그녀가 잔소리를 한다. 신발이 젖었구나. 양말까지 젖었네. 알레르기 생긴다. 나는 그때마다 말없이 웃어준다. 메리야, 이런 때는 젖는다고 말하는 게 아니야. 우주에서 내려온 생기를 만나는 거야. 젖어 있는 모든 것은 영롱한 빛을 안고 있어. 진주빛 엷은 안개가 느껴지지 않니? 출렁이는 푸른 바다가 연상되지 않니? 젖어 있는 것들은 저 혼자 아플지언정 다른 생명들을 아프게 하지 않아. 그러니까 젖어 있는 것들을 가볍게 대하면 안 돼. 보아라, 장미도 꽃잎에 매달린 이슬방울을 품느라 저리 고요하지 않느냐.

몸과 맘이 익숙한 공간에 들어선다. 수술분과 회복실. 깨어 있는 동안 가장 많은 시간을 보내는 장소. 행복해야 한다고, 사랑해야 한다고 결심한 시공. 평안하고 차분해지는 제2의 집이다. 간밤에 응급 케이스가 있었나 보다. 여기저기 기물들이 흩어져 있다. 정리 정돈하고 심호흡을 한다.

카페테리아로 걸어가는 동안 정겨운 얼굴들을 만난다. 싱그럽고 평화로운 기운이 사람들의 표정 속에 녹아 있다. "굿 모닝! 어떻게 지내요?" 지난밤 잠을 이루지 못하고 뒤척였을지라도 "굿 모닝"이라고 서로 인사한다. 정신적으로 아무리 힘든 상태에 있는 사람일지라도 밤이라는 정서와 성향이 주는 위로와 안식이 피곤한 몸과 지친 마음을 다독이고 회복시켜준다. 아침에 만나 교환하는 인사가 더 없이 귀한 이유다.

간호사 나탈리가 지나치며 "하이!" 한다. 남자친구가 열 달 동안 교도소에 갇혀 있다가 최근에 풀려났다. 우리는 전혀 몰랐다. 루머만 무성할 뿐 지금도 왜 그런 일을 겪어야 했는지 모른다. 수술분과 특성상 매주 5일 이상 얼굴을 마주한다. 긴밀한 단합과 신뢰를 바탕으로 함께 일하는 동안, 밑바닥 비밀까지 서로 나눈다. 그녀는 우리가 눈치챌만한 어떤 틈새도 보이지 않았다. 그녀는 내색 한 번, 결근 한 번 하지 않고 일했다. 자신이 삶의 주인임을 행동으로 보여주는 27세 아가씨의 의지라니. 그래, 삶 속에는 어느 누구와도 나눌 수 없는 부분이 있지. 안다, 잘 안다.

라파엘이 카페테리아 문을 열고 나오다가 내 어깨를 툭 친다. 힘든 피지컬 테라피 공부를 하는 그의 등을 나도 토닥여준다. 상처한 지 4년째인데 아직도 싱글이다. 간호사 펠리의 데이트 신청을 거절하여 놀라움을 준 사람. 병원 청소부가 미래가 보장된 젊고 아리따운 아가씨의 사랑을 외면한 것은 큰 이슈였다. 그는 언젠가 내게 한숨을 쉬며 말했다.

"내 마음에 진정한 쉼을 주는 사람을 만나고 싶어. 지금 어디에선가 내게로 가까이 다가오고 있는 그 사람을 기다릴 거야. 그녀를 만나면 난 느낌으로 당장 알 수 있어."

병동으로 돌아오니 첫 수술 환자가 벌써 대기실에 들어와 있다. 수술방 간호사 메릴루가 환자를 인터뷰하면서 연달아 재치기를 한다. 사방에서 "갓 블레스 유!God bless you!", 합창을 한다. "아이 니드 메니 메니 블레싱스 I need many many blessings!" 나는 축복이 많이많이 필요해요. 그래서 재채기를 많이 하나 봐요. 고마워요. 말이 예쁘다. 온 마음을 다하여 그녀에게 복을 빌어주고 싶다.

아침에는 아침에만 느끼는 정서가 있다. 차분함. 담담함. 부드러움. 오늘 하루, 그 정서를 잘 갈무리하면서 살고 싶다. 선하고 맑고 연하게 살고 싶다. 초심을 지키듯 시간시간 마음의 흐름과 변화를 바라보며 살고 싶다. 하루가 복되고 평안하리라.

익숙한 일상에서는 감동을 느낄 수 없다고 한다. 아니다. 날마다 찾아오는 아침이 선물이고 감동이고 기적이다. 세상은 아침마다 새롭게 태어난다.

기억하라, 3천 번!

아기는 발을 떼고 제대로 걸을 때까지 약 3천 번 넘어진다. 걸음마를 배우기 시작할 때부터 수개월 동안 집중적으로 넘어지는데 그 횟수가 하루 평균 20번이다.

아기는 몸통에 비해 머리가 큰 가분수여서 신체의 균형을 잡기가 여간 어렵지 않다. 넘어질 때는 그야말로 온몸으로 넘어진다. 머리, 어깨, 무릎 등이 수없이 멍들고 깨진다.

아기는 겁이 없다. 포기하지 않는다. 아프다고, 피가 난다고, 직립하고자 하는 의지를 버리지 않는다. 오뚝이처럼 다시 일어나 걸으려고 안간힘을 쓴다. 아기는 넘어지지 않도록 잡아주는 손을 알고 넘어진 자신을 일으켜주는 손을 믿는다. 아기는 그렇게 걸음마를 배워 어른이 된다.

불가에서도 3천 번은 큰 의미를 지닌다. 고승을 친견하고자 할 때 3천 배를 올린다. 몸은 마음을 따르는 대변자다. 절은 마음의 정성을 몸으로 나타내는 동작이다. 절박한 간구의 몸짓이다. 죽음 같은 상황을 극복할 수 있는 지혜를 구한다는 신호이다. 간절한 소원이 있다는 것을 표명하는 것이다. 3천 번이라는 숫자는 하늘도 감동시키는 인간의 무기인 것이다.

간밤에 기온이 뚝 떨어졌다. 출근길에 잔디밭을 가로질러 걸어가는데 발밑에서 서걱서걱 소리가 났다. 서리 맞은 잔디가 하얗게 부서졌다. 뼛속까지 얼었구나, 내 등골도 함께 시렸다. 낮에 해바라기를 하려고 밖에 나왔더니 잔디가 싱그러웠다. 그 푸른 잎이 투명한 오렌지빛 햇살을 업고 있었다. 언제 얼었더냐, 언제 허리가 꺾였더냐, 하는 표정으로 웃고 있었다.

온몸이 얼었던 잔디도 이렇게 다시 일어서는데. 수없이 넘어진 아기도 어느 순간 걷기 시작하는데. 모두가 저토록 의연한데. 큰일을 망쳤다고, 좋았던 인간관계가 깨졌다고, 무인도에 갇힌 것 같은 절망 속에 넘어지고 빠질 일이 아니다. 사람관계도 잔디처럼 다시 살아나고 회복된다.

한 어른이 전화를 주셨다.

"우리 자주 만나자. 내가 너를 이제 몇 번이나 더 볼 수 있겠니? 살아 있을 때, 만날 수 있을 때, 열심히 보자. 사랑한다."

빈 전화기를 들고 한동안 움직일 수가 없었다. 한세상 이렇게 둥글둥글 덮어주고 다독여주면서 지내면 되는 것을.

우리는 한때 3천 번 넘어졌지만 다시 일어난 존재들이다.

이마에 피가 나고 몸이 멍들어도 일어서고자 하는 의지와 열망을 잃지 않았다. 어느 날 갑자기 걷고 뛸 수 있게 된 것이 아니다. 넘어지지 않는 인생이 어디 있는가. 넘어지는 일에 지치지 않아야 한다. 역경에 지치지 않으면 역경이 지친다고 했다. 고난은 삶을 전환시키는 기적을 만들 수 있는 절호의 기회라 했다.

남들이 알아주지 않는다고 선한 목표를 버려서는 안 된다. 비난과 모함에 죽을 것 같아도 견뎌야 한다. 쓰러져도 살아 있기만 하면 된다. 내면을 삶의 의지와 의미로 살찌우면 된다. 힘을 축적하면 어느 날 오뚝이처럼 일어설 수 있다. 조금만 참으면 된다.

그대는 지금까지 살아오는 동안 몇 번이나 넘어졌는가. 아직 3천 번이 안 되었다면, 아니 그 10분의 1, 아니 100분의 1이 안 되었다면 눈물을 닦고 일어서야 한다. 넘어진 자의 아픔을 아는 손으로 그대 앞에 절망으로 넘어진 사람을 붙잡아 일으켜 세워주기 위해서다.

아 참, 그대는 지금까지 몇 번이나 삶의 고비에서 넘어진 사람들을 손잡아 일으켜 세워주었는가. 안간힘을 다해 일어서려는 그들을 혹 찍어 눌러 주저앉게 하지는 않았는가.

30분의 조건

바흐의 무반주 첼로곡을 누가 연주하는 걸까.

"따라라라 따따라."

정신을 화들짝 깨우는 음악 소리에 눈을 떴다. 전화벨이
구나. 전화기 화면에 '병원'이라는 글자가 떠 있다. 새벽 4시
50분. 맙소사. 3시 30분에 응급수술이 있다는 호출 전화를
새벽 2시 40분에 받았다는 기억이 났다. 몇 분 여유가 있구
나, 싶었는데 그만 잠속에 빠져버렸다. 슈퍼바이저 아일린의
목소리가 한 옥타브 올라가 있다.

"제인, 어디예요? 수술이 거의 다 끝나 가는데."

"오 마이, 지금 갑니다."

샤워, 언감생심. 세수 양치, 생략. 양말 못 찾겠다, 맨발. 점
심에 먹으려고 고구마 굽고 옥수수 삶아놓았는데, 챙겨 담을
시간 전혀 없다.

디렉터 모니카의 무서운 얼굴이 눈앞에 스친다. 어머나, 70마일이네, 제한속도 35마일 로컬 도로인데. 언젠가 마취과 닥터 뮤릴로는 제한속도 45마일 국도에서 80마일로 달리다가 경찰에게 붙잡혔다. 그녀는 경찰에게 으름장을 놓았단다. 출혈과다로 죽어가는 응급수술 환자 마취하러 가는 길이라고. 티켓을 발부받느라 시간 끌다가 환자에게 일이 생기면 당신을 몬클레어시에 고발하겠다고. 경찰은 그녀의 신분을 확인하고 "안전운행 하십시오" 고개 숙여 인사하며 보내주더란다.

경찰이 과속하는 나를 붙들고 티켓을 발부하면 무슨 변명을 해야 할까. 나는 회복실 간호사다, 응급수술 케이스 호출을 받고 나서 나도 모르게 잠들어버렸다, 라고 변명하면 뭐라 할까. 모르겠다. 천천히 가자. 하늘이 두 쪽 날 일도 아닌 걸. 살다 보면 이런 때도 있지. 나는 기계가 아니고 사람인 걸.

응급실 닥터 전용 주차장에 자동차를 팽개치듯 버려두고 수술방 라커로 뛰어 들어갔다. 가운을 갈아입고 회복실로 나오니 마취과 의사 웬과 수술방 간호사 펫시가 수술을 마친 환자의 침대를 밀고 막 들어서고 있다. 5시 15분. 25분 만에 내 몸은 내 방 침대 위에서 일터인 회복실로 옮겨왔다.

살았다. 1분만 늦었어도 곤란에 빠질 뻔했다. 이때 1분은 이 세상 그 어느 시간과도 바꿀 수 없는 가치를 지닌다. 나는 목소리를 평소처럼 나긋하게 내리깔고 "나 안 늦었네요?" 했다. 두 사람은 서로 마주보며 피식 웃었다. 머쓱해진 나는 환자에게 말을 걸며 딴전을 부렸다. 마취에서 덜 깨어 내가 무슨 말을 해도 전혀 알아듣지 못하는 사람에게 말이다.

온콜팀은 호출 전화를 받으면 적어도 수술 시작 30분 전에 도착해야 한다. 평상시처럼 스태프들이 많은 것이 아니라 오직 간호사 두 명과 테크니션 한 명으로 구성된 팀이라 일손이 딸린다. 회복실 간호사라 할지라도 호출이 있으면 제시간에 도착하여 수술방 간호사와 협력하여 몇 사람 몫을 해야 한다.

수술방 간호사가 테크니션과 함께 수술 기구를 점검하는 동안 회복실 간호사는 환자를 데려온다. 외과의사와 마취의사가 환자의 상황을 한눈에 알 수 있도록 진료 기록과 실험실 검사 결과를 프린트하고 환자의 병력이나 특기할 사항 등을 점검한다. 혈전을 방지하기 위하여 환자의 양다리에 특별 스타킹을 부착하고 주사액과 항생제를 준비하는 등 수술에 필요한 만반의 준비를 한다.

수술이 시작되면 수술방에 필요한 물품들을 공급하는 등, 2인 3역을 한다. 응급상황일 때는 수혈할 혈액을 나르고 새로운 주사라인을 만드는 등, 1인 5역도 한다. 그들도 알고 나도 잘 아는 일이다. 대기팀은 호출에 즉각 응답해야 한다. 그것이 병원 규정이다. 나는 1시간 15분이나 늦었으니 시말서

감이다. 환자가 안정적이어서 수술 과정이 원활했다니 그나마 다행이다. 나는 두 사람에게 고맙고 미안하다는 인사를 하고 즐겁게 간호를 시작했다.

환자가 깨어나 턱을 떨면서 통증을 호소했다. 오한 진정제 데메롤 12.5mg을 주사했다. 진통제 다일라딧 0.5mg을 매 10분마다 세 차례 투약했다. 멀미약 조프란 4mg도 주었다. 40분이 지나자 환자가 마취에서 완전히 깨어났다. 완화된 통증, 참을 만함. 환부 드레싱, 젖지 않고 깨끗함. 생체 수치, 안정권. 컴퓨터에 간호일지를 입력한 후 일반병동으로 환자를 데려다주었다.

라커에 돌아와 세수를 했다. 중환자실에서 얻어온 치약과 칫솔로 양치를 했다. 자동차를 직원전용 주차장으로 옮기려고 건물 밖으로 나왔다. 어느새 날이 밝았다. 희붐한 아침 공기 속에는 맑은 물기가 가득하다. 크게 숨을 쉬었다.

카페테리아에 갔다. 버터에 풀어 익힌 달걀 한 수저, 48센트. 잘게 채 썬 당근과 샐러리가 그지없이 부드러운 쌀죽 한 국자, 1달러. 시애틀스 베스트 커피, 무료. 이른 아침이어서인가, 카페테리아가 텅 비어 있다. 창가에 자리를 잡고 앉았다. 뜨거운 쌀죽과 버터향이 은근한 달걀을 번갈아 먹는 동안 오스스 춥던 몸이 차츰 따끈해진다. 1달러 48센트의 행복. 부산했던 시간들이 지나고 느긋하게 앉아 밥을 먹고 있다는 현실이 믿어지지 않는다.

병동으로 걸어가는 동안 만나는 사람들에게 톤을 높여 인사했다.

"굿모닝 에블린! 음, 이 상큼한 냄새. 출근하는구나."

"굿 나잇 에바, 근무 마치고 집에 가는구나. 졸지 말고 안전하게 운전하기 바란다."

병동의 하루가 열리고 있다. 필요한 물품을 점검하고 수술 일정표를 확인한다. 오늘도 행복하자. 수술방 회복실 비즈니스 준비 완료!

포춘 텔러Fortune Teller

"새벽 2시부터 3시 사이에 반드시 출산할 것."

포춘 텔러가 지령한 메시지다. 지금은 밤 11시 30분. 늦은 시간 오랜 수술 케이스를 마친 직후라 우리 수술팀은 이미 지친 상태다. 연달아 시술하면 좋으련만, 임산모는 포춘 텔러가 제시한 시간을 고집하며 분만대에 오르기를 거부한다. 그녀의 요청을 받아들이자면 2시간 이상 기다려야 한다. 집에 다녀오기도 그렇고 병원에서 어정거릴 수도 없는 애매한 시간이다. 새벽 2시에 수술을 하게 되면 날이 샐 것이고 휴식할 틈도 없이 아침에 예정된 정규수술 케이스들을 소화해야 한다. 진이 빠진 우리는 고개만 절레절레 흔들 뿐, 말을 잇지 못한다.

중국을 비롯한 아시아 지역에서 산모들이 줄을 지어 미국에 들어온다. 유명 산부인과 닥터를 찾아 자신이 원하는 시간에 제왕절개를 하기 위해서다. 미국은 속지주의 나라다. 부모의 체류 신분과 상관없이 이 땅에서 태어나기만 하면 시민권을 준다. 이 법을 이용하여 자녀들에게 선진국의 자유와 기회를 선물하고자 하는 부모들의 행진, 이해한다. 모일 모시에 낳으면 행운아가 될 거라는 희망, 잘 살기를 바라는 소망, 그 간절한 마음에 공감한다. 그럴 수 있다면 얼마나 좋을까. 이론은 그럴 듯한데 실제 양상은 다르다.

포춘 텔러들이 정해주는 날과 시간이란 얼마나 가변적인가. 중국을 비롯해서 아시아의 시간은 이곳 미국과 거의 하루 차이가 난다. 아기의 운명을 점치는 포춘 텔러들은 자국의 시간을 기준 삼을 것이다. 같은 시간을 이곳에 적용하면 너무 이르거나 빗나간 때다. 행운의 출생 시간 기준은 미국인가 자국인가. 서구에서 출생한 시간을 아시아 시간으로 변환시키는가. 행여 자국의 시간과 이곳의 시간을 맞춘다 하더라도 아기의 운명은 미국의 시간을 벗어나지 못한다. 아기가 부모 나라에 돌아가서 성장할 환경도 고려해야 한다. 얼마나 복잡하고 부자연스러운 일인가.

연월일시를 임의로 정한 출생. 자연을 거스른 무모한 운명. 인위적이고 작위적으로 얻은 행운. 신의 영역에 도전하는 또 다른 바벨탑 쌓기가 아닐까. 바벨탑을 쌓은 인류가 어떤 운명을 맞이했는지 성경은 생생이 전한다. 주어진 삶과 운명을 묵묵히 받아들일 일이다. 태어나야 할 때 태어나고 잠들어야 할 때 잠드는 것이 자연스럽고 인간적이다.

포춘 텔러는 어떤 사람들인가. 현재는 힘들지라도 인내하면 행운을 맞이한다는 희망을 주는 사람들이다. 닥치는 불행과 어려움을 극복할 묘책을 제시해주는 사람들이다. 하지만 그도 자신에게 닥쳐오는 고통과 불행을 막지 못하고 속수무책 살아가지 않는가. 그런 사람의 말을 믿고 의지하는 것은 얼마나 무모한 일인가. 세상의 많은 혼란과 불합리는 어쩌면 신의 영역을 넘보는 인위적인 노력과 도전 때문이 아닐까.

'사람'이라는 헬라어 명칭 속에는 '위를 바라본다'는 뜻이 들어 있다. 인간은 땅만 바라보며 사는 짐승이 아니라 영원을 그리워하는 정신적인 존재이다. 돈을 들여 행운을 사지 않아도 인간은 이미 행운아다.

한 생명이 수태하기 위해서는 험난한 여정을 수없이 통과해야 한다. 평균 2억 대 1이라는 치열한 경쟁에서 이겨야 한다. 만 39주 동안 자궁 속에서 건강하게 자란 아기라 할지라도 태어나는 순간 예상하지 못한 위험에 부딪힌다. 탯줄에 칭칭 감겨 질식사하기도 하고 뇌손상을 입기도 한다. 사람의 힘으로 통제할 수 없는 일들이 숱하게 일어난다. 운명은 진정 하늘에 속한 권한이다.

포춘 텔러는 복을 빌어주는 사람이다. 우주에서 빌려 온 말로 격려해주고 너그럽게 감싸주는 메신저다. 수많은 세월을 인내하고 자제하여 해야 할 말만 전하는 지혜자다. 자연과 우주를 깊이 있게 연구하고 명상하여 메시지를 읽어내는 전문인이다.

우리는 이웃에게 그런 포춘 텔러가 되면 좋겠다. 서로의 삶을 이끌어주고 밀어주면 포춘 텔러다. 주변 사람들이 복을 받으면 우리도 복을 누린다. 이웃이 우리의 사랑과 관심에 힘입어 성장하는 모습을 바라보는 것은 복이고 기쁨이다. 작은 일 하나에도 진심을 다할 때 먼 것과 가까운 것을 명철하게 바라볼 수 있는 혜안이 생긴다. 행운의 기회를 알아보는 눈이 열린다. 아니 행운이 제 발로 찾아와 머문다.

참된 포춘 텔러가 되는 길이 있다. 군자가 되는 것이다. 『명심보감』은 군자의 요건을 세 가지로 제시한다. 타인의 그릇됨을 귀로 듣지 않고 타인의 잘못을 눈으로 보지 않고 타인의 단점을 입으로 말하지 않는 것이다. 서양 군자의 덕목도 동양 사상과 흡사하다. 멕시코 작가 미구엘 루이즈는 네 가지로 압축한다. 말로 죄를 짓지 않는 것. 타인의 비난에 상처 받지 않는 것. 추측하지 않는 것. 최선을 다하는 것. 동양이나 서양이나 군자의 도는 오관을 다스리는데 있음을 알려준다. 밖에 내놓은 말, 남에게 한 행동은 자신에게 부메랑처럼 돌아온다는 인식이 배경으로 깔려 있다.

새벽 2시 47분. 아기가 드디어 태어났다. 새 생명을 대면하니 마음이 환해진다. 지금껏 쌓였던 피로가 일시에 풀리고 이제껏 생각했던 모든 논리가 안개처럼 사라진다. 귀한 생명을 맞이하는데 하룻밤 휴식을 반납하는 수고쯤이야 기꺼이 할 수 있지, 마음이 너그러워진다.

덕담이 절로 흘러나온다. 아가야, 먼 길을 거쳐 이 세상에 무사히 도착한 것을 축하한다. 추울 때는 따뜻하고 더울 때는 시원한 삶을 살거라. 듬뿍 사랑받고 맘껏 사랑하며 살거라. 아가야, 너에게 행운의 말, 복을 빌어주는 말을 해주는 포춘 텔러가 되는 기회를 주어서 정말 고맙다.

그대여, 나는 거듭 결심한다. 그대에게 변치 않는 포춘 텔러가 될 것을.

탄생

프롤로그 반짝, 날카로운 메스가 조명등 아래 눈부시다. 한 치의 망설임도 없이 부드럽게 솟아 있는 둔덕을 좌우로 가르는 손이 냉정하다. 솟구친 피가 사방으로 튄다. 아홉 개의 복막 근육이 찢어지고 깊숙이 들어앉은 자궁이 드러난다. 경건한 침묵 속에 터지는 양수. 생명이 보인다. 세상 빛에 네가 드러나는 순간이다.

줄탁동시卒啄同時 의사가 네 머리를 끄집어냄과 동시에 네 코와 입에 가득 찬 물기를 흡입기로 뽑아낸다. 기도氣道를 채우고 있던 물기가 온몸으로 스미고 홍해紅海가 갈라지듯 길이 뚫린다. 꽃봉오리가 열리듯 허파꽈리들이 일시에 부풀어 오른다. 첫 호흡과 함께 터지는 첫 울음소리. 오, 지구에 이제 막 도착한 새 생명이여, 세상에서 가장 작은 눈과 코와 입과 손가락과 발가락을 가진 이여. 이 시대에도 여전히 존재하는 기적의 상징이여.

축복 신께 너를 의탁하노니 그가 네게 복을 베푸시고 너와 평생 동행하며 너를 눈동자처럼 지켜주시기를 원하노라. 네가 어둠 속에 있을 때 빛이 되시고 평강을 주시기를 바라노라. 배부르고 등 따순 인생이 되거라. 이 세상에 존재하는 따뜻한 정과 아름다운 에너지가 너를 키워주기를 기원하노라. 너의 존재로 이 세상이 좀 더 밝아지기를 바라노라. 이 지구를 방문한 너를 거듭 축하하고 환영하노니 다 함께 축배의 잔을 높이 들자.

에필로그 네가 깨고 나온 집을 바라본다. 찢긴 상처 사이로 피가 배어난다. 붉은 해 같기도 하고 석양빛을 반사하는 보름달 같기도 한 캔털롭 크기의 아기집. 완벽한 우주 하나를 품었던 소중한 집. 자신에게 쏟아지는 세상 불빛 아래 부끄러운 표정으로 둥그런 언덕 위에 덩그마니 얹혀 있는 집. 자궁.

동서양의 태교학

2010년 10월 초 『타임』지 특집기사는 '태교'였다. 괄목할 만한 연구진들의 실험 결과와 성과를 들어 출생 전 태내 환경 9개월이 일생의 건강을 좌우한다는 것을 설득력 있게 기술했다. 암, 심장병, 비만, 우울증, 당뇨, 고혈압, 천식 등의 원인이 유전, 혹은 생활습관에서 비롯된 성인병이라는 전통적인 이론들을 일거에 뒤집는 내용이다.

임신부의 건강 상태에 따라 태중 아기가 성인이 되어서 각종 질병에 걸릴 확률을 도출해낸 부분이 흥미롭다. 비만한 엄마에게서 출생한 자녀는 비만한 성인이 되기 쉽다. 당뇨를 앓는 엄마에게서 저체중으로 태어난 아기는 자라서 당뇨가 될 확률이 높다. 우울증이나 불안증을 앓는 임신부는 미숙아나 저체중아를 출산하기 쉽고 그 아기들은 성인이 되면 정신병을 앓을 확률이 높다. 또 사회적인 격동기나 기근이 심할 때 태어난 이들은 정신분열증을 앓게 될 빈도가 높다. 심장병은 산모의 영양부족으로 인한 저체중 출생과 깊은 관련이 있다. 브로콜리나 배추 등을 많이 섭취한 엄마에게서 태어난 아기는 발암물질에 노출되어도 암에 걸릴 확률이 현격히 감소된다.

특집기사는 의기양양하다. 이색적이고 혁신적인 발견이란다. 수많은 연구와 검증을 거쳤다며 연구소와 연구팀의 이름을 밝히고 전문가의 목소리를 빌려 설득력 있게 전개했다. 통계와 연구 결과를 잘 정돈된 도표와 그림으로 일목요연하게 제시하고 시원한 문장으로 표현했다. 괄목할 만한 내용이건만 마음 한구석이 허전하다. 뭔가 빠진 듯 미진한 느낌이다. 이토록 단순한 결과를 얻기 위해 쏟아부은 재정과 인력과 시간을 생각하니 안타깝다.

산모의 정서와 건강이 태아의 기질형성과 미래의 건강에 깊은 영향을 미치는 것은 상식이다. 이제 막 걸음마를 뗀 서양의 태교학이 그나마 대견하면서도 초보라는 생각을 떨칠 수가 없다. 동양의 태교학을 한 단락이라도 소개했더라면 얼마나 넉넉하고 흥미로운 기사가 되었을까.

동양 태교학의 역사는 3천 년이다. 연륜만큼 깊고 고상하다. 태중 9개월을 인격과 품성을 꼴 짓는 기간으로 간주하여 유년기에 출중한 스승에게 배운 10년보다 더 소중하게 여긴다. 좋은 공기와 좋은 책을 가까이 하고 바이러스 감염을 조심하라, 잡된 음식을 먹지 말고 기울어진 자리에 앉지 말고 몸을 단정히 하라, 등의 권유는 얼마나 과학적이고 현실적인가. 허준의 『동의보감』은 『타임』지 특집기사 6쪽 분량의 내용을 단 한 문장으로 명쾌하게 표현한다.

"임신부가 화를 내면 태아의 피가 멍들고, 두려워하면 정신이 병들고, 근심하면 기운이 병들고, 크게 놀라면 간질을 갖게 된다."

불교에서 보는 태교의 기본은 올바르게 보고 올바로 생각하고 바르게 말하고 올바로 행동하는 것이다. 조계사 영진 스님은 태교를 인삼재배에 비유했다. 발아율이 20퍼센트밖에 안 되는 인삼을 얻기 위해 만 3년간 토양을 휴식시키며 관리하듯 태교를 위해서도 임신을 하기 전에 모체의 건강을 철저히 돌보아야 한다고 했다.

그의 태교 8계명은 매우 구체적이다. 아침에 일찍 일어나라. 기초 생활 질서를 분명히 하라. 당당한 보행 자세를 유지하고 많이 걸어라. 음식을 천천히 먹어라. 수준 높은 대화를 하고 정결한 단어를 사용하라. 낭비하지 말고 에너지를 아껴라. 정보의 홍수에서 벗어나라. 모두가 올바른 마음가짐과 태도에 관한 이야기다. 먹고 말하고 생각하고 행동하는 자세를 구체적으로 제시한다. 얼마나 명확한 행동 지침인가.

『타임』지 특집기사를 모든 가임기 여성과 남성들에게 추천한다. 더 나아가 동양의 태교 문헌을 꼼꼼히 살펴보라고 권하고 싶다. 서양의 태교학이 공상과학이 아니듯 동양의 태교학도 철학만큼 심오한 학문이다. 전국 각지에서 운영되고 있는 수많은 산모교실과 산부인과 진료소마다 동양의 태교학 자료를 비치하고 교육한다면, 산부인과 의사들의 평생교육 과정에 태교학을 도입한다면, 미국의 인성 교육은 괄목할 만큼 긍정적인 결과를 얻을 것이다.

생명

　새벽 2시 30분, 전화벨이 울린다. 슈퍼바이저 캐티다. 잠을 깨워 미안하다고 먼저 운을 뗀다. 어제 저녁 8시부터 연달아 이어진 수술 케이스를 밤 11시에 마치고 집에 돌아와 잠이 든 지 2시간도 채 안되었다는 것을 그녀는 알고 있다. 응급 제왕절개 수술이 있으니 당장 병원에 들어오란다. 태아의 생명이 위급하다고 한다. 정신을 추슬러 옷을 갈아입고 현관문을 나선다.

　내 인생을 사는 건지, 타인의 삶을 위한 들러리인지 모르겠다. 전날처럼 터무니없이 일을 많이 한 날이나 비상식적으로 많은 시간을 병원에서 보내고 난 뒤에는 늘 마음이 착잡해진다. 인생에 대한 회의가 정체성을 뒤흔든다. 왜 사는 걸까, 라는 의문이 절로 입에서 새어나온다.

　병원에 도착하자마자 그런 회의는 일시에 사라져버린다.

어떻게 하면 일을 효과적으로 할 수 있을까, 일 중심 인간이 된다. 태아 상태가 예상보다 나쁘다. 심장박동 수가 급격히 떨어지고 있다. 호흡이 매우 가늘고 불규칙하다. 심장은 가끔 뛰지 않는다. 태아 상태가 긴박한데 산모는 수술하지 않겠다고 버틴다. 담배를 피우게 해준다는 조건으로 겨우 허락을 받은 산과 간호사가 고개를 절레절레 흔든다.

의사의 손길이 바쁘다. 아기가 제발 무사해야 할 텐데. 의사가 복막을 찢고 자궁을 가르는 동안 착잡한 긴장감이 가슴을 짓누른다. 마침내 의사가 아기의 머리를 끄집어내었다. 탯줄이 아기의 목을 조르듯 두 번이나 친친 감겨 있다. 시트 위에 얹힌 아기의 피부가 회색이다. 움직이지도 않고 울지도 않는다. 사지가 축 늘어져 영 가망이 없어 보인다. 산소공급이 원활하지 않았으니 아기의 뇌 상태도 걱정이 되었다. 쏟아지는 한숨.

소아과 의사가 아기의 등을 문지른다. 풍선호흡기 앰뷰 백으로 아기의 코와 입에 산소를 주입한다. 폐에 찬 물을 뽑아낸다. 이리저리 팔다리를 흔들어보아도 저항 없이 흐물흐물 바닥에 들러붙는 사지. 생명의 징조가 전혀 없다. 피부는 여전히 회흑빛. 정적. 암울. 분노. 소아과 의사는 연신 아기의 등과 가슴, 손바닥과 발바닥에 자극을 준다. 의사 선생님, 제발 아기를 포기하지 마세요, 아가야, 제발 깨어나다오.

어느 순간 아기의 피부에 핑크빛이 돌기 시작했다. 마침내 아기는 팔다리를 떨면서 세차게 울음을 터뜨리고, 수술방은 일시에 축제장으로 변하였다. 생명과 죽음은 순간의 차이다.

영아방 간호사 조슬린이 눈물을 훔친다. 호흡기 테크니션이 가슴을 쓸어내린다. 아가야 고맙다. 살아주어서. 죽음에 저항하여 획득한 생명은 얼마나 빛나는가. 그렇게 허무하게 생명의 꽃이 스러져서는 안 되는 것이다.

저항이란 얼마나 아름다운가. 거스르는 것은 살아 있다는 징조다. 생명은 자연과 환경과 그 모든 것과 싸워 이기고 살아남은 실체다. 생명을 가진 모든 존재가 소중한 이유다.

지금까지 살아서 호흡을 하는 사람들은 모두 대단한 승리자들이다.

제2부
피지의 눈동자

Nurses dispense comfort, compassion, and caring without even a pr
escription. __Val Saintsbury
간호사는 처방전도 없이 위로와 동정과 보살핌을 베푸는 사람이다.

__밸 세인츠베리

Not all angels have wings. some have scrubs. __ Anonymous
모든 천사가 다 날개를 가진 것은 아니다. 어떤 천사들은 간호사복을 입고 있다.

__무명씨

Save one life, you're a hero, Save a hundred lives, you're a nurse.

__ Anonymous
한 사람의 생명을 구하는 사람은 영웅이고, 수많은 사람의 생명을 구하는 사람
은 간호사이다. __무명씨

그들처럼

멕시코 남단 샌 퀸튼에는 오하카 원주민이 많이 살고 있는데요. 1500년경에 이 땅을 점령한 스페인이 원주민 말살정책을 펴서 토착인 3백여만 명을 살해했어요. 원주민들은 높은 산 능선이나 깊은 계곡으로 도망쳤지요. 그 후손들이 지금도 21세기 문명과는 전혀 무관하게 살고 있어요.

그들의 자녀들은 원시적으로 태어나 원시적으로 살다가 원시적으로 죽어요. 태어나도 출생신고를 하지 않고 죽어도 사망신고가 필요치 않아요. 샌 퀸튼에는 이런 부락이 수백 개가 있어요. 연방정부와 주정부의 통제가 닿지 않아 숨겨진 마을 혹은 존재하되 존재하지 않는 상태로 수백 년째 지나오고 있지요.

이들은 철새처럼 살아요. 매년 봄이 되면 집단으로 이동, 도시에 내려와서 농장 노동자로 일해요. 하루 종일 일해서 버는 일당은 10-12달러. 일주일에 70-84달러로 온 가족이 먹고 살아요. 철이 지나면 원래 살던 곳으로 숨듯이 사라져요.

인류가 그들에게 진 빚을 갚아야지요. 문명의 빛을 전해야지요. 그들을 교육으로 일깨워 인간답게 사는 방법을 가르쳐야지요. 의료 혜택을 전혀 받지 못하는 그들을 고쳐주고 어루만져주어야지요. 할 수 있는 데까지 해보아야지요. 인간이니까 인간에게 인간의 도리를 해야지요.

그래서 찾아갔어요. 마침 농장일이 바쁜 철이어서 도시에서 가까운 곳에 무리를 이루어 내려와 있는 그들을 만날 수 있었어요. 그래도 오지예요. 자동차로 4시간 반을 달려갔거든요. 남정네들은 농장으로 일 나가고 여인네들이랑 노인네들이랑 어린아이들만 옹기종기 모여 있는 캠프였어요. 뭔가 나누어주려고 그들에게 갔는데요, 저 자신이 오히려 그들에게 설득당해 버렸어요.

순하고 천진한 미소 앞에 간단없이 주눅이 들더라고요. 평안이라든가 행복이라든가 만족이라는 개념, 참 유치하더라고요. 말 없는 표정으로 나타내는 평안과 자족과 행복에 마음이 그냥 풀썩 무너져버렸어요.

그들이 거주하는 움막이 길게 늘어서 있는데요. 판자로 칸을 나누고 문은 거적을 커튼처럼 달아 내렸어요. 그 위에 집 호수가 쓰여 있어요. 집 앞에는 책상 크기보다 작은 땅덩어리들이 있고요. 그곳에 토마토랑 민트랑 각종 채소를 심어요.

저녁이었는데요. 한 여인이 집 앞에서 밥을 짓고 있었어요. 굵은 돌멩이 세 개를 모아 세워놓고 나뭇가지에 불을 지핀 다음 양은 철판 위에 밀가루와 옥수숫가루를 섞어 만든 반죽을 펼쳐 익히는 모습을 지켜보았어요. 밀떡을 굽는 냄새가 저의 뇌를 강타했어요. 그녀가 또티야 한쪽을 떼어주었어요. 따끈하고 고소한 맛이 일품이대요. 미소 짓고 있는 그녀를 오래전부터 알고 있었다는 생각마저 들었어요.

불현듯 그들과 함께 살고 싶었어요. 다시는 문명 세상으로 나오고 싶지 않았어요. 세상에서 묻은 때 모두 내려놓고요, 세상에서 받은 상처 모두 던져버리고요, 그들 속에 파묻히고 싶었어요. 침묵과 소박함 속에 인생의 가치와 존엄성이 절로 느껴졌어요.

제 안에 아직도 남아 있는 선사시대의 본능을 깨달았어요. 제 속에 원시인의 피가 흐르고 있다는 것을 알게 되었어요. 거대한 사랑의 파도가 저를 통째로 삼켜버릴 듯한 전율을 느꼈어요. 스마트 폰, 랩탑, 사진기, 킨들이 무슨 소용이 있나요. 노스페이스 재킷, 사스 신발, 코우치 가방은 그곳에서는 아무 쓸모가 없는 물건들이었어요. 맨발이나 슬리퍼면 족하고요. 랩탑이나 전화기나 사진기는 전기가 없어서 무용지물이고요. 소중한 물건이 소용없으니 그것들을 담을 가방도 필요 없어요.

얼마나 홀가분한가요. 생각만 해도 훨훨 날 것 같아요. 어깨에 메고 손에 든 것들이 그렇게나 많은 줄 미처 몰랐어요. 그것들이 저를 인간답게 만들어준다고 여겼는데요. 생각해보니 저를 구속하는 올가미였어요. 정말이지 이곳 사람들은 이동할 때 손에도 등에도 아무것도 들거나 짊어지지 않더라고요. 두 손 두 발 활개 치며 걷고 뛰더라고요.

평온하고 따뜻한 기운이 전해져 왔어요. 그곳에서 말은 중요하지 않았어요. 외롭지 않았어요. 타인과의 의사소통 장치가 놀랍게 발달한 첨단 기술 속에 살면서 잃어버린 것들이 생각났어요. 저 자신의 영혼과 만나는 일. 그래요. 그곳에 머무는 동안 제 영혼이 지금까지 얼마나 깊게 상심하고 고통스러워했는지 대번에 알겠더라고요. 자아가 내면에서 내는 신음을 애써 외면하며 살았어요.

눈물이 났어요. 아시는지요. 존재의 아름다움을 대면한 기쁨. 그리고는 곧 슬퍼졌어요. 내가 현재 살아가고 있는 처지에 대한 연민. 나의 무거운 공허함과 가벼운 어리석음에 대한 절망. 시대의 요구와 내 의지의 충돌 속에서 느끼는 괴리감. 막막했어요. 삭막하고 무서운 도시 정글 속에서 두려움과 외로움에 몸서리쳤던 나날들이 생각났기 때문이에요.

언젠가는 오하카 원주민들이 사는 땅으로 갈 거예요. 샌 퀸 튼 바닷가에 움막 하나 짓고 바다를 바라보며 그렇게 살고 싶 어요. 언젠가는 꼭 그렇게 살 거예요. 그들처럼 말이에요.

바하 힐링 미션

바하 힐링 미션. 한두 달에 한 번씩 와서 4~5일간 의료봉사를 하는 내과 전문의 최청원 박사가 이끄는 의료봉사 단체의 이름이에요. 십수 년째 이곳 샌 퀸튼 바닷가 마을에 옷이랑 구두랑 약이랑 라면을 트레일러에 가득 싣고 와요. LA에서 출발하여 여덟 시간 넘게 자동차로 줄곧 달려와요.

닥터 최는 '의술은 인술'임을 실천하는 분이지요. 영원히 때 묻지 않은 청년이고요. 음악을 무척 사랑하고 서정적인 시와 수필을 쓰는 사람이지요. 진정한 인간의 가치를 아는 프런티어맨이기도 해요. 인간의 내면에 자리 잡고 있는 뿌리 깊은 가식과 헛된 이웃 사랑의 실체를 아는 분이지요. 그는 자신이 의사라고, 봉사한다고 원주민들이나 동료들 앞에서 뽐내거나 가진 척하지 않아요. 다독여주고 위로하고 나누어주지요. 그는 진정 깨인 사람이어요.

이번에 그를 따라 왔는데요. 명색이 간호사니까 뭐든 도울 만한 일이 있을 거라고 생각했어요. 청결한 환경이 얼마나 건강에 중요한지 단단히 일러주려고 갔는데요. 무색했어요.

숙소에 당도하여 간단히 짐을 챙겨 오하카 원주민들이 머물고 있는 캠프로 달려갔어요. 곧 부스를 차리고 그들에게 옷과 신발을 나누어주었어요. 사람들이 물건들을 얼굴에 대고 부비며 환하게 웃는데 천사의 표정이 이럴 거라고 여겨졌어요.

라면을 먹는 시간이 되었어요. 이번에 가져온 사발면이 총 520개라고 해요. 닥터 최의 캠핑 진료 차 주변 곳곳에 이동식 프로 팬 가스를 설치했어요. 5갤런짜리 정수된 물이 담긴 통들이 즐비하게 늘어서 물을 끓이는 사람, 사발면 뚜껑을 여는 사람, 끓는 물을 면 위에 붓는 사람 등 봉사자들이 일사불란하게 움직였어요. 저는 길게 줄을 지어 서 있는 사람들에게 뜨거운 사발면을 조심스럽게 나눠주었어요.

닥터 최가 처음 참석한 저에게 설명해주었어요. 사발면 하나의 값은 단지 1달러에 불과하다고. 하지만 깨끗한 물을 끓여 부어서 손에서 손으로 건네주는 이 행위는 값으로 따질 수 없다고. 그 옆에 서 있던 봉사자가 진지한 표정으로 저에게 조언을 했어요.

"춥고 배고픈 사람들을 길게 줄 서게 할 필요가 있나요, 하나씩 나눠주고 각자 끓여먹게 합시다, 라는 말은 하지 않는

게 좋아요. 그랬다가는 미션 철학이 없는 인간이라고 닥터 최에게 크게 야단맞을 각오를 해야 해요."

고개를 끄덕였어요. 또 다른 설명이 필요치 않았어요. 그의 생각에 전적으로 지지하고 동의하니까요. 삶의 가치, 사물의 가치가 어떤 과정을 통해 상승할 수 있는지 알고 있으니까요. 사발면에 뜨거운 물이 아니라 사랑을 담아 건네는 숭고한 이 의식에 동참하는 마음이 순수한 기쁨으로 가득 찼어요.

라면이 맛있어요. 각자 넓적한 돌짝 하나씩 주워와 옹기종기 둘러앉아 먹는 맛이 일품이더라고요. 이전에 한 번도 먹어본 적이 없는 맛이었어요. 어떤 사람이랑 함께 먹는가에 따라 음식 맛이 이렇게 달라질 수 있는 걸까요? 맞아요. 라면이 아니라, 음식이 아니라 사랑을 먹는 것이니까요. 형이하학적인 사건이 형이상학적인 의미로 변하는 것은 대단한 기적이에요. 먹는 일이 작고 가치 없다는 뜻이 아니라는 것을 알아주셨으면 해요. 사랑을 먹고 사랑을 나누는 일이 그만큼 대단하다는 말을 하고 싶어요.

해가 저문 지 이미 오래전인데 닥터 최의 캠핑카 진료는 아직도 진행 중이어요. 여인들이 길게 줄을 서 있는 모습을 바라보니 마음이 저릿했어요. 어디가 아픈 것일까. 그들은 아픈 표정도 짓지 않고 그냥 조용히 서서 차례가 오기를 하염없이 기다리고 있었어요. 마치 고대 신전 앞에서 신탁을 기다리는 여인들처럼 경건하게 말이에요.

저도 그들 틈에 끼어 줄을 서고 싶었어요. 아픈 것과 아프
지 않은 것은 무슨 차이일까요? 차이 없어요. 다만 시간과
장소만 다를 뿐. 언젠가 저는 저들처럼 아팠고 언젠가 저들
은 지금의 저처럼 건강했겠지요. 저도 언젠가 저들처럼 아플
것이고 저들은 언젠가 지금의 저처럼 건강해지겠지요. 시간
과 장소만 다를 뿐 저 여인들이나 저나 언젠가는 죽겠지요.
갑작스레 머릿속을 헤집고 들어온 동지의식에 눈물이 나려
고 했어요.

디즈니랜드나 유니버설 스튜디오에 가면 멀미를 느끼곤
해요. 인간 멀미. 꼭 그런 곳이 아니더라도 사람들이 조금만
많이 모인 곳에 가면 머리가 아프고 속이 메슥거려요. 그런데
여기서는 그런 증세가 전혀 없어요. 그냥 사람들이 좋아요.
그들과 손바닥을 마주치고 싶고 얼싸안고 싶어져요. 자연적
인 환경 때문일까요? 툭 트인 공간 덕분일까요? 순수한 영혼
을 조우한 기쁨이라고 말하고 싶어요.

젊은 남정네들은 농장으로 일을 가서 모르겠어요. 젊은 여
인들이랑 나이든 노인들이 있었는데요. 아이들이 많아요. 여
인들은 대부분 부인과 질병을 많이 앓고 있었어요. 청결문제
와 수인성 질병이지요. 아이들은 대부분 건강했어요. 하루 종
일 맨발로 땅바닥에서 뛰어노는데 풍토병에도 거뜬한 게 신

기해요. 남자 노인들은 별로 없어요. 수명이 짧은 것 같아요. 왜인지는 모르겠어요. 아프면 아픈갑다, 죽으면 죽는갑다, 이게 인생이지, 그렇게 순리로 받아들이며 사는 것 같아요. 자연의 일부처럼, 꽃이 피었다가 지는 것처럼, 그렇게 생명도 때가 되면 스러진다고 생각하는 것 같아요.

보름달이 휘영청 중천에 떴어요. 사람들의 구릿빛 피부에 달빛이 내려와 부서지고 있는데요. 황금빛으로 반짝였어요. 낮에는 연노랑빛이었던 치아가 시리도록 희게 보여요. 달빛은 사람을 신비하게 변화시켜주지요. 무릇 사랑하는 사람들은 달빛 아래에서 만날 일이에요.

샌 퀸튼 랩소디

바닷가에 있는 숙소에 왔어요. 멕시코 정부가 외국인을 위해 외딴 해변에 세운 호텔이에요. 그 해변이 곧 호텔 뜰이에요. 광활한 해변이 16마일 길이로 펼쳐져 있어요. 걸어도 걸어도 끝이 없어요.

어느 어둑한 새벽, 바닷가로 나갔어요. 이른 시간이어서일까요. 그렇게 영감적인 바다는 처음 만났어요. 밀려오는 파도를 바라보면요. 적도에서부터 뿜어 나오는 물이 쏟아져 달려오는 것 같아요. 그리스 신화가 몰려오고 아즈텍 전설이 펼쳐져요. 몽고 대륙의 설화도 함성을 지르며 달려와요.

인적이 없지만 외롭거나 무섭지 않았어요. 어떤 샘은 홀로 있을 때만 솟는다고 하지요. 그 샘은 가끔 홀로 있는 사람을 위해 솟아준다고 해요. 어떤 바다는 제 홀로 있을 때 자신만을 위한 바다가 된다고 해요. 자신을 위해 파도를 치고 바람을 몰아온대요. 그 바다는 때로 홀로 있는 사람을 위해서 혼자만의 바다를 보여주기도 한다고 믿어요. 그 바다를 보았어요. 보아버렸어요.

그 바다가 부르는 노래를 들었어요. 자신을 위한 노래. 나를 위해 불러주는 노래. 바다가 소중하고 신성하기까지 하다는 것을 알게 되었어요. 샌 퀀튼 바다가 제 가슴에 둥지를 틀어버린 이유이지요. 사람은 외로울 때 바다를 찾는다고 하는데요. 바다를 그리워한다고 하는데요. 나는 외롭지 않아도 샌 퀀튼 바다가 늘 그리워요. 이 바다가 항상 배고파요.

끝없이 이어지는 해변, 해변!

그 해변에서 샌드 달러Sand Dollar를 만났어요. 바늘 끝 굵기로 촘촘히 숨구멍이 나 있는데요. 데이지 꽃잎 모양이에요. 숨도 꽃처럼 그렇게 촘촘하게 쉬겠지요. 데돌리토, 손가락을 닮은 다육 식물도 만났어요. 진보랏빛 꽃을 피우는데요. 꽃 이파리들이 거센 바람에도 찢어지지 않도록 미리 갈라져 있어요. 이 세상에 존재하는 모든 생명은 살아가게 마련이라는 말이 생각났어요. 나도 그런 순리 아래 존재하고 있으니까요.

마른 모래 위에서도 잘 달리는 에이트리언 오토바이를 타고 그 해변을 질주하면요, 지구 밖으로 튕겨나갈 것 같아요. 바람을 제대로 느끼지요. 바다를 맛보아요. 세상이 초 단위로 물러서는데요. 냄새도 몰라요. 소리도 들리지 않아요. 아니

지구가 도는 소리가 들려요.

접천接天, 땅만 하늘과 닿아 있는 게 아니에요. 바다도 하늘과 닿아 있어요. 바다가 하늘을 이고 있어요. 이 바닷가에서는 수평선이라는 단어는 너무나 평범해요. 하늘과 맞닿아 있는 바다를 바라보다가 나 자신도 하늘과 맞닿아 있다는 것을 알게 되었어요. 홀로 바닷가에 서면 경건해지고 엄숙해지는 이유를 이제야 알았어요. 그렇게 바다 중의 바다를 만났어요.

어느 날, 자동차를 타고 오지 해변에 갔어요. 이름을 몰라 오지 해변이라고 할게요. 아침부터 한밤중까지 그곳에 머물렀어요. 오, 그곳에도 때 묻지 않은 자연 그대로의 바다가 있었어요. 신이 났어요. 한밤중이었는데요. 달이 없는 밤바다가 시커멓게 누워 있는데요. 파도 소리만 들렸어요. 가끔 흰 이를 드러내고 씨익 웃어주는데요. 사진을 찍으면요, 숨을 멎게 하는 진남빛 바다가 나타나요. 그 물결 위에 부서지는 별빛을 바라보면요, 그 바닷속으로 무작정 걸어 들어가고 싶어져요. 그런 바다를 본 적이 있나요. 샌 퀸튼에서 그런 바다를 처음 만났어요.

하늘에는 은하수가 흐르는데요. 그렇게 많은 별들이 하늘을 지키고 있다는 것을 처음 알았어요. 하늘에도 강이 있어요. 은하수. 은하수라는 깊은 강이 굽이굽이 하늘에 흐르고 있어요. 은하수를 이루고 있는 별들은 각자 또렷한 존재로 함

께 모여 폭발적이고 휘황한 빛을 뿜어내지요. 그 은하수 별
빛에 모든 사물이 세례를 받아요. 지구에 사는 것이 축복처럼
느껴져요. 별과 나 사이의 거리, 별과 별들의 거리, 그 모든 것
을 뛰어넘어 저렇게 아름다운 꽃으로, 강물로 흐르면서 내게
경이로운 감정을 선사하고 있잖아요.

　사람을 바라보면요, 은하수 별빛을 받고 서 있는 사람을 바
라보면요, 그 온몸에서 노란 광채가 나는데요, 신비하지요.
그를 사랑할 수밖에 없어요. 그때 그렇게 느꼈어요. 모두가
모든 것이 사랑스러웠어요.

피지의 눈동자

피지섬 나투부 크릭 선교 클리닉. 700에이커에 달하는 동산에 세워진 아담한 현대식 건물이다. 미국의 치과 의사가 설립했다. 클리닉에는 치과와 안과가 있고 20여 명의 직원들이 있다. 매달 여러 나라에서 온 자원봉사 의료팀과 힘을 합하여 환자들을 치료한다. 주로 미국에서 활동하고 있는 의료진들이 정기적으로 온다. 평소에는 오스트레일리아에서 온 의사 한 분이 상주하며 그곳 주민들의 건강을 돌보아준다. 주변의 섬사람들이 받는 의료 혜택의 거의 전부라 할 수 있다. 피지는 330여 개의 섬으로 이루어진 나라다. 오지 사람들이 이 클리닉에서 검진을 받기 위해서는 적어도 5시간부터 17시간 이상 배를 타고 온다.

안과 수술방은 미국의 어느 병원 수술방 시설 못지않게 장비가 잘 갖추어져 있다. 닥터 굿맨은 미국인 안과 수술 전문의로 해마다 이곳에 와서 자원봉사를 한다. 이번 기간 동안 그는 총 90여 명을 웃도는 환자들을 상담진료하고 한 사람당 시가 2만 달러 상당의 백내장 수술을 46명에게 무료로 시술해주었다. 리딩 글라스와 선글라스 200여 개를 나누어주었다. 협찬을 받는 경우가 많기는 하지만 자신의 재능을 사회에 환원하는 그가 존경스럽다. 성품도 친절하고 온화하고 겸손해서 절로 머리가 숙여진다. 식사 시간에 줄을 설 때는 나중에 온 사람들을 자기 앞에 세워 먼저 식사할 수 있도록 항상 뒤로 물러서곤 한다.

나는 그의 수술팀에 합류하여 만 5일 동안 자원봉사자로 일했다. 클리닉에 들어오는 환자들을 제일 먼저 맞이하여 인터뷰를 하고 필요한 정보들을 차트에 정리한다. 생체 수치를 재고 시력 검사를 한 다음 닥터 굿맨과 면담할 수 있도록 안내한다. 수술을 마치고 나온 환자들에게 주의사항 등의 교육을 실시하고 질문에 답해준다. 수술을 한 다음 날 환자들은 다시 클리닉에 들어와 패치를 떼고 눈약을 넣은 다음 닥터 굿맨과 다시 면담 시간을 갖는다. 수술 경과가 좋다며 엄지를 치켜들며 환자의 등을 토닥여주는 닥터 굿맨을 보는 일이 즐겁다. 환자에게 항생제와 기타 필요한 물품들을 챙겨 보낸다.

클리닉에 데이지라는 여성이 들어왔다. 그녀는 지난 20여 년 동안 어둠 속에서 살아왔다. 담벼락 위에서 놀던 아이가 빨래를 널고 있는 그녀 위로 떨어졌다. 그녀는 넘어지면서 바윗돌에 오른쪽 눈을 심하게 부딪친 후부터 시력이 약해졌다. 왼쪽은 심한 백내장을 앓고 있어 그녀의 눈은 겨우 불빛만 감지하고 움직이는 사람이나 사물은 어룽대는 것에 그친다. 10여 년을 이리 살다 보니 더 이상 답답하지도 않고 세상이 이러려니 한단다.

왼쪽 동공을 누렇게 덮고 있는 백내장을 제거하는 수술이 시작되었다. 수술방 타워 모니터에 확대, 마취, 고정된 동공이 드러났다. 의사의 예민한 손가락에 이끌린 날렵한 메스가 각막 아랫부분을 조심스럽게 열고 있다. 0.2밀리미터. 그 속으로 기구 하나가 비집고 들어가더니 수정체를 두텁게 덮은 백내장을 부서뜨린다.

잘게 조각 난 부스러기들이 각막 밖으로 흡입 제거되고 있다. 증류수가 백내장이 걷힌 동공을 세척한다. 잔물결이 어룽댄다. 검은 동공이 영롱하게 반짝인다. 오! 아름다운 보석이여. 인간의 눈처럼 아름다운 기관이 있을까. 희로애락을 고스란히 표현하는 눈. 사랑을 감지하고 이별까지 예감하는 눈.

닥터 굿맨이 홍채에 렌즈를 삽입, 고정시킨다. 하늘색 패치로 눈을 가린 데이지가 부축을 받으며 수술방에서 걸어 나왔다. 간단한 주의사항을 주는 동안 그녀는 묻고 또 물었다.

"나는 정말 십 년 전까지 알고 보았던 그 꿈같은 세상을 다시 볼 수 있을까요?"

내일이면 알게 될 거라고, 기다려 보자고 다독였다. 그녀는 고맙다는 인사를 수없이 하며 클리닉을 나섰다.

다음 날 아침 일찍, 산책 중에 그녀를 보았다. 열리지도 않은 클리닉 정문 앞에 서 있다. 언제부터 와서 기다리고 있는 것일까. 그녀가 입은 얇은 옷이 바닷바람에 날리는 모습을 바라보니 안쓰러웠다. 그녀는 이틀 전 13시간 배를 타고 온 터라 클리닉에서 제공하는 숙소에서 잠을 잤다. 검사실에 들어온 그녀를 의자에 앉히고 패치를 떼어주었다. 그녀가 놀라서 소리쳤다.

"오 마이, 당신이었나요? 당신이 이렇게 생겼어요? 어제와는 영 다른 모습이군요. 오, 사물들이 이렇게 선명할 수가. 잘 보여요. 모두 모두 정말 아름다워요."

그녀가 울먹였다.

시력검사. 100피트 거리에서 가장 윗부분에 있는 커다란 알파벳 글자 F나 P도 읽지 못하고 눈앞의 손가락 개수도 세지 못하던 사람이, 오직 빛에만 반응하던 눈동자가, 20/20 완벽한 시력을 보인다. 닥터 굿맨이 검안을 하고 별다른 이상은 없는지 살핀다. 수술한 눈에 두 가지 종류의 항생제를 한 방울씩 넣어주었다.

디자인이 멋진 선글라스를 골라 씌워주었더니 와락 껴안

는다. 젖먹이를 품에 안고 으스러져라 껴안는 엄마처럼 따뜻하고 격정적인 포옹. 멈추지 않는 후렴, 갓 블레스 유! God bless you!

그녀는 자신이 얼마나 아름다운 땅에서 살고 있는지 새삼 알게 되리라. 남국의 짙푸른 녹음들, 시시각각 달라지는 바다 빛을 즐기리라. 해변에 부딪치는 물결조차 살랑대는 호수 같은 바다를 보고 감격하리라. 그녀는 어제와는 판이하게 다른 새로운 세상, 새로운 삶을 살 것이다. 삶의 가치와 의미가 일시에 달라지리라.

잃었던 시력을 되찾고 감격해하는 사람들의 기쁨과 행복이 내게 고스란히 전해져왔다. 환자들을 대하는 동안 마음은 줄곧 간절한 기도로 가득 찼다. 밝아진 눈으로 세상을 더욱 따뜻하게 바라보기를. 아름다운 것만 보고 느끼며 살기를. 지금 이 순간 이대로, 그 시선 그대로, 선명하게 깨끗하게 순수하게 바라보며 행복하기를.

나는 지금까지 두 눈으로 사물을 보는 것이 지극히 당연하다 여겼다. 보기 싫은 것들, 보기 싫은 사람들 때문에 불행한 적이 많았다. 좋은 것과 사랑하는 사람들을 볼 수 있는 것에 대해 감사를 느낀 적이 거의 없었다. 이 모든 것들을 명암으로만 감지해야 한다면 내 인생은 지금과는 판이한 형태로 전개되리라.

피지에서 다양한 눈들을 만났다. 백내장이 두텁게 끼어 노란 눈. 모니터 안에서 영롱하게 빛나는 눈. 죽은 아내를 그리워하며 한숨짓는 눈. 손자들의 얼굴을 처음으로 제대로 본다며 울먹이는 눈. 순박하게 반짝이는 눈. 사심이 없는 눈. 경계하지 않고 마음을 내어주는 눈.

젖어 있는 그들의 커다랗고 순연한 눈동자를 바라볼 때마다 거듭거듭 확인했다. 내가 그동안 얼마나 비열하고 천박한 세상 속에서 살아왔는지. 왜 그렇게 괴로웠는지, 왜 그토록 아팠는지 알 것 같았다. 정말이다. 나는 피지의 밀림보다 더 무서운 인간 정글 속에서 살아왔다. 또 내가 얼마나 허세가 많고 다중 인격을 지닌 사람인지, 불편한 것에 얼마나 인내심이 없는지 인정해야 했다. 문명이 아니면 단 한시도 견디지 못할 도시 인간이라는 것도 새삼 깨달았다. 무엇보다 남국의 자연만큼 부드럽고 순수한 사람들 속에 묻혀 지내면서 몸과 맘이 정화되고 치유받는 체험을 했다.

그들과 지내는 동안 내게 뿌리 깊이 배어 있는 문명의 모습을 보이지 않으려고 노력했다. 그들의 부탁과 요청에 반문하거나 의심을 품지 않고 무조건 도와주었다. 손을 잡으면 흔들어주고 안으면 등을 토닥여주고 웃으면 함께 웃어주었다. 자연을 닮으려면 자연 같은 그들, 자신들이 순수하다는 것조차 알지 못하는 그들에게 배워야 한다고 생각했다.

오, 그들이 내가 지금 살고 있는 이 황야 같고 악다구니 같은 도시의 삶을 동경하지 않기를. 고요한 순수 속에 지금처럼 그렇게 행복하고 즐겁고 밝기를!

꼬냐오의 눈물

케냐의 오지 꼬냐오에는 지난 7년간 비가 오지 않았다고
한다. 물을 좋아하는 그녀가 그곳에 도착했다. 신비롭게도 일
주일 내내 낮에는 황금빛 태양이 작열하고 한밤중에는 폭우
가 쏟아졌다. 그녀는 한밤중에 숙소 밖으로 나가서 빗물에 머
리도 감고 몸도 씻었다. 적도가 가까워서인가, 짜랑짜랑하게
쏟아지는 햇빛이 가득 찬 대륙은 견딜 수 없을 만큼 화사했
다. 자연의 빛깔은 밤이 되면 더욱 적나라했다.

태양빛만큼이나 강렬한 원색의 옷을 입은 여자와 남자들
과 아이들은 웃고 있어도 슬퍼보였다. 얼굴의 대부분을 차지
한다고 느낄 만큼 꿩하게 큰 눈이 인상적이었다. 물기를 머금
어 별처럼 빛나는 눈동자에는 아픔이 담겨 있었다. 그녀는 그
이유가 몹시 궁금했다.

그녀는 이곳에 오기 위해 꼬박 3일을 소요했다. 간호사인

그녀는 꼬냐오 의료선교팀에 묻혀왔다. 총 여섯 명의 대원들은 아침 9시부터 오후 5시까지 일했다. 선교팀은 조그만 강당에 텐트를 치고 잠을 잤다. 그 장소를 낮에는 진료실, 밤에는 영화상영과 각종 행사 등에 사용했으므로 취침시간 이외에는 늘 원주민들과 함께 시간을 보냈다.

원주민들은 의료실 앞에 길게 줄을 지어 하루 종일 기다렸다. 머리카락이 해성한 머리통에 작열하는 햇볕이 사정없이 내리쬐어도 불평이 없었다. 조용히 말 없는 나무처럼 하염없이 서 있었다. 강렬한 햇볕에 데었는가, 바짝 오그라든 머리카락은 손을 살짝 대기만 해도 바스러져버릴 것처럼 건조해 보였다.

햇볕이 강렬해서인가. 남녀노소를 막론하고 피부 관련 질병으로 고통 받고 있었다. 일명 풍토병. 신발을 신지 않아서인지 발에 상처가 많았다. 치료받지 못한 상처가 곪고 썩고 문드러져 뼈까지 드러나 있는데도 그러려니 살아간다. 그러다가 죽으면 죽는 거지 뭐, 하는 사람들. 독이 퍼져 무섭게 부어오른 발을 볼 때마다 몸서리가 났다. 그랬다. 이곳은 발을 디디면 다섯 가지 종류의 똥을 밟는다고 말한다. 온갖 짐승 똥과 사람 똥.

나무들은 대부분 침엽수다. 잎이 단단하고 뾰족한 가시로 변한 나무들만 살아남는다. 바짝 마른 가시는 유난히 길고 예

제2부_피지의 눈동자 65

리하다. 한번 찔리면 사정없이 살 속을 뚫는다. 세균 감염은 피할 수 없다. 항생제도 연고도 마땅한 처치도 없다. 담방책을 쓰겠지만 상상할 수 없이 빠른 속도로 복수 증가하는 세균과 싸우기에는 역부족이다. 피까지 감염시켜 패혈증으로 죽는 경우가 허다하다. 문명사회에서는 찾아볼 수 없는 질병으로 속절없이 죽어간다. 꼬냐오 사람들의 평균 수명은 44세라고 했다.

어린이들의 피부 상태가 심각했다. 비쩍 마른 발은 상처 투성이었다. 맨발로 거친 들판을 용케 잘 걷고 뛰어서 신기하다 싶었는데 가까이 들여다보니 가관이었다. 날카로운 돌부리에 다치고, 독이 오를 대로 오른 가시나무 가시에 찔려 종기처럼 부어올라 있었다. 독수리 발톱처럼 휜 발가락 바닥에는 각질층이 두텁게 붙어 있었다. 동물 발굽 같은 발바닥은 상처 난 곳에 또다시 상처를 덧입어 두터운 막을 형성하고 있었다. 그 막이 길게길게 갈라져 있는데 그 사이로 온갖 잡티들이 끼어 있었다. 아무리 두터운 각질이 쌓여 있다 해도 가시나무 가시에 걸리면 사정없이 깊게 찔리는데 그 통증을 어찌 견디는지 몸서리가 났다.

여자들은 부인과 질병으로 고통 받고 있었다. 여인들은 어느 곳에 살든 남몰래 속앓이를 한다. 물이 귀한 이곳에서는 더욱 심했다. 여자들의 몸은 체질적으로 깨끗한 물과 청결한 환경을 필요로 한다. 구조가 천성적으로 외부의 것들을 받아들이고 갈무리 하게 되어 있기 때문이다. 문제는 더러운 것과 깨끗한 것을 가리지 않는다는 점이다. 좋은 것만 가려 받아들이면 좋으련만 나쁜 질병에도 속수무책 노출되어 있다. 그로 인해 질병이 많다. 젊은 나이에 말 못할 지병으로 속절없이 죽어가는 경우가 부지기수다.

외상성 관절염은 여인들에게 또 다른 고통거리다. 젊은 나이인데도 손가락 발가락마다 휘어 있다. 얼마나 아플까. 특히 손가락 관절염은 손가락을 움직일 때마다 천형처럼 느껴진다고 한다. 통통 붓고 고부라진 손가락을 그녀의 손바닥 위에 얹을 때마다 그녀의 온몸이 저릿저릿 아프다. 관절 곳곳이 벌침에 쏘인 듯하다. 손가락은 잘 보호해야 한다. 인간다운 삶을 살기 위한 필수 기관이다. 손가락에 통증 감지 신경이 유난히 많은 것이 그 증거다. 손가락 하나 다치면 온몸이 오그라들지 않는가. 손가락 통증은 손을 보호하기 위한 신의 선물이다.

가임기 여성들은 끊임없이 아기를 낳는다. 피임 교육도 피임약 공급도 태부족이다. 달거리를 처리하는 일이 번거로워서라는 대답도 들린다. 보통 한 여성이 8명의 아기들을 낳고 그중 네다섯 명이 다섯 살 이전에 사망한다. 태아가 자궁에 착상될 때부터 앓기 시작하는 경우도 허다하다. 그런 때는 보통 유산이 된다. 유산되는 경우까지 합치면 가임기 여성들은 연속해서 임신 중인 몸으로 산다고 말할 수 있다. 온전한 몸을 유지하는 일이 기적인지도 모른다.

그녀는 앓는 여인들을 보면서 알게 되었다. 이들의 눈동자에 슬픔이 출렁거리는 이유를. 사랑하는 피붙이들의 죽음을 일상으로 겪기 때문이다. 어린 것들의 슬픈 눈동자도 그 때문이리라. 어제까지 즐겁게 뛰어놀던 형제자매가 어느 날 갑자기 사라진다. 움직이지 않고 대답도 하지 않고 뻣뻣하게 굳어가는 피붙이를 보면서 어린 그들은 무엇을 느낄까. 죽음을 본능적으로 알게 되지 않겠는가. 이들에게 죽음은 먼 이야기가 아니다. 함께 살아간다. 살면 살고 죽으면 죽는다.

남자들은 허리가 많이 휘어 있다. 할 일이 없어서 나무 그늘 아래 하염없이 앉아 있다. 그들은 하늘의 구름과 태양, 땅바닥을 기어 다니는 벌레들을 잘 안다. 살아 있는 지혜가 많다. 철학자처럼 산다. 자연의 이치를 아는 사람들을 함부로 대하지 말라고 했다. 여인들은 그런 이유로 남성들을 부양하고 받드는 것이 아닐까. 여인들의 눈물, 남성들의 침묵. 그녀는 그 속에서 유구무언이다.

의료팀이 원주민들에게 해줄 수 있는 치료는 극히 제한적이었다. 관절통에 통증을 약화시키는 침을 놓고 감염된 상처의 고름을 빼내고 식염수로 씻어낸 다음 항생제를 발라 붕대를 감아주었다. 소화제와 진통제, 항생제, 그 외 해줄 수 있는 일이 무엇일까. 일시적인 치료가 아니라 근본적인 교육이 필요한데 그날이 언제 올지, 한숨이 절로 난다.

이 지구상에서 구호물자의 가장 많은 분량이 아프리카로 간다고 한다. 도움의 규모는 날로 커지는데 주민들이 받는 혜택은 예나 지금이나 별 차이가 없다. 그 실상을 알고 있지만 사람들은 침묵한다. 아프리카가 침묵의 대륙이라는 의미는 이중적이다.

맨발과 가시

　그녀는 이슬에 젖은 아침 산책을 좋아했다. 한 아이가 다가와 그녀의 손을 슬그머니 잡았다. 그녀는 그 손을 꼭 잡아주었다. 아이의 얼굴에 함박 미소가 피어났다. 자신의 존재감을 마침내 인정받았다는 표정이다. 여행자의 예의를 갖추어야지. 지나친 관심과 애정 표현은 금물이다. 정이란 함부로 주는 것도 받는 것도 아니라는 것을 그녀는 오래전부터 안다.

　더 많은 아이들이 주변을 둘러쌌다. 꼬냐오의 골짜기는 어디에 이 많은 아이들을 품고 있다가 쏟아내어 놓는 건지. 아이들은 엎치락뒤치락 그녀의 손을 서로 잡으려고 애썼다. 이곳 아이들은 도무지 말이 없다. 목소리를 거의 들을 수가 없다. 그녀는 소통하는데 말이 그리 중요하지 않다는 것을 이곳에서 새삼 확인했다.

　말 없는 작은 소요에 그녀는 출렁, 감동한다. 맨 처음 그녀의 손을 잡았던 아이가 저쪽 끝으로 밀려나 있다. 그녀는 열 손가락을 쫙 펴서 아이들에게 내밀었다. 오른쪽에 3, 왼쪽에 2명의 아이들이 손가락 하나씩을 붙들었다. 그들은 한 무리가 되어 구불텅구불텅 앞으로 나아갔다. 아이들은 그녀를 둥그렇게 둘러싼 채 옆걸음이나 뒷걸음으로 걸었다. 함께 비척거렸다. 하나가 넘어지면 모두가 무너질 판이다. 그녀의 손을 잡지 못한 아이들도 앞과 뒤에서 같은 보폭으로 걸었다. 좁은 산책길이 꽉 찼다.

그녀는 먹먹했다. 이렇게 순한 사랑, 어디서 받을 수 있을까. 이렇게 선한 접촉, 언제 경험했던가. 이렇게 깨끗한 손들을, 한꺼번에 다섯 명이나 되는 손들을 언제 잡아보았던가. 현현한 천사들이 그녀를 수호한다는 느낌이 들었다. 양쪽에서 함께 걷는 아이들이 날개 같다고 생각했다. 이 순수한 영혼들과 함께 한다면 어디든 날 수 있을 것만 같았다.

사랑은 아무것도 두렵지 않게 만든다. 이 아이들에게 사랑을 증명해보일 수만 있다면 무슨 일이든 할 수 있다고 그녀는 생각했다. 그래서였을 것이다. 그녀는 운동화를 벗고 양말도 벗었다. 신을 신고 있지 않은 아이들에게 자신의 뜨거운 마음을 보여주고 싶었다. 사랑이 무엇인가. 같이 있어주는 것. 같은 위치에 서는 것이다.

운동화를 양쪽 겨드랑이에 하나씩 낀 다음 그녀는 아이들의 손을 잡았다. 왼발을 떼자마자 가시 1개가 옆으로 비스듬히 박혔다. 그녀는 발을 들어 가시를 뺐다. 깨금발을 만들어 가시가 박히지 않은 부분으로 조심조심 걸었다. 참을 만했다. 몇 발자국을 채 걷지도 않아서 여러 개의 가시가 동시에 깊숙이 양쪽 발바닥을 파고들었다. 그녀는 그 자리에 주저앉고 말았다. 비명도 지르지 못하고 입술을 깨물었다. 예리한 통증이 발끝에서부터 솟구쳤다. 그 통증이 온몸을 훑고 정수리까지 올라가 머리카락 끄트머리를 파상적으로 흔들었다. 순연하고 타협이 없는 감각이었다.

육신이 아픔에 노출되면 정신마저 화들짝 놀란다. 그녀는 자신이 이제껏 알고 있는 고통은 사치였다는 것을 새삼 자각한다. 심장이 터진다, 가슴이 찢어진다며 온갖 정신적 상처를 나열하면서 살아오지 않았던가. 육신의 상처와 아픔을 업신여긴 것에 대하여 용서를 구하는 마음이 되었다.

주저앉아 살펴보니 길바닥은 온통 가시투성이였다. 다섯 개의 가시가 어슷하게 혹은 직각으로 박힌 발바닥을 차마 똑바로 바라보지도 못하고 고개를 옆으로 돌렸다. 가시를 뽑아내니 피가 흘렀다. 핏빛, 아프리카의 색깔. 그녀는 손가락으로 여기저기를 눌러 지혈을 했다.

그녀는 주위에 쪼그리고 앉은 아이들을 바라보았다. 그들의 눈동자가 가까이에 있었다. 온 얼굴에 커다란 두 눈밖에 보이지 않았다. 초롱하고 아름다웠다. 흑요석처럼 빛나는 맑은 눈동자여. 아예 커다란 호수 하나씩을 들여놓았구나. 이제 알겠다. 이 아프리카 대륙에 왜 물이 부족한지를. 이 땅의 모든 물이 너희들의 눈동자 안으로 스며들어 갔구나. 그녀는 한 아이의 동공 속에서 그녀 자신의 모습을 발견했다. 이 아이도 그녀의 눈동자 속에서 자신의 모습을 발견하리라. 사람은 서로가 서로를 비춰주는 존재들이다.

그녀는 양말을 신고 운동화를 신었다. 아이들과 함께 다시 걷기 시작했다. 아이들은 여전히 맨발이었다. 가시투성이의 황톳길을 깨끗한 포장도로인 양 자연스럽게 걸었다. 그들에게는 아무 일도 일어나지 않았다. 이 아이들은 어떻게 이 날카로운 가시들에 찔리지 않고 유연하게 걷는 것일까?

소녀와 아기

아침마다 숙소 문을 열면 한 소녀가 뜰에 서서 이쪽을 바라보고 있었다. 일곱 살 가량 먹어 보이는데 맨발이었다. 언제부터 와서 그렇게 서 있는지는 모르겠다. 하루도 거르지 않고 그 소녀와 눈이 마주쳤다. 땟국이 흐르는 다후다 플란넬 낡은 치마 아래로 바짝 마른 다리가 가시나무 가지처럼 휜 채 드러나 있었다. 한 살배기 어린 아기가 등에 매달려 있었다. 혼자 서 있기에도 힘겨울 만큼 마른 몸에 아기를 업고 서 있는 소녀가 위태해 보였다.

아기의 입 주변에는 대여섯 마리의 파리가 항상 붙어 있었다. 아기는 파리를 쫓을 힘도 없는지 도리질 한번 하지 않고 잠들어 있었다. 아기의 머리통은 늘 뒤로 젖혀 있었다. 목을 가눌 수 없을 만큼 힘이 없어 보였다. 며칠이 지나서야 그녀는 아기가 눈도 뜨지 못할 만큼 심하게 앓고 있다는 것을 알게 되었다. 그녀는 그림자처럼 주변을 서성이는 소녀를 멀찍이 떨어져 바라보기만 했다. 어디를 가든 그녀 주위를 맴도는 소녀. 마치 꼬냐오 들판의 일부분처럼 느껴졌다.

꼬냐오에 머문 지 5일째 되는 날 아침이었다. 숙소를 나서니 아기를 업은 소녀가 보랏빛 들꽃 한 송이를 그녀에게 주었다. 등에 업힌 아기는 머리와 사지가 축 늘어져 있었다. 그것이 마지막 만남이었다. 다음 날도, 꼬냐오를 떠나는 날도 그 소녀는 보이지 않았다. 나이로비에 며칠 머무는 동안, 그녀는 아기를 업은 소녀가 한 번도 생각나지 않았다. 귀국길에 그녀는 소녀를 까마득히 잊었다.

집에 돌아온 뒤, 그녀는 심하게 앓았다. 혼미한 의식 속에서 애처로운 영상 하나를 보았다. 소녀 등에 업혀 내내 앓던 아기. 입 주변에 늘 파리가 들끓던 아기. 병이 점점 깊어지던 아기. 그 아기의 모습이 또렷해지더니 그녀의 동공과 뇌리를 점령했다. 그리고 그녀를 무너뜨렸다.

아기를 안아줄 생각을 왜 하지 못했을까. 파리를 쫓아주거나 파리가 달라붙지 않도록 왜 그 얼굴을 깨끗이 닦아주지 못했을까. 왜 망연히 바라보기만 했을까. 무엇이 그녀로 하여금 아무것도 해줄 것이 없다고 자포자기하게 만들었을까.

문득 자신의 가슴에 한 번이라도 따뜻하게 품어주었다면 그 아기가 살아날 수도 있었을 거라는 자책이 들었다. 자신의 냉담한 무관심 탓에 눈을 감았다 생각하니 온몸의 신경절이 욱신거렸다. 그 아기는 그녀를 방문한 신神이었다는 생각이 불현듯 들었다. 소녀로 화한 천사가 아기로 분한 신을 모시고 그녀 주변을 수없이 맴돌며 메시지를 보냈건만 신의 뜻을 알아채지 못했다는 자각이 때늦게 들었다.

그녀는 심히 부끄러웠다. 대책 없는 괴로움이 몸과 마음을 세차게 후려쳤다. 칼로 뼈를 후비는 듯, 생생하고 날카로운 통증이었다. 지금까지 겪었던 온갖 아픔을 합친 것보다 더 강력했다. 꼬냐오 들판에서 발바닥을 찌른 가시가 준 아픔은 차라리 아스라한 달콤함이었다. 마음은 육신보다 더 큰 상처를 입는다. 자기가 자신에게 입힌 상처는 평생 돌이킬 수 없는 회한으로 남는다.

아무도 없는 뒤뜰에 나가서 그녀는 심히 통곡했다.

춤은 아름다워라

의료봉사 마지막 날, 파티가 열렸다. 허허벌판에 돌무더기를 임시로 쌓아 만든 부뚜막에 솥을 걸고 불을 땐다. 흰쌀밥이 커다란 솥에서 익고 있다. 닭볶음탕도 끓고 있다. 파티는 오후 3시에 열린다. 새벽부터 걸어서 산을 여러 개 넘어오는 사람들이 도착하는 때에 맞춘 시간이다.

아침에 녹두와 수수를 갈아 만든 웜피아 죽을 먹었다. 죽을 먹기 전에 손을 씻었다. 현지인 모니카가 팔에 수건을 걸고 물이 담긴 주전자를 들고 왔다. 우리는 나무 그늘 아래 둘러 앉아 있었다. 모니카는 주전자 물을 부어 각각 손을 씻을 수 있도록 해주었다. 기름보다 귀한 물. 피만큼 귀한 물이 땅에 떨어져 스며들고 있었다. 아깝다는 생각을 멈추었다. 땅도 물맛을 보아야 한다. 풀썩, 마른 먼지가 일었다. 물기를 머금은 땅이 기쁨에 겨워하는 웃음소리라고 생각했다. 그것도 잠시 물은 순식간에 자취를 감추어버렸다.

박수소리가 터진다. 여인 둘과 남성 한 명, 셋이 나란히 서서 춤을 춘다. 꼬냐오의 전통 춤이다. 풀쩍풀쩍 뛰면서 두 팔을 머리 위로 올렸다 내렸다 하는 동작. 안무의 특징을 알겠다. 가능한 한 땅에서 높이 뛰는 것. 안간힘을 쓰는 것이 아니라 자연스럽다. 치솟고 벗어나고 싶은 열망 같다. 하늘과 가까워지고 싶은 소망이 담겨 있는 것 같다. 이들에게도 소망이 있고 꿈이 있다는 자각이 들었다.

이들이 주어진 환경에 적응하여 만족스럽게 살고 있다고 여겼던 생각의 근원은 어디일까. 혹 이들은 나와는 근본적으로 달라서 욕망의 차원을 거론조차 할 필요가 없다고 여긴 것은 아닐까. 기대조차 없는 존재들이라고 업신여긴 것은 아닐까. 나의 내면에 도사리고 있는 특권의식이 부끄러웠다. 그들과 나를 나누고 구분하는 것은 얼마나 위험한가. 낯선 장소에서 발견하는 내 겉치레 의식이 속되고 유치하여 남몰래 얼굴이 붉어졌다.

에피아가 온몸을 흔들면서 노래를 부른다. 숨도 차지 않는다. 그녀는 호흡과 춤동작의 상호호환 관계를 잘 알고 있는 사람이다. 저토록 높이 뛰고 흔들면서 저 정도의 음역으로 노래를 부르려면 상당한 호흡법의 달인이 아니면 불가능하다. 어디서 저렇게 맑고 높은 음이 나오는 것일까. 휘파람 같은 음성. 바람에 호응하는 목소리. 사람의 음성이 아니라 자연의 소리다. 바람 소리거나 폭포 소리거나 짐승이 포효하는 소리. 노랫가락에 실린 언어가 아름답다. 구경꾼 몇몇이 장단에 맞추어 후렴구를 넣는다. 웃고 손뼉 치고 노래하는 사람들이 점점 늘어난다.

에피아에게 저런 끼가 있는 줄 몰랐다. 얼마나 높이 공중으로 치솟는지. 그녀가 입은 헐렁한 티셔츠에 박혀 있는 LOVE NY, 빨간색 글씨가 선명하다. 뉴욕에 사는 사람들이 다녀갔구나. 가슴 아래로 길게 늘어진 유방이 하늘로 치솟았다가 떨어진다. 그 출렁임이 아름답다. 굽은 손가락을 맞대고 손뼉을 치는데 소리가 나는 것이 신기하다. 새벽에 밥을 지으면서 아파 죽겠다고 울상을 짓더니만 지금은 아픔조차 잊었나 보다. 심리와 정서는 참으로 강력하다. 통증까지도 멈추게 한다. 다후다 천으로 만든 초록색 치마도 그녀와 함께 높이뛰기를 한다. 군데군데 불똥이 튀어 뚫린 구멍이 까맣다. 천에 박힌 무늬 같다. 하늘로 치솟은 치마가 주인 따라 저녁노을 흔들리듯 물결친다.

춤판에 남자 두 명이 더 합세를 했다. 열기가 덩달아 급상승한다. 그들도 같은 모션으로 춤을 춘다. 미리 연습하지 않았을 테니 안무가 있을 리 없다. 익히 아는 춤이리라. 몇 가지 단순한 동작을 반복한다. 그런데 아름답다. 오직 춤만이 삶의 목적인 것처럼 열중한 표정이 밝게 빛난다. 천상에서만 맛볼 수 있는 기쁨을 지상에 잠시 빌려온 것 같다.

인생이란 이렇게 머무는 것. 통증을 잠시 잊고 즐거움을 만끽하는 것. 내일 먹을 것이 없다 해도, 아기가 컴컴한 토굴 속에서 죽어간다 해도 이 순간과 바꿀 수 없다. 존재의 힘은 오직 이 순간에 있다.

포영泡影. 인생이 파도 끝에 한순간 매달린 물거품일지라도, 그 거품의 그림자에 불과하다 할지라도 이 순간 이 찰나를 살 수밖에 없다. 여기 지금. Here and Now. 아프리카 붉은 땅에 대책 없이 앉아 있는 이 순간도 그래서 소중하다. 인생은 받아들이는 것, 거부하지 않는 것. 호흡이 있을 때면 살아주고 죽음이 닥쳐오면 기꺼이 생명을 내어주는 것.

아프리카 대륙이 의미 있는 이유다. 아프리카 사람들이 아름다운 이유다. 꼬냐오 사람들이 늘 그리운 이유다.

Have a heart that never hardens, a temper that never tires, a touch that never hurts. ＿Charles Dickens
결코 굳어지지 않는 마음, 결코 지치지 않는 기질, 결코 다른 사람을 아프게 하지 않는 손길을 가지라. ＿찰스 디킨스

As a nurse, we have the opportunity to heal the heart, mind, soul and body of our patients, their families and ourselves. They may forget your name, but they will never forget how you made them feel.

＿Maya Angelou

간호사인 우리는 우리가 돌보아주는 환자들이나 그들의 가족, 더 나아가 우리들 자신의 마음과 정신과 영혼과 신체를 치유해주는 기회를 갖고 있습니다. 그들은 우리의 이름을 잊을지 모르지만 우리가 그들에게 준 느낌은 결코 잊지 않을 것입니다. ＿마야 엥겔루

콩글리시의 위력

"윗 아 유 두잉 히어, 제인?"

제인 안녕!

닥터 콜튼이 간호사 스테이션에 기대 서 있는 내게 다가오
더니 어깨를 툭 쳤다.

"아임 웨이팅 포 유."

"오호, 정말? 나를 기다렸다고?"

"아니면 왜 제가 이 시간에 달려왔겠습니까?"

동분서주하던 몇몇 간호사들이 우리의 대화를 엿듣더니 탄
성과 함께 야유를 쏟아냈다. 입빠른 수간호사 엘렌이 놀렸다.

"제인, 이 앙큼한 것, 내숭도 떨 줄 아네?"

"뭐, 내숭? 내가 뭘 했는데?"

"아니, 그럼 넌 네가 방금 무슨 말을 한 줄도 모른단 말이
야? 우리는 네가 닥터 콜튼에게 단수 높은 수작을 부리고 있

다고 생각했는데, 정말 모르겠어?"

나는 멍청히 그녀를 쳐다보았다.

"어머머머, 저 맹한 표정 좀 봐, 내가 미친다, 미쳐."

스태프 간호사들이 바닥에 데굴데굴 구를 참이다. 엘렌은 눈물을 한바탕 폭 쏟아내더니 콧물까지 풀었다.

닥터 콜튼은 퉁방울처럼 큰 눈을 껌벅이며 싱글거렸다.

"제인, 이제부터 그런 말은 나 혼자만 들을 수 있게 내 귀에 대고 속삭여줘."

스태프들은 이제 더 이상 참을 수 없다는 듯 등을 구부리고 자글자글 웃어댔다. 나는 그제야 사태를 짐작하고 얼굴이 빨개졌다.

엘렌이 말했다.

"제인아, 그런 때는 'I am waiting for my patient, 내 환자를 기다립니다'라고 말하는 거야."

지난 목요일 새벽 1시. 양수가 터져 산모와 영아의 생명이 위급한 제왕절개 수술이 있다는 병원 호출을 받았다. 수술방에 도착하여 모든 준비를 마치고 산부인과 의사를 기다리다가 일어난 해프닝이다.

어젯밤 11시, 그 의사와 응급수술 건으로 다시 만났다. 간호사 스테이션에 앉아 있던 그가 나를 보더니 반갑게 인사했다.

"제인 왔구나, 늦은 시간인데."

"비코스 오브 유. 선생님 때문이지요."

일하던 간호사들이 눈을 동그랗게 떴다.

"뭐? 닥터 콜튼 때문에 왔다고? 히야, 끝내주는구나."

닥터 콜튼도 기가 막힌다는 표정이다. 그런데 내가 너무나 태연자약하니 마땅히 대응할 말이 생각나지 않는 모양이다. 스태프들이 놀렸다.

"제인, 이 야밤에 야담하는 거야? 프로페셔널하지 않은 대화는 삼가주었으면 좋겠어. 조용히 둘이서 따로 만나든지."

"왜 그래? 내가 뭘 잘못했는데?"

사태를 아직도 파악하지 못한 나는 당당했다.

닥터 콜튼이 자신의 오른쪽 입술 꼬리에 손가락으로 벽을 세워 만들더니 내게 나직이 말했다.

"제인, 그런 말은 나한테만 살짝 은밀하게 얘기해 달라고 했잖아. 저것들이 듣지 못하게."

나는 다시 얼굴이 홍당무가 되고 스태프들은 차트로 테이블이랑 자기들 머리통을 두드리며 깔깔대었다.

망할 것들, 지들이 영어 좀 잘한다고 저렇게 호들갑을 떨까. 아니, "선생님을 기다렸어요", "선생님 때문이어요"라는 말이 뭐가 그리 우스워? 뭐가 그리 야하고 진하냐고? 2번 모두 하루 종일 힘들게 낮 근무를 하고 한밤중에 다시 불려나온 참이어서 일종의 투정이었는데. 에이, 단어를 단어로만 아는 지능 낮은 것들! 상황과 분위기로 문장을 해석해야지. 니들이 몸과 맘을 앓는 환자들을 돌보는 간호사들 맞아? 산모와 태아 두 생명을 다루는 간호사들이 맞느냐고.

　이것들아, 이제 제발 그만 좀 웃어라들. 언제까지 그렇게 미친 듯이 웃을 거야? 니들 배꼽이 놀라서 도망가겠다. 내가 너희들을 모두 한국에 데리고 가서 서울 한복판에 떨어뜨려 놓고 맹한 짓하며 쩔쩔매는 꼴을 볼 수만 있다면 여한이 없겠다, 이 얄궂은 것들아.

영어야, 한글아

외래환자 분과Same Day Surgery Unit에서 걸려온 응급 전화. 한국어 통역이 필요하단다. 동료 간호사에게 하던 일을 맡기고 내딛는 걸음이 마음만큼이나 급하다.

위장내시경 검사를 하러 온 81세 할머니가 침대에 누워계셨다. 보호자로 온 19세 손자의 한국어가 능숙치 않아 인터뷰에 어려움이 있다고 한다. 나는 할머니의 두 손을 잡으며 "안녕하세요?"라고 인사했다. "여기에도 한국 사람이 있구먼" 할머니 얼굴이 금세 환해진다.

바이오머신 기술자 데미안은 내게 한글을 배운다. 그의 여자 친구는 한국인이다. 유창한 한국어로 그녀를 깜짝 놀래주고 싶단다. "쌀랑히요", "꼬마웨요"를 수십 번 희희낙락 연습하는 모습이 대견하다.

나에게는 아직도 쉽지 않은 영어 발음이 많다. 하루에도 몇 번이나 발음해야 하는 마취과 의사의 이름 Wood, '종이'와 '침대보'를 뜻하는 sheet(자칫 잘못하면 심한 욕설이 된다) 등이다. 단어가 길다거나 뜻이 어렵다면 그나마 덜 억울할 텐데, 간단한 단어인데도 발음이 쉽지 않으니 성질 급한 사람은 뒤로 넘어지고도 남을 일이다. 이런 단어들을 말할 때 의식하지 않고 발음하면 오해받기 딱 알맞다. 차선책으로 "더블유 오우오우디", "에스에이취이이티"라고 스펠링으로 말하는데 미국인 동료들은 그렇게 쉬운 단어 때문에 고전하는 내가 안쓰럽다며 그냥 대강 하라고 다독인다. "제인, 네가 하는 말은 어떻게 들리든 좋은 내용과 의미로 받아줄게"라고 한다. 말은 고맙지만 미국에서는 영어 발음이 그 사람의 품위와 지적 수준을 고스란히 나타내는 리트머스 시약이다. 모멸감을 느끼지 않으려면 나만의 살아남기 방식을 개발해야 한다.

어느 오후, 스태프 미팅시간이었다. 회의를 마치고 돌아가면서 하고 싶은 말을 하는 순서가 왔다. 평소에 나는 좌우로 고개를 가볍게 흔드는 것으로 대신했는데, 무슨 이변인가. 억제할 수 없는 충동에 이끌려 벌떡 일어났다. 동료들에게 진지하게 할 말이 있다고 운을 뗐다. 나는 유창한 한국어로 연설하듯 또박또박 말을 했다.

"너희들은 한국말 할 줄 아니? 내가 영어하는 만큼 할 수 있어? 나는 너희들이 영어 하는 것만큼 한국말 무지 잘하거든?"

단어마다 강약과 높낮이를 두어가며 천천히 말했다. 그리고 쐐기 박듯 말을 맺었다.

"내 말을 이해하지 못하니 답답하지? 그건 너희들 사정이야. 답답하면 한국말을 배우면 돼. 내가 잘 가르쳐줄게."

속이 다 시원했다. 동료들은 손뼉을 치며 와, 웃어대었다. "제인, 꼭 노래하는 것 같아. 방금 노래했어?"라고 하는 것이 아닌가. 맙소사! 그들은 내용이 아니라 리듬이 있는 가락으로 들었던 것이다. 나도 그들과 함께 웃어버렸다.

영어에 관한 아킬레스건은 발음만이 아니다. 문서를 작성하거나 영작을 할 때는 전치사와 관사, 시제 때문에 골머리를 앓는다. 어휘는 더 약하다. 미국 대학에서 간호학을 공부할 때 가장 많은 시간을 할애했던 부분은 전공이 아니라 영작문과 각종 세미나 보고서였다. 멋진 글을 쓰기 위한 왕도는 끊임없이 책을 읽고 생각하고 글을 쓰는 것이다. 영어로 멋진 글을 쓰려면 다양한 영문학 서적을 많이 읽고 습작을 많이 하는 것이다. 내가 지금 한글로 된 책을 읽고 한글로 글을 쓰는 것보다 더 많은 노력을 해야 한다. 갈 길이 요원해서 한숨이 절로 난다.

사람은 부족하면 부족한 대로 환경에 적응해서 살게 마련이다. 나는 악센트가 심한 대신에 듣는 귀가 잘 발달하였다. 신기하게도 수술방에서 의사들이 마스크를 쓰고 웅얼거리듯

하는 지시사항들을 놓치는 경우가 거의 없다. 회복실에서도 미국인 동료들이 의사의 응급처방을 듣지 못하고 흘려버린 중요한 내용들을 내가 듣고 전달한다.

이해력도 나쁘지 않다. 간호학교에 다닐 때였다. 여섯 명이 스터디 그룹을 만들어 공부했는데 나를 제외하고는 영어가 완벽한 친구들이었다. 그런데도 교수가 한 말을 잘 못 알아듣거나 문맥을 이해하지 못하는 경우가 종종 있었다. 그럴 때마다 텍스트를 펼쳐놓고 증명을 해가며 교정을 해주곤 했다. 내가 교과서를 읽는 데 걸리는 시간은 학우들에 비해 터무니없이 느리지만 나이가 있어서인지 독해력이 빠르고 한국인 특유의 남다른 공부 전략이 있어서 부족한 점을 넉넉히 메우고 극복할 수 있었다.

언제부턴가 당당하기로 했다. 주눅 들거나 미안해하지 않기로 했다. 영어의 달인, 변호사 친구가 가르쳐 준 나름의 비법을 실천하기로 했다. 영어 발음에 관한 한 "네 탓이오" 모르쇠 법칙을 적용하는 것이다. 내 영어를 네가 제대로 알아듣지 못하는 까닭은 내 발음 때문이 아니라 내 발음을 구별하지 못하는 부실한 네 귀 탓, 내가 네 영어를 잘 알아듣지 못하는 이유는 내 탓이 아니라 내가 알아듣지 못하게 발음하는 네 혀 탓인 것이다.

정말이다. 영어는 고정된 언어가 아니다. 시대를 반영하는 유기적인 언어다. 영어는 셰익스피어가 만든 새로운 단어들을 많이 받아들였다. 바이킹 족이 스칸디나비아에서 들여온 서민적인 영어도 품었고 프랑스에서 건너온 불어식 영어도 수용했다. 한국어 화병wha-byung이 1990년대에 미국 정신의학 용어로 영어사전에 공식 등재된 것이 대표적인 예이다. 김치, 아악, 한타 바이러스도 영어 사전에 당당히 자리를 차지하고 있다. 언젠가 우리 한국인의 영어 발음이 미국에서 표준 발음으로 채택될지 어찌 알겠는가.

지난 4월에 한국을 방문하였다. 여러 지방을 여행했는데 시골에도 영어 간판이 많았다. 서울은 더욱 심했다. 내가 걷고 있는 거리가 미국인지 한국인지 한동안 혼동되었다. 눈에 잘 띄고 잘 읽혀서 기억에 남아야 할 상호명이 영어라면 어찌 되는 걸까. 게다가 'Q-concept'처럼 어떤 제품을 팔고 무슨 서비스를 하는 곳인지 짐작조차 할 수 없는 상호도 꽤 있었다. 흘림체로 써놓아 미국에서 살고 있는 나도 걸음을 멈추고 한참 들여다보아야 알 수 있는 간판들도 있었다. 높아진 모국의 세계화 의식과 영어가 국제공용어라는 사실을 확인해주는 좋은 예라고 곱게 봐주기에는 마음이 편치 않았다.

그게 상업 전략이라고 했다. 감이 잡히지 않는 상호는 오히려 확인해보고 싶은 호기심을 불러일으키는 광고효과를 낸단다. 한글 간판은 촌스럽다며 기피하는 추세라고 했다. 눈물이 날 만큼 속이 상했다. 영어로 된 간판을 모조리 떼어내고 한글 간판으로 바꾸어야 할 사명을 지닌 정책자라도 된 것처럼 답답하고 안타까웠다.

세계가 주목하는 언어가 한국어다. 10개의 모음과 14개의 자음을 조합하면 1만 개가 넘는 소리를 낼 수 있다. 컴퓨터 자판에 문장을 쓰면 영어의 절반도 찍지 않아서 뜻이 통한다. 세계 공통문자를 하나 정해야 한다면 한글이 으뜸이라고 세계 언어학자들이 입을 모은다. 영국의 언어학자 제프리 샘슨은 한글이야말로 인류가 만든 가장 위대한 유산 가운데 하나라고 극찬했다. 문자가 없는 많은 나라들이 한글을 자기네 문자로 채택하기 위해 범국민적으로 한글을 열심히 배우고 있다. 유네스코가 문맹퇴치에 기여한 사람이나 단체에게 주는 상 이름이 '세종대왕 문해상King Sejong Literacy Prize' 아닌가. 2019년 9월, 캘리포니아 주의회에서는 소수민족 언어로는 처음으로 10월 9일 한글날 기념일을 만장일치로 제정하였다.

미국에서 한국어는 더 이상 낯설지 않다. 많은 사람들이 삼성 휴대전화기를 사용하고, 현대나 기아 자동차를 타고 다닌다. 나는 한국 자동차를 산 동료가 더 친밀하게 느껴진다. 자동차가 제발 아무 문제를 일으키지 않고 잘 달려주어서 한국에 대한 이미지가 흐려지지 않기를 염원한다.

병동에서 죽음에 임박한 환자들을 많이 만난다. 그들이 눈을 뜨고 숨을 멈추면 두 눈을 감겨준다. 이민자들이 임종 전에 보여주는 공통점이 있다. 영어가 아무리 본토인처럼 유창해도 혼수상태에 빠지면 어김없이 자신의 모국어로 노래하듯, 기도하듯, 말을 쏟아낸다.

영어야 영어야, 사랑하고 존경하는 영어야. 미국에 살면서 내 생각과 논리를 영어로 완벽하게 구사하지 못하는 나는 늘 네게 미안하다. 멋진 본토 발음으로 유창하게 말하고 유려한 문장을 써서 너를 자랑스럽게 해주고 싶다. 기다려다오. 언젠가는 그런 날이 오리니. 그날을 바라보며 열심히 너를 공부하고 연습하겠다.

한글아 한글아, 그립고 그리운 한글아. 미국에서 영어로 소통하며 살고 있는 나는 너에게 늘 미안하다. 언젠가는 영어 단어가 하나도 섞이지 않은 순수한 한글로만 대화를 나누고, 한글만으로 글을 쓰고 싶다. 아름답고 정겹고 철학적인 너를 사람들에게 자랑하고 싶다.

간호사의 조건

　간호사는 여러 자질이 필요하다. 문제해결 능력, 어려운 상황에서 이성적 사고로 판단하되 큰 그림 안에 적용하는 능력, 효과적인 소통 능력, 현재에 집중하는 능력은 필수다. 사명감, 친절, 여유, 온유도 매우 중요한 덕목이다. 그중 간호 현장에서 자기관리에 실질적으로 도움을 주는 성품은 자제력이다.

　자기 통제, 참 쉽지 않다. 얼마나 힘들면 자신의 언행을 컨트롤하는 것은 난공불락의 성을 함락시키는 것보다 어렵다고 했을까. 심리학자들은 자기 제어를 위해 여러 가지 방안을 연구했다. 간호사는 일반인들보다 자기 통제 훈련이 잘된 사람이다. 이론을 아는 만큼 적용할 수 있는 현장 체험 기회가 많다. 간호 일선에서 이 능력이 약하면 오래 버티지 못한다. 견딜 수 없다.

　고단수 간호사는 상황이 아무리 급박해도 흔들리는 감정

을 외부에 드러내지 않는다. 타인의 입장에서 살피고 돌아볼 만큼의 여유를 갖는다. 한두 발자국 뒤로 물러나 부딪쳐 오는 자극을 분석하면 주도적인 반응을 할 수 있을 만큼 감정을 제어할 수 있다. 생각의 한두 발자국은 감정을 억제하고 이성적으로 상황 파악을 할 수 있는 시간을 준다. 그래도 여전히 힘들다. 자기 절제력은 나서야 할 때와 물러서야 할 때를 아는 분별력과 일맥상통한다.

술 중독 마약 중독으로 감정의 기복이 심한 사람, 언어가 불량하고 비난조로 일관하는 환자에게 친절로 대하는 일은 도전이다. 같은 태도로 대응하지 않으려면 호흡법을 수없이 학습해야 한다. 회복실에서는 내내 웃으면서 즐겁게 얘기하던 환자가 자신의 병실로 옮기자마자 새로 인수받은 간호사 앞에서 엉엉 소리 내어 울면서 통증을 호소할 때가 있다. 그럴 때는 그가 환자임을 잊어서는 안 된다. 병동환자들에게 세상 제도와 상식을 적용하고 기대하면 낭패하기 십상이다. 자신의 감정만 상처를 입는다.

신중한 간호사는 환자의 부정적인 언행을 감정적으로 받아들이지 않는다. 간호사 자신에 대한 사적인 선호도와는 상관없는 일이라고 여긴다. 그래야 상처받지 않는다. 신기한 것은 그렇게 맘먹겠다고 결심하는 순간 그렇게 된다는 것이다. 간호사 의식으로 무장하면 세상 일이 원활해진다.

나는 환자의 언행에 별다른 영향을 받지 않는 편이다. 침착한 자신에게 놀라곤 한다. 그런데 병동을 벗어난 환경에서 이런 사람들을 만나면 쉽게 감정이 상하곤 한다. 놀랍고 의아하고 이해되지 않아 머리가 아프다. 이런 자신이 우스울 때가 있다. 왜 환자의 언어나 행동에는 상처를 받지 않고 태연자약하면서 지인들이나 친구들로부터는 상처를 받는 것일까? 환자의 부정적인 언행은 사적인 인격 침해가 아니어서인가. 환자의 컨디션을 고려하면 그들의 언행을 눈에 보이는 대로 들리는 대로 받아들이지 않게 된다. 친구의 비난과 오해는 믿었던 사람에게 당하는 것이기에 마음에 깊은 상처를 받기 마련이다.

환자와 일반인을 구분하는 기준은 단순하다. 환자복을 입었는지 입지 않았는지의 차이다. 우리는 일반적으로 건강한 시민으로 살아가지만 어느 때든 환자가 될 수 있다. 닥터 오피스에 정기검진을 가도 환자가 되고 병원에 가면 좀 더 심각한 환자가 된다. 누구나 크고 작은 병들을 지니고 살아간다. 어느 때든 환자가 될 수 있는 것이다. 누구나 정도 차이는 있지만 정신적인 문제도 안고 있다. 언제든 위치가 바뀔 수 있다.

환자들은 솔직하다. 자신이 병을 앓고 있는 환자라는 것을 알고 인정한다. 일반인들은 자신의 상태를 잊고 살아가는 경우가 허다하다. 자신의 컨디션을 인정하지 않고 거부하기도 한다. 그러다가 환자 가운을 입으면 솔직하고 단순해진다. 삶과 죽음의 경계에서 죽음에 대한 인식이 새로워져 순해지고 순수해진다. 참 이상하다. 그런 사람이 치료를 받고 상태가 호전되어 의사의 퇴원 지시를 받으면 태도가 바뀐다. 환자 가운을 벗고 사복을 입으면 자존심이라는 자아의 옷도 함께 입는다. 말투와 행동이 완전히 달라지는 모습을 많이 본다. 퇴원과 동시에 죽음보다는 삶이 더 많은 분량을 차지한다는 짐작 때문에 의기양양해지는 것일까. 당연하다. 당당하지 않으면 살아갈 수 없다. 모든 것이 생명에 저항한다. 생명의 힘은 곧 저항의 힘이다.

환자의 처지를 이해하면 생각이 부드러워진다. '코드 브라운' 혹은 '코드 케미컬'이라고 이름 지은 경보가 있다. 심장마비 환자 발생을 알리는 '코드 블루'를 패러디한 용어로 응급 상황에 준한다. 환자가 쏟아놓은 생리작용의 결과물을 처리할 때 웃으면서 하는 말이다. 인간이 이토록 지독한 냄새를 품고 있다는 것을 믿을 수 없을 때가 있다. 컨디션과 약물이 만들어낸 결과이기는 하지만 인간은 먹은 대로 담은 대로 표출하는 약한 존재임을 이때마다 확인한다. 생각은 어떤가. 역한 냄새를 품은 내 더러운 생각을 뒤돌아본다.

간호사는 환자에게서 나는 냄새를 그 특성대로 맡지 않는다. 그들이 쏟아내는 배설물을 습관대로 보지 않는다. 정말이다. 직업의식을 발휘하자 맘먹는 순간 어느 토사물도 빛깔이 역겹거나 냄새가 괴롭지 않다.

인공호흡기에 의지하고 있는 환자들은 악성 병균들을 보유하고 있는 경우가 많다. 가래를 뽑아주거나 기도관 드레싱을 교체하는 중에 환자가 기침을 하면 관을 통해 튀어나온 가래가 얼굴에 튈 때가 있다. 사람에게서 나오는 모든 것은 언어든 분비물이든 모두 위험하다.

마약을 주입하는 바늘로 온몸의 정맥을 다 쪼아놓아 수액을 공급할 수 있는 핏줄 하나 발견할 수 없는 환자들을 만나면 한숨이 난다. 자신의 몸을 함부로 다룬 사람을 마구 야단쳐주고 싶다. 그럴 때 생각의 물꼬를 다른 방향으로 변환시킨다. 인생이 오죽 괴로우면 이럴까, 그의 처지를 돌아본다. 연민의 눈으로 바라보아야 침착과 이성을 유지할 수 있다.

전염성이 강한 병에 걸려서 마스크와 가운과 장갑을 끼고 돌보아야 하는 격리 환자가 있다. 이런 경우, 환자의 감정을 배려하여 자신의 언행을 감시해야 한다. 젊은 남성의 성기에 오줌관을 삽입할 때 그가 수치심을 느끼지 않도록 하려면 전문가적인 언행이 필수이다. 그의 성기를 붙잡은 손에 어떠한 감정도 싣지 않아야 한다. 10여 분 정성들여 20여 가지의 알약을 한 알 한 알 먹인 환자가 혀 밑에 약을 모두 숨겨두었다가 한꺼번에 뱉어내버릴 때도 낯빛이 변하면 안 된다. 깨끗이 세탁하여 다려 입은 간호사의 유니폼에 환자가 토사물을 그대로 쏟아낼지라도, 그리하여 뜨끈뜨끈한 토사물의 온도를 뱃가죽에 느낀다 할지라도 한숨을 쉬어서는 안 된다.

자기 통제가 힘들 때, '나는 간호사다' 라는 의식을 불러들인다. 간호사 의식으로 무장하면 만사를 원활하게 해낼 수 있다는 용기가 생긴다. 어느 상황도 받아들일 수 있는 자세를 갖추게 된다. 그러고 나면 세상은 여전히 살만하고 아름다운 곳이라고 생각된다. 만사가 형통해진다. 진정 그렇게 믿는다.

나는 천상 간호사다.

초보의 설움

    내가 간호사 배지를 달고 맨 처음 일을 시작했던 곳은 커뮤니티 종합병원이다. 80퍼센트 이상이 히스패닉계 환자들이었다. 성姓과 이름이 같거나 비슷한 사람들이 많았다. 하루에 허난데즈라는 성이나 마리아라는 이름을 가진 환자들을 두세 명 돌보는 일은 일상이었다. 사람 이름을 유난히 잘 기억하지 못하는 나는 비슷한 발음을 가진 환자들의 이름과 얼굴과 방 번호를 연결하는 일이 매우 힘들었다. 실수하지 않으려고 안간힘을 써야 했다.

    원치 않는 일들이 날마다 일어났다. 한 번은 항생제를 투여하기 위해 환자 방에 들어갔더니 앰뷸런스팀이 운반용 침대를 들여놓고 웅성거리고 있었다. 환자는 인공호흡기로 숨을 쉬는지라 각별한 주의가 필요한 사람이었다. 지금 뭐하는 짓들이냐, 담당 간호사인 나에게 알리지도 않고 이럴 수 있는가,

했더니 병동 비서가 준비되었으니 옮겨가라 했단다. 나는 단호하게 말했다. 이 환자는 제시간에 항생제를 맞아야 하고 나는 서류를 준비할 시간이 필요하다. 얼마나 기다려야 하느냐 묻는 그들에게 1시간 정도면 충분할 것 같다고 대답했다. 그들은 돌아갔다.

1시간 후에 돌아온 그들에게 환자를 내주었다. 환자가 입원할 양로병원에 서류를 팩스한 다음 전화로 리포트를 주었다. 퇴원서류를 정리하는데 스테이션 분위기가 어수선했다. 이런저런 일로 병동이 술렁대는 것이 다반사인지라 처음에는 내가 문제의 발단이 되었다는 걸 짐작조차 하지 못했다. 한 환자의 보호자가 고래고래 소리 지르고 폭력을 휘둘러서 모든 남자 직원들이 현장에 출동하는 코드 그레이가 발동된 상태이기도 했다.

병동 디렉터의 호출을 받았다. 그녀의 방에 들어갔더니 매니저, 슈퍼바이저, 그리고 수간호사 세 명이 심각한 얼굴로 앉아 있었다. 호흡보조기계와 호흡기 스페셜리스트까지 출동하여 한 번 출입에 수천 달러를 지불해야 하는 앰뷸런스를 내가 보내버리고 다시 불러와서 문제가 심각하단다. 경위를 말하는 동안 모두들 기가 막힌다는 표정을 지으며 서로의 얼굴을 쳐다보았다.

결국 이 일은 나를 골탕 먹이려고 의사의 오더를 담당 간호사에게 전하지도 않고 자기 맘대로 앰뷸런스를 불러 일을 처리한 병동 비서의 잘못으로 드러나기는 했지만 얼마나 어이없는 일이었는지. 그녀는 이 일로 문책을 당했다. 그녀는 평소에 간호사들을 교묘하게 힘들게 하고 여러 가지 문제를 일으키곤 했다. 그녀는 얼마 지나지 않아 중병을 얻어 병동을 떠났다.

지금 그런 상황을 맞았다면 당황하지 않았을 것이다. 천천히 조심해서 환자를 간이침대에 옮기라 부탁하고 겉으로는 태연한 척하는 동안, 머릿속으로는 이 응급상황에서 벗어날 방도를 신속히 찾았을 것이다. 수간호사에게 도움을 청하고 이전 수속에 꼭 필요한 일만 처리해서 환자를 내보낸 다음 나머지 일을 마무리했을 것이다.

초보자의 특징 중 하나는 일의 우선순위를 모른다는 것이다. 판단력이 약하고, 모든 일을 자기 혼자 처리해야 한다는 강박관념에 사로잡힌다. 그것이 책임감과 독립심을 보여주는 것이고 책잡히거나 얕보이지 않게 하는 기술이라고 착각한다. 세상은 상호의존과 협력으로 이루어진다는 체험을 한 후에야 초보에서 벗어난다.

수습 기간 중에 일어난 일이다. 주사약을 주는데 약이 닿는 부분이 볼록 튀어나온 주사기를 사용했다. 나를 가르치는 담당 간호사는 그 주사기 형태 때문에 닥터가 지시한 용량보다 더 많이 주곤 했다. 볼록 튀어나온 양만큼 더 주어야 한다고 했다. 나는 생각이 달랐다. 그렇다면 주사기에 눈금은 왜 만들어놓았는가 말이다. 튀어나온 양을 감안해서 눈금이 표시되었을 거라고 믿었다. 그 주사기로 주는 약은 매우 예민해서 미세한 용량이라도 환자에게 미치는 부작용이 만만치 않다.

수습 간호사 미팅을 마치고 질의응답 시간이 되었다. 나는 프로그램 책임자에게 그 부분에 대해서 물었다. 그녀는 깜짝 놀라면서 그렇게 위험한 약을 잘못 주사하면 환자에게 큰 해를 준다면서 담당 간호사 이름을 물었다. 나는 말하고 싶지 않다며 거부했다. 때때로 바뀌는 담당 간호사를 그녀가 알아내지 못하기를 바랐다. 마음이 두근거리고 염려가 되었다.

며칠 후 그 담당 간호사와 함께 일하게 되었다. 환자들에게 약을 주고 간호사 스테이션에 들어왔더니 전화를 받고 있던 그녀가 나를 불렀다. 막 입원한 환자가 있어 담당 의사에게 새 오더를 받으려는 중인데 나한테 마무리를 하라고 했다. 밑도 끝도 없이 링거 용액 이름을 말하고 용량을 물으라고 했다. 그녀는 수화기 너머로 기다리고 있는 닥터에게 수습 간호사 제인을 훈련시키는 중이니 제인에게 오더를 내달라며 수화기를 내게 넘겨주었다. 얼떨결에 수화기를 건네받은 내 눈앞에 그녀가 차트 하나를 내밀었다. 내가 눈짓으로 이 환자냐고 물으니 그렇다고 했다.

나는 아무 영문도 모르고 전화를 받았다. 의사는 말이 무척 빨랐다. 아랍계인지 발음을 알아듣기가 무척 힘들었다. 그는 응급실 의사가 처방한 목록을 부탁했다. 나는 오더 섹션을 재빨리 펼쳐서 읽어주었다. 그가 깜짝 놀라면서 환자 이름을 대 보라고 했다. 내가 환자 이름을 말하니 그가 소리를 지르기 시작했다. 자기 환자가 아니란다. 환자 차트를 모아놓은 선반을 빠르게 훑었는데 의사가 말하는 환자의 차트는 보이지 않았다. 담당 간호사를 찾으니 그녀는 어디론가 사라지고 없었다. 의사는 기분이 더러울 때 사용하는 온갖 육두문자를 다 쏟아 놓았다. 잔뜩 주눅이 들어 새 오더를 받는 동안 눈물과 진땀이 났다.

한동안 무슨 영문인지 몰랐다. 뒤늦게야 알게 되었다. 내 담당 간호사가 까맣게 튀어나온 볼록 주사기 사건으로 책임자에게 문책을 당하고 내게 앙갚음을 한 것이라는 것을. 그녀는 내게 전화를 넘겨주면서 다른 환자의 차트를 내게 내밀고 해당 환자 것은 가지고 사라진 것이다. 그녀는 그 뒤로도 계속해서 교묘하게 나를 골탕 먹였다. 나는 곧 그 병원을 떠났다. 간호에 대한 미션과 열정이 없었다면 그때 간호사 유니폼을 벗어던져 버렸을 것이다.

병동에서 일한 지 10여 년. 어떻게 그 세월을 견뎠는지 까마득하다. 가만히 앉아서도 일이 훤하게 보이는 지금, 그동안의 경험을 통해 얻은 확신이 하나 있다. 순수하고 진실하게 일하면 결국 살아남는다는 것. 다른 사람을 해치고 골탕 먹이는 사람은 언젠가는 자기 꾀에 자기가 당한다는 것.

어려움에 처할 때마다 누군가 내 등 뒤에서 나를 보호해준다는 느낌을 받는다. 어리버리하고 미련한 나 같은 사람들을 괴롭히기를 즐기고 멸시하고 업신여기기를 일삼는 사람들, 시스템을 남용하여 자신의 이득을 챙기는 똑똑한 사람들이 어느 날 갑자기 파면 당하여 병동에서 사라지는 것을 수없이 보았다. 누군가가 그들을 청소해준다는 확신을 피부로 느낄 때가 많았다. 그때마다 이 세상을 가장 단순하고 아름답게 살려면 정직하라는 선배의 충고를 되새기곤 했다.

회복실에서 일하는 동안 20명이 훨씬 넘는 초보들을 가르쳤다. 그들은 성공적으로 수습을 마치고 짧은 시간 긴 시간 함께 일하다가 더 좋은 병원에 더 좋은 조건으로 옮겨갔다. 그들은 한결같이 내가 주는 지침이 정확하고 상세하여 그림이 환히 그려진다면서 고마워했다. 단 한 명의 초보자도 낙오시키지 않겠다는 내 마음의 근원을 그들이 알지 모르겠다.

내가 초보 시절에 당한 그 많고 쓰라린 경험들을 어찌 다 풀어놓을 수 있을까. 초보 간호사들을 대할 때마다 나의 초보 시절을 돌아본다. 반복되는 실수를 바로잡아주면서 나를 가르쳐주었던 모든 간호 선배들을 새삼 떠올린다. 경험 많은 간호사들이 친절과 인내로 초보들을 이끌어주었으면 하는 마음 간절하다. 얼마나 힘들게 공부한 간호학인가. 얼마나 어렵게 획득한 간호사 면허인가. 함께 살았으면 한다. 언제 어디선가 자신이 골탕을 먹인 간호사의 환자가 되어 침대에 누워 있을지도 모를 자신을 상상해보라.

초보가 어찌 간호 세계에만 있겠는가. 모든 직업에는 초보 시절이 있다. 우리 인생은 어떤가. 날마다 초보다. 오늘은 지금까지 한 번도 살아보지 않은 날이다. 잘못된 판단을 하고 실수를 저지르는 것은 당연하다. 간호 초보자들에게만 친절과 인내심을 발휘할 게 아니다. 오늘을 처음 사는 나 자신에게도 친절하고 인내심으로 지켜보아주고 격려해주어야 한다.

3D 직업

　수술방 테크니션 벨라가 다쳤다. 집도의로부터 기구를 건네받는 중에 타이밍을 놓쳐 손가락을 깊이 베였다. 수술 기구들이 얼마나 날카롭고 예리한가. 여러 가지 심각한 병을 앓고 있는 젊은 남성의 환부에 사용했던 기구, 일명 오염된 칼이어서 염려가 되었다. 응급실을 오가며 각종 검사를 하느라 분주한 그녀를 위로하고 도와주면서 간호 세계를 생각했다.

　간호직은 3D 업종의 하나라고 말한다. Dirty, Difficult, and Dangerous. 3D, 더럽고 어렵고 위험한 기피 직종의 기호다. 3D에 멸시라는 뜻을 가진 Despise나, 품위를 떨어뜨린다는 의미를 지닌 Demeaning, 꿈이 없다는 뜻을 지닌 Dreamless를 입맛대로 덧붙여 4D 직업이라고 부르기도 한다. 너그러운 해석도 있다. Decent, Dangerless, Dirty. 수입이 짭짤하고 위험하지는 않지만 여전히 지저분한 직업이라는 점에서는 벗어나지 못한다. 변명과 비하가 함께 들어 있다.

나는 좋은 의미의 3D 안에 불편하게 앉아 있는 Dirty가 맘에 걸린다. Dreamlike나 Dreamful이라는 단어를 넣으면 어떨까. 꿈같은 직업이니 도전해보라고 후배들에게 권하고 싶다. 어떤 말이 오간다 해도 간호직은 생명을 소생시키는 엄숙한 직업이다. 마이너스 3D를 플러스 3D로 변환시키는 보기 드문 직종이다. 역동적이고 피드백 보상이 큰 직업이다.

내가 일하는 병원에는 여러 대학에서 간호학과생들이 끊임없이 실습을 나온다. 그들을 대할 때마다 내 간호학생 시절이 또렷이 떠오르면서 동정심이 우러난다. 50대가 훌쩍 넘어 머리가 허연 남성들도 간간히 눈에 띈다. 이들은 높은 보수 때문에 간호학을 택했을까? 뒤늦게 발견한 간호 사명의식 때문일까? 긍정적이든 부정적이든 3D를 경험할 이들에게 연민을 느낌과 동시에 격려의 마음이 샘솟는다. 어느 쪽이든 각자의 몫이다. 간호직 자체에는 아무 책임이 없다. 간호실습생들이 끝까지 포기하지 않기를 바란다. 병동에 섰을 때도 초기의 설움과 실망과 고통에 주저앉지 않고 수습 기간을 무사히 마치고 독립적인 간호사로 우뚝 서기를 원한다.

3D 직업. 인간의 모든 더러운 것을 보고 겪고 치우는 직업의 대명사다. 맞다. 간호직은 3D 직업이다. 매우 인간적인 직업이다. 내면적인 더러움을 취급하는 것보다 훨씬 단순하고

진실하기 때문이다. 간호직은 여기서 멈추지 않는다. 간호사는 마이너스 3D를 플러스 3D로 전환시키는 비결을 아는 사람이다. 더러운 것을 더럽게 보지 않는 훈련을 쌓은 사람이다. 병동에서 일하는 세월이 쌓일수록 간호직이 좋아지는 이유는 3D로 표상되는 인간 성정에 대한 이해가 점점 깊어지고 확장되기 때문이다. 인간의 진면목을 솔직하게 대면하는 법을 배울 수 있기 때문이다. 인간의 몸에서 나오는 모든 물질보다 마음과 생각에서 나오는 것이 더 역겹다는 인식에서 출발하면 겸손해질 수밖에 없다.

인간은 아름답다고 한다. 인간의 몸에서 나오는 모든 것이 오물 투성이인데 어떻게 아름답다 말할 수 있는가. 마음과 정신 때문이다. 이 두 가지를 선하게 계발하고 성숙 성장시키지 않으면 인류는 희망이 없다는 것을 간호 일선에서 날마다 체험한다. 인간은 정말이지 마음이 중요하다. 마음이 올바른 사람은 다른 여타의 조건과 무관하게 아름답다.

간호직이 어려운 것은 마음을 앓는 사람들을 접해야 하기 때문이다. 몸이 아파 병원에 오는 사람들 절반 이상이 정신과적 질병을 함께 앓는 경우가 흔하다. 몸이 아픈 환자를 돌보는 일보다 마음과 정신이 피폐한 환자를 돌보는 일이 더 힘들다. 간호사의 마음과 정신을 아프게 하는 환자를 돌보다 보면 회의와 슬픔에 빠질 때가 많다.

오래전 겪었던 일이다. 나는 50대 초반 여성에게 인슐린 주사를 하는 중이었다. 그녀는 팔뚝의 피하 주사를 선호했다. 막 주사기를 뽑는 순간, 그녀가 육중한 팔을 갑자기 눌러 내리는 바람에 주삿바늘이 내 검지에 직각으로 박혀버렸다. 그녀는 당뇨와 고혈압으로 합병증을 심각하게 앓고 있었다. 조울증과 정신분열 증세도 있어서 그녀도 자신을 통제할 수 없는 상황이 많았다. 그녀를 이해하면서도 하루 종일 그녀가 팽개치듯 쏟아내는 언어폭력에 시달리느라 나는 많이 지쳐 있었다.

나는 싱크대로 달려갔다. 팔을 아래로 내려뜨리고 손바닥에서부터 손가락 끝 방향으로 딥 티슈 밀키 마사지를 하면서 한동안 피를 흘려 내렸다. 알코올 패드로 마무리를 하는 내게 그녀는 빈정거렸다.

"나 C형 간염인 거 알지. 내 남편한테 옮았거든. 혹 모르지, 에이즈도 있는지. 잘 되었네, 이 기회에 에이즈 검사 한번 제대로 하게 생겼군."

그녀는 나와 함께 여러 가지 검사를 받게 될 것을 이미 알고 있었다.

갖가지 검사를 했다. 먼 거리에 있는 자매 병원을 오랜 기간 동안 오갔다. 여러 가지 질병을 얻을 수 있는 가능성을 예방하고 방지하기 위해 독한 약을 복용했다. 약에 취해 며칠 동안 일도 하지 못하고 흐느적거리는 동안, 나는 그녀의 행동이 고의가 아니었을 거라는 믿음을 놓지 않으려고 노력했다.

검사 도중 알게 되었다. 내가 세 가지 종류의 간염에 모두 면역이 되어 있다는 것을. 겁이 없어 결핵이나 대상포진을 비롯한 전염병이나 특수 병균 보균자 등을 거리낌 없이 돌보는 편이었지만 잠시 충격을 받았다.

그 일이 있기 하루 전에도 작은 소동이 있었기에 마음이 착잡했다. 32세 남성 환자의 팔에 주사라인을 만들어 식염수 주사액을 막 연결하고 난 참이었다. 내가 막을 새도 없이 그가 주삿바늘을 확 뽑아버리는 바람에 내 두 눈과 온 얼굴은 스프레이를 뿌린 듯 피범벅이 되었다. 흐르는 물에 눈과 얼굴을 씻고 있는데 소식을 들은 남자 간호사 르넬이 달려왔다. 그는 내가 감히 엄두도 낼 수 없는 내용의 질문들을 가지고 환자를 인터뷰했다. 성생활은 활발한가. 섹스 파트너는 몇 명인가. 당신이 어제 HIV 항체 검사를 요청했는데 특별한 자각 증세가 있는가. 있다면 무엇인가. 르넬의 언행에서 위로를 받았다. 그의 전문가적인 태도가 든든하고 고마웠다.

학생 간호사로 일할 때였다. 학생 간호사라 하지만 조무사 직급이다. 37세 남성 환자를 이틀째 돌보는 중이었다. 그는 건장한 체구로 C형 간염 재발로 입원치료를 받고 있었다. 이른 아침에 그가 요청한 물품을 가져다주려고 그의 병실에 갔더니 문이 닫혀 있었다. 나는 노크를 했다. 누구냐고 묻기에 이름을 댔더니 잠깐만 기다리라는 응답이 돌아왔다. 잠시 후에 문이 열리더니 그가 내 팔목을 낚아채어 방으로 끌어들이고는 문을 닫음과 동시에 내 입을 틀어막았다. 나는 그의 완강한 힘에 낙엽처럼 병실 안으로 끌려들어갔다. 정신이 아득했다. 그는 환자 가운을 벗어던진 나신 상태였다. 이럴 때는 어찌해야 하는지 교육받지 못했다. 그는 위협했다. 순종하지 않으면 자기 팔에 피를 내어 내게 먹이겠다고. 나는 발버둥을 쳤다. 한쪽 팔로 내 어깻죽지를 붙잡고 다른 한쪽 손으로는 내 입을 눌렀다. 속수무책, 나의 저항은 물속 종이처럼 무력했다.

그가 나를 끌고 세면대로 갔다. 뭔가를 찾으려는 듯 내 입을 막고 있던 손을 떼는 순간, 문 쪽을 향해 단말마 같은 비명을 질렀다.

"Help!"

그가 내 입을 막음과 동시에 문이 열리고 남녀 간호사들이 우르르 몰려들어왔다. 그렇게 나는 구원을 받았다. 응급실에 누워 몇 시간 동안 마음을 진정시키면서 얼마나 두렵고 떨리던지. 지금 생각해도 끔찍하다. 그때 왜 간호사복을 벗지 않았을까, 의아하다.

병동에서 일하노라면 예상치 못한 여러 종류의 위험에 노출되는 때가 많다. 참으로 특이한 일은 환자들로부터 어떠한 비인간적인 처사를 당해도 상처가 되지 않는다는 것이다. 상대가 환자라는 이름으로 다가오면 희한하게 모든 처사가 용납된다.

더 신기한 사실이 있다. 나는 매사에 선택과 결정을 확신 있게 하지 못하고 늘 머뭇거리는 회색분자다. 그런 내가 병동에 서기만 하면 완전히 달라진다. 아무리 힘든 상황을 만나도 흔들리거나 내가 한 결정에 주저하지 않는다. 목적을 가진 뚜렷한 인간이 되는 것이다. 눈에 보이지 않는 적, 병균과의 싸움에 나선 사람이 응당 지녀야 할 긴장 의식이 나를 붙들어준다.

환자들은 나를 비추는 거울이다. 그들을 돌보며 인간의 갖가지 성정을 거듭 배우고 확인한다. 온유와 인내를 연습한다. 그들의 언사와 행동을 통해 나의 정서와 동기들을 돌아본다. 성격이 밝고 따뜻한 환자에게는 존경심으로, 어둡고 불평이 많은 환자에게는 인내와 이해로 대하며 교훈을 얻는다. 내 속에 깊이 자리 잡고 있는 망가지고 어그러진 생각들을 돌아본다. 모든 부정적인 생각들이 멀리 물러가고 밝고 화사한 생각들이 그 자리를 가득 채우기를 소원한다.

마더 테레사가 했던 말을 자주 상기한다.

"나는 사라지고, 나를 통해 전해지는 참된 진리가 내가 마음을 쏟았던 사람들 속에서 계속 빛나고 있으면 된다."

나이팅게일 선언문의 또 다른 해석 같은 말. 간호사의 소박한 꿈을 대변한 말. '빈자의 성녀' 마더 테레사는 훌륭한 인도주의자이자 간호사였다. 육신은 죽어도 빛나는 정신은 후세대들에게 영원히 살아서 활동한다는 것을 그녀를 통하여 절실히 확인한다.

응급실을 오가며 불안해하는 벨라에게 마땅히 위로할 말이 생각나지 않았다. 언어는 참 제한적이다. 겨우 한마디 해주었다. 옛날에 아주 옛날에 할머니가 자전거에서 떨어져 깨진 무릎에서 나는 피를 바라보며 우는 내게 해주셨던 말이다.

"사람의 몸은 그렇게 쉽게 망가지지 않는 법이란다."

그녀에게 나쁜 일이 일어나지 않기를 바란다.

역지사지 易地思之

라커룸에서 환자복으로 갈아입는 마음이 착잡하다. 거울 속에 비친 얼굴이 낯설다. 빛바랜 환자복처럼 화장기 없는 얼굴이 초췌하다. 화장을 한 수술 환자들은 왠지 더 슬퍼 보인다는 느낌 때문일까, 무색의 립글로스조차 바르지 않은 입술이 창백하다. 이틀간 곡기를 끊고 약물을 사용하여 장을 청소한 뒤여서 탈수 탈진 상태다. 큰 병을 진단받지나 않을까 하는 불안한 감정도 무시할 수 없다.

손가방을 사물함에 넣었다. 구두를 벗는데 기분이 묘하다. 이 신을 다시 신고 가방을 들고 방을 나갈 수 있을까, 신파 감정에 압도당한다. 간호사가 사물함 자물쇠를 탁, 소리 나게 채운다. 내 가슴 한구석에서도 쿵, 소리가 난다.

간이침대에 누웠다. 간호사가 나를 내려다본다. 나는 늘 침대에 누워 있는 환자들을 내려다보는 일에 익숙한 사람이다.

이제 침대에 누운 환자가 되어 간호사를 올려다보니 만감이 교차한다. 이 사람은 나를 어떻게 볼까.

간호복을 입은 나는 환자를 대할 때 늘 한 가지를 염두에 둔다. 똑같은 환자복을 입었지만 모두 독특한 개성을 가진 인격체들이다. 그들을 병실 번호로 부르지 말자. 허름한 환자복 안에 감춰진 내면의 품위와 인격을 보자. 정말이다. 학력과 지위, 재력과 국적이 환자들을 대하는 기준이 되어서는 안 된다. 그렇게 재확인 과정을 거치지 않으면 당신은 환자, 나는 간호사라는 이분법에 빠져 인격적으로 환자를 돌보기가 쉽지 않다.

간호사가 주사라인을 만들 정맥을 찾느라 이리저리 팔목을 살핀다. 나는 고무줄이 필요 없을 만큼 굵은 정맥이 손등과 팔 여기저기에 선명하게 드러나 있는 사람이다. 실수하는 것이 오히려 어렵다. 일은 항상 그럴 때 터진다. 간호사가 주삿바늘을 너무 깊이 찔렀다. 터져 나오는 비명을 입안에 가둔다. 바늘은 정맥을 뚫고 근육을 찔렀을 것이다. 그 바늘을 무리하게 들어 올려 정맥을 찾는다. 쇠바늘을 살살 빼내면서 플라스틱 튜브만 앞으로 천천히 밀어 넣어야 정맥이 다치지 않는데 한꺼번에 밀고 있다. 아무 말도 하지 않기로 작정했으니 끝까지 일관된 자세를 유지하자. 잘못되면 다시 만들겠지. 의외로 링거액이 잘 떨어지고 있다.

위장내시경 검사를 받기 위해 직장에서 20분 거리에 있는 자매 병원에 왔다. 내가 일하는 병원 수술방 위장내과 동료들에게 내 무의식 상태를 보여주고 싶지 않았다. 나만 그런 생각을 가진 것은 아닐 것이다. 무방비 상태에서 신체 노출에 의연한 사람이 얼마나 될까. 함께 일하는 스태프들에게 나도 알지 못하는 내 위장 상태를 스크린으로 드러내는 일에 무심할 만큼 나는 단단한 사람이 아니다. 나는 무의식 상태가 되면 어떤 반응을 보일까? 마취제나 진정제를 주사하면 의식을 잃는 동시에 오직 원초적인 기질만 활동한다. 수술방과 회복실에서 보았던 몇몇 환자들의 모습이 생생하게 떠오른다. 덜컥 겁이 난다.

한 여성 환자가 수술대 위에서 깨어나는 동안 벌였던 에피소드가 생각난다. 외과의사를 자신의 침대 속 애인으로 착각했는지 차마 들을 수 없고 볼 수 없는 광경을 한참 연출하여 주변을 무안하게 했다. 수술 전까지 그토록 예의 바르던 어느 신사는 수술 후 깨어나면서 온갖 육두문자를 쏟아내고 난폭해져 어려운 상황을 맞기도 했다. 그런 환자일수록 마취에서 깨어나면 자신이 곤란한 문제를 일으키지 않았느냐고 묻는다. 아주 조용했다고, 특기할 만한 일이 없었다고 시치미를 뗀다.

검사실로 실려 들어가니 닥터 모블리가 환하게 웃으며 맞는다. 실력이 출중하고 판단력이 뛰어난 의사이다. 그의 웃는 얼굴을 대면하니 심정이 복잡하다. 괜히 함께 일하는 의사를 택했나, 잠깐 후회가 된다. 내가 알 수 없는 나, 내가 볼 수 없는 내부를 그가 알고 본다 생각하니 몹시 쑥스럽다. 내장 청소가 제대로 되어 있지 않으면 어쩌나 미리 부끄러웠다.

깨어나 보니 회복실이다. 내가 못 되게 굴지 않았느냐 물으니 담당 간호사가 웃는다. 죽은 듯이 너무나 조용해서 여러 차례 깨워 살아 있다는 것을 확인했단다. 손등이 많이 부어 있다. 예상했던 거다. 시간이 지나면 부기는 저절로 사라질 것이다. 의사가 다가와 어깨를 툭 치며 엄살꾸러기라며 놀린다. 앞으로 10년 동안 네 내장을 볼 수 없을 테니 참으로 서운하다는 농담을 건네며 웃는 낯을 대하니 안심이 된다.

시원한 사과 주스 한 모금이 감격스럽다. 음료를 넘길 수 있고 맛을 아는 감각이 얼마나 대단한가. 무리하지 말자고, 몸을 잘 돌보자고, 죽음이 연장된 시간을 소중히 다루자고 결심한다. 지난 몇 달 동안 병원 일을 하면서 수필집을 출간하느라 밤낮 구분 없이 살았다. 한정된 시간에 많은 일을 소화하려면 수면 시간을 희생시킬 수밖에 없었다. 컨트롤이 되지 않는 위통과 피로감으로 두려움이 엄습했다. 이제 됐다.

새로워지자. 환자의 입장을 이해하는 간호사가 되겠다고 결심했던 초심으로 돌아가자. 스태프들과 리포트를 주고받으면서 환자의 이름을 부르지 않고 입원실 호수로 다룬 적이 많았다. 환자들의 반응에 따라 냉정과 친절 사이를 함부로 오갔다. 환자들이 진정 원하는 간호를 했는지 뒤돌아본다.

십여 년 전, 간호사 배지를 달고 병동에 처음 섰을 때, 나는 세 가지 간호철학을 실천하겠다고 마음먹었다. 첫째, 환자의 몸에 손을 댈 때마다 하늘을 만진다는 심정으로 대한다. 둘째, 내가 존경하고 사랑하는 사람을 대하듯 환자들의 인격을 존중한다. 셋째, 간호사의 특권을 남용하지 않는다. 오! 순수했던 과거여, 스스로 정한 약속을 얼마나 이행했을까. 반성하고 또 반성한다.

간호사는 낯선 사람들과의 만남이 빈번한 사람이다. 환자의 머리털부터 발가락 끝까지 보고 만질 수 있는 특권을 누린다. 환자는 상대가 간호사복을 입었다는 차이 하나만으로 자신을 온전히 드러내고 맡긴다. 그들은 육신이 약해진 것만큼 정신력이 상대적으로 예민해진다. 살갗을 스치는 간호사의 손길 하나, 작은 몸짓 하나가 그들의 인식세포에 그대로 각인된다. 마음 상태가 고스란히 전달된다고 할까. 냉정과 멸시, 동정과 연민의 마음을 곧바로 느낀다. 병실에서 언어로 나누는 대화는 소통과 이해에 아주 작은 역할을 할 뿐이다.

다음 날 아침, 병동에 돌아왔다. 환자들을 대하는 마음이 새로웠다. 언제든지 서로의 입장이 바뀔 수 있다는 경험이 준

교훈일 것이다. 닥터 모블리를 카페테리아에서 만났다. 전날 내 속을 모두 들킨 탓인가, 여느 날보다 반갑다. 그의 성급한 성격 때문에 골탕을 많이 먹었던 나는 한동안 그를 미워한 적이 있었다. 그의 진심을 알고 난 후부터 나는 그가 더 이상 어렵지 않았다. 그 뒤 그의 장점을 많이 발견하게 되었다. 이제 내 속을 샅샅이 들여다 본 그에게 자존심을 내세울 처지는 더더욱 아니다. 나는 진심으로 그에게 고맙다고 인사했다.

새삼 내 환자들에게 고마운 마음이 든다. 그들은 내 말을 전적으로 믿고 순순히 믿고 따라주었다. 의학에 관한 지식이 없기 때문일 수도 있고 오늘 나처럼 간호사의 잘못을 눈감아 주는 것일 수도 있다. 환자들에게 더욱 친절하고 따뜻하게 대하리라. 그들의 마음을 읽는 일에 소홀하지 않아야지. 그들의 필요를 곧바로 알아챌 수 있도록 눈과 귀와 마음을 항상 열어두어야지.

아스팬의 추억

아스팬 ASPAN, American Society of Peri-Anesthesia Nurse. 제33차 전국 연례 콘퍼런스에 다녀왔다. 수술방 회복실 간호사들을 위한 교육과 사교의 축제. 라스베이거스에서 일주일간 열린 모임에 전국에서 총 2천 명이 참석했다. 회복실 간호사들이다 보니 남자 간호사들은 어쩌다 간혹 눈에 띌 뿐, 온통 여자들 세상이었다. 간호는 여성성의 발현 영역임을 새삼 확인할 수 있었다. 괴테는 『파우스트』에서 말했다. "영원히 여성적인 것이 우리를 구원한다"고.

올해 콘퍼런스의 주제는 '힘, 연습, 목표의식의 함양으로 난관을 이긴다'였다. 개막식에 이어 등단한 리더십 전문 양성 프로그램의 대가 스티브 메라볼리 씨의 기조연설이 매우 인상적이었다. 내면의 힘을 강화함으로써 삶의 질을 높일 수 있다는 이론과 실제를 설파하여 많은 박수와 공감을 얻었다. 그의 이야기를 듣는 동안 어깨에 실린 긴장의 무게가 가벼워지는 느낌이 들었다. 삶의 긍정적인 변화를 위한 그의 제안들은 평범하지만 절대적으로 필요한 요소들이어서 더욱 공명을 불러일으켰다.

콘퍼런스의 모든 프로그램과 커리큘럼이 주제와 연결되어 있었다. 짜임새 있는 기획과 운영으로 분위기는 격조 있고 평온했다. 그 많은 사람들이 자신이 필요한 곳을 찾아 조용하면서도 신속하게 움직이는 것을 보고 일순 감동을 느꼈다. 타인과 조화로운 관계를 유지하기 위해서는 반드시 중재가 필요하다. 그것이 교육의 힘이다.

하루 8시간 교육의 강도 높은 일정이었다. 매시간 4~5개의 서로 다른 주제가 동시다발적으로 진행되었다. 각 강의실마다 자신의 관심사에 따라 참가한 사람들로 장사진을 이루었다. 강의 후 질의응답 시간의 열기 또한 대단했다. 질문자나 그에 답하는 강사들의 태도가 진지하고 성실했다.

콘퍼런스의 꽃은 단연 강사들의 숙련되고 깊이 있는 강의였다. 그들은 의사, 간호사, 지도자로서 실제로 겪은 보람과 감동, 실패와 좌절을 아낌없이 나누어주었다. 진지한 내용 속에는 재치와 유머가 스며 있고 즐겁고 보람된 경험은 감동과 감탄을 불러일으켰다.

청중들은 자신의 경험과 흡사한 에피소드를 들으며 미소

와 한숨으로 공감을 표시했다. 터지는 폭소와 표현이 불가한 감정이입 속에 카타르시스를 느꼈다. 우리는 함께 웃고 함께 눈물을 흘렸다. 큰소리로 동의하다가 금세 자신의 내면을 돌아보느라 긴 침묵이 흘렀다. 회의와 성찰과 보람과 희망이 뒤따랐다. 전문적인 간호기술을 재점검하고 최신 의학지식을 전달받는데 마치 인문철학 강좌를 듣는 기분이었다.

재치와 지식과 경험의 삼박자가 주는 강력한 힘을 체험했다. 감동적인 환자 간호 체험을 나누는 가운데 자기 위로의 기쁨도 있었다. 고개를 끄덕이면 그뿐, 구차한 설명이 필요 없었다. 메시지가 전달되는 공간에는 완전한 공감의 기류가 흘렀다. 직업의 동질성과 소속감, 유대감으로 우리는 금방 친해졌다.

간호 세계는 그 안에서 일하는 사람만이 알 수 있는 특별한 문화가 있다. 간호직은 팀워크의 가치가 유난히 빛을 발하는 분야다. 효율적이고 기민한 판단력과 대처능력을 요구한다. 환자를 나 자신처럼 여기는 인도주의적인 따뜻한 심장을 지녀야 한다. 강도 높은 활동을 감당할 수 있는 체력과 건강도 필수 조건이다.

여흥도 만만치 않았다. 매일 저녁마다 갈라 파티를 비롯하여 회장이 베푸는 특별 만찬과 각종 이벤트들이 줄을 이었다. 흥겨운 춤과 풍성한 먹을거리가 곁들인 사교의 축제. 오늘 저녁은 어떤 새롭고 기발한 볼거리들이 제공될까 기대가 컸다. 여러 의료 기관에서 나온 직원들이 커다란 강연장을 빙 둘러가며 부스를 차려놓고 홍보했다. 인테리어와 직원들의 의상, 그리고 상큼한 아이디어로 마련한 이벤트가 흥미로웠다. 게시판에는 각종 유익한 소식이 공고되었다. 각 지역별 모임과 단합대회가 줄줄이 이어졌다. 남가주에서 일하는 간호사들과 함께 밥을 먹고 지역사회의 의료 건강에 대하여 담소를 나누는 시간이 유익하고 즐거웠다.

우리는 저녁마다 화려한 의상으로 갈아입고 신나는 시간을 보냈다. 맛있는 음식과 경쾌한 남미 음악이 있고 소통할수 있는 사람들과 이벤트가 있으니 어찌 즐겁지 않겠는가. 웃고 떠들고 흔들면서 우리는 1년 동안, 아니 오랜 세월 간호사로 일하며 쌓인 스트레스를 몽땅 털어냈다. 낮 동안 차분하고 전문가적인 옷차림과 태도로 각종 강의를 진지하게 들었던 사람들이라고는 믿을 수 없을 만큼 전혀 다른 방식으로 시간을 보냈다. 참가자들의 일정을 저녁과 밤에만 모니터 하는 사람이 있다면 교육 콘퍼런스라는 것에 도무지 동의하지 못할 것이다. 일할 때는 열심히 일하고 놀 때는 실컷 놀아라. 웃을 일이 있을 때는 맘껏 웃고, 울어야 할 때는 세상이 무너진 듯 울어라. 낮 동안 강의실에서 진지하게 배운 철학, '현재를 사는 법'을 복습하고 학습하는 현장이었다.

콘퍼런스를 마치고 직장에 복귀했다. 오랜만에 환자를 돌보는 마음이 몹시 설렜다. 어떤 이야기들이 기다리고 있을까. 일주일 동안 받았던 교육의 실제가 현장에서 어떻게 발현될지 기대가 몹시 크다. 목표의식을 강화하고 연습과 훈련을 통하여 힘을 기른다면 언제 어디서든 행복할 수 있다는 가르침을 오래 기억하고 싶다.

나는 이렇게 간호사가 되었다

컴퓨터 화면을 뚫어지게 응시했다. 기싸움이다. 총 275문제라고 했다. 4시간이 주어졌으니 한 문제당 1분이 조금 모자라는 시간이 배당된 셈이다.

캘리포니아 등록 간호사 면허시험. 컴퓨터 시험에 대한 두려운 루머가 대단했다. 첫 75문제가 리트머스 시약이다, 최고난도 문제들인데 잘하면 컴이 저절로 꺼진다, 실력을 인정받았다는 청신호다, 너무 못해도 75문제에서 꺼진다, 가망이 없다는 심판이다, 수험자의 실력이 어중간해서 판단이 유보되면 100문제까지 간다, 그 뒤에는 275문제를 다 풀어야한다.

75문항에서 끝장을 보아야 했다. 시력이 약한 나는 4시간동안 컴퓨터 모니터에 집중할 자신이 없었다. 조금만 오래 화면을 들여다보고 있으면 글자가 흐려지고 깨지면서 판독이 어려운 상태가 되곤 했다.

긴 숨을 내리쉬고 클릭을 시작했다. 시험 치르는 요령을 자세히 읽었다. 질문 방식과 경향을 파악하기 위하여 연습문제와 예상문제를 푸는데도 충분한 시간을 투자했다. 이미 30분이 지나가고 있었지만 담담했다. 괜찮아, 75문제에서 끝을 낼 테니까. 시간은 충분해.

실전문제를 시작하는 단추를 클릭했다. 문항마다 함정이 깔려 있었다. 집중하지 않으면 속을 수밖에 없도록 꼬이고 꼬여 있었다. 75번 문제에 답을 하는 손가락이 떨렸다. 컴아, 제발 꺼져다오. 내 눈은 이미 지쳤단다. 웬걸, 76번 문제가 화면에 꽉, 떠올랐다. 바짝 긴장이 되었다. 100번 문항에 희망을 걸었건만 답을 클릭하자마자 맙소사, 101번 문제가 화면에 나타났다. 이를 어쩐담. 입술이 마르고 심장이 쿵쾅거리기 시작했다. 이제 모든 시험문제를 꼼짝없이 풀어야 한다.

눈길 손길을 바삐 움직였다. 생각할 시간이 더 이상 없었다. 1분 안에 3문제를 풀어야 하는 것이다. 재빨리 읽고 느낌이 오는 답을 찍었다. 시간 부족으로 문제를 읽지도 못하고 빈 답을 제출해 낙방하는 것은 얼마나 억울한 일이냐.

112번 문제에 답을 한 직후였다. 컴 화면이 퍽! 꺼져버렸다. 마치 고장 난 것처럼 캄캄한 화면. 이리저리 마우스를 움직여도 스크린은 꿈쩍도 하지 않았다. 황당했다. 75번도 100번도 아니다. 75번 이후부터는 어느 문제 하나 자신 있게 맞는 답을 했다고 장담할 수 없는 처지였다. 이 시험이 얼마나 지속될지 모른다는 불안감과 중압감에 휩싸여 즉흥적인 답을 했기 때문이다. 냉담한 화면을 멍하니 바라보는 동안 생각 하나가 머리를 세차게 때렸다.

I have failed! 나는 망했다!

파킹랏에는 햇살이 눈부셨다. 자동차 안에 들어서니 눈물이 거침없이 쏟아졌다.

나는 간호학 공부를 늦은 나이에 시작했다. 미국에 와서 간호사가 되리라고는 꿈도 꾸지 않았다. 한인 신문사와 잡지사에서 편집과 번역을 하는 동안 불현듯 공부가 하고 싶었다. 사표를 내고 대학에 들어가 ESL을 공부했다. 끝을 알 수 없는 공부가 답답했고 얼마만큼 더 해야 하는지 짐작할 수 없어 막막했다.

슬럼프에 빠진 내게 친구가 조언을 해주었다. 전문 자격증을 딸 수 있는 과목을 전공하면 라이선스도 따고 영어를 저절로 습득할 수 있어 일거양득이란다. 한줄기 구원의 빛이었다. 간호학을 택하는 일은 어렵지 않았다. 한국에서 생물학을 공부하면서 행복했던 기억이 났다. 매사를 감성적으로 받아들이는 내게도 과학적인 사고를 할 수 있는 머리가 있다는 가능성으로 받아들였는지는 잘 모르겠다.

필수 교양과목을 마치는데 꼬박 2년 반이 걸렸다. 내가 해야 할 공부라는 확신이 없어서 처음에는 한 학기당 한두 과목을 건성으로 공부했다. 1년쯤 지나고 나서야 이왕 시작했으니 끝까지 마치자 싶었다.

한국에서 전공한 생물학은 이곳에서는 아무 소용이 없었다. 캘리포니아 소재 간호대학은 5년 이전에 취득한 과학과목 이수 학점을 인정하지 않았다. 기초 과학부터 다시 해야 했다. 철학, 심리학, 영양학은 그나마 흥미로웠다. 생리학, 미생물학, 약학은 그런대로 할 만했다. 대학 영어는 에세이를 쓸 때마다 한숨이 났다.

간호학 본과에 들어가 2년을 더 공부했다. 간호학과는 지옥의 불꽃이라는 정평이 나 있었다. 50여 년 학과 전통과 프라이드를 망칠 수 없다는 사명감으로 가득 찬 교수들은 어떻게 하면 학생들을 낙제시킬까, 고심하는 사람들 같았다. 필수 교양과목에 A 학점을 맞고 선발된 학생들이지만 무척 고전했다. 격주마다 치르는 시험 날짜가 다가오면 학생들은 두통과 복통을 앓았다. 50명으로 시작된 클래스는 낙제한 학생들이 하나둘 떨어져 나가더니 1년 후에는 절반으로 줄었다. 직업 간호사들 10여 명이 편입해 들어와서 그나마 빈자리를 채웠다. 졸업 즈음이 되자 교실은 또다시 썰렁해졌다. 강의실 복도에 걸려 있는 선배들의 졸업 사진 중 어느 해에는 단 11명만 서 있기도 했다.

숙제가 엄청났다. 학과 공부 이외에 실험, 리서치 페이퍼 작성, 세미나 연구 발표, 실습 비디오 제작은 시간을 거침없이 먹어치우는 주범들이었다. 일주일에 세 번 있는 환자 간호 실습 준비도 철저히 해야 했다. 병동에서 무작위로 쏘아대는 교수의 질문에 어물거리면 당장 병동에서 쫓겨났다. 모든 제출물은 MLA Modern Language Association 포맷 규정에 조금만 어긋나도 영점 처리가 되고 다시 만회할 기회가 주어지지 않았다.

나중에야 교수님들이 그렇게 까탈을 부린 이유를 알게 되었다. 사람의 몸을 만지는 것은 하늘을 만지는 것이라는 진리를 깨닫게 하기 위한 훈련이었음을. 자기주도적인 시간 관리를 통해 책임감 있는 지도자로 길러내기 위한 필수 교육과정이었음을. 지식이 아니라 인내와 사명의식을 시험한 것임을.

스터디 그룹에서 함께 공부했던 마리아는 남편과 이혼했다. 학교를 마칠 즈음에는 동기 중에 세 명이 이혼을 하고 두 명이 별거에 들어갔다. 가족의 이해와 협조가 없으면 도무지 해낼 수 있는 공부가 아니었다.

질리게 공부했다. 주중에는 학교 일정을 마치고 도서관에 가서 밤 9시 반, 문 닫을 때까지 책을 읽었다. 주말에는 Jack in the Box, 잭 인 더 박스 햄버거 숍에서 밤 11시까지 복습과 예습을 했다. Jane in the Box, 제인 인 더 박스가 되었다. 인생의 모든 재미는 유보되었다. 꼭 필요한 일만 했다. 인생의 우선순위를 확실히 배웠다.

한두 시간 책을 읽다 보면 두 눈이 피곤해지곤 했다. 까만 글자가 하얀 종이에서 분리되어 둥실 공중부양을 함과 동시에 이중삼중으로 깨졌다. 그런 때는 눈을 감고 음악을 들었다. G 선상의 아리아, 콜 니드라이, 바흐 무반주 첼로 모음곡. 셀 수 없이 들었다.

그중 포기할 수 없는 것이 글쓰기였다. 일간지에 격주로 칼럼을 쓰고 본국과 로컬 문예지에 열심히 글을 발표했다. 공부하는 동안 수필집 두 권을 출간했다. 오직 공부와 글쓰기만 했다.

고등학교 3학년 때 육군간호장교사관학교에 응시했다. 필기시험에는 합격했는데 면접과 보안 검사에서 낙방했다. 면접을 마친 면접관은 내게 군인의 소양이 부족해 보인다고 했다. 보안 검사에서는 오래전 정계에서 활동하던 친척이 납북당한 이력이 문제가 되었다. 만 18세 때 깊은 상처를 입고 포기해야 했던 간호사의 꿈이 20여 년의 세월이 흐른 후에도 무참히 무너지고 있었다.

면허시험에서 떨어지면 3개월에 한 번씩 재시험 기회가 주

어진다. 한 번 낙방하면 계속 떨어진다는 증후군이 유행하고
있었다. 나는 그런 상황을 감당할 만한 에너지가 없었다. 기
가 막혔다. 자동차 안에서 2시간 동안 실컷 울고 났더니 그나
마 속이 후련했다. 다음번에는 철저히 준비하자. 생명을 하늘
처럼 다루는 직업인데 당연히 더 공부해야지. 훌훌 털고 집으
로 돌아왔다.

3일 동안 잠만 잤다. 결과는 사흘 후에 발표된다 했다. 합격
하면 캘리포니아 등록 간호사 홈페이지에 수험자의 라이선
스 번호가 이름과 함께 뜬다고 했다. 결과를 알아볼 필요조차
없었다. 떨어진 게 분명하니까. 그래도 사흘째 되는 날 인터
넷에 들어가 내 수험 번호를 찍어보았다. 허사였다. 6일째에
도 인터넷을 열어보았다. 허탕. 나는 밤마다 악몽을 꾸었다.

8일째 되는 날 새벽, 컴퓨터를 열었다. 당락은 5일 전에 이
미 결정이 되었는데. 공부한 것이 아까웠던 것일까. 허망했
나. 미련이 남았던가. 그런데 오 마이, 내 이름이 라이선스 번
호와 함께 말갛고 선명하게 찍혀 있었다. 믿어지지가 않았다.
실수가 아닌가, 불안했다. 캘리포니아 간호협회에 전화했다.
사무실 이전으로 그 기간 동안 시험을 치른 사람들의 결과발
표가 늦어졌단다.

나는 이렇게 간호사가 되었다.

제4부

틈과 땜

10 Qualities That Make a Great Nurse
1. Communication Skills
2. Emotional Stability
3. Empathy
4. Flexibility
5. Attention to Detail
6. Interpersonal Skills
7. Physicals Endurance
8. Problem Solving Skills
9. Quick Response
10. Respect

유능한 간호사를 만드는 10가지 자질
1. 듣는 귀를 가진 유능한 의사소통 기술
2. 고도로 긴장된 환경에서도 정서적 안정을 유지하는 능력
3. 동정과 위로를 줄 수 있는 공감 능력
4. 어떤 환경에서도 주변을 빛나게 하는 유연성
5. 생사가 관련된 간호 현장에서 작은 실수나 오류를 빚지 않는 세심한 주의력
6. 의사와 환자를 원만하게 중재하는 대인 관계 기술
7. 신체적 정신적인 간호업무를 넉넉히 감당할 만한 강건한 체력
8. 문제를 재빨리 제대로 간파하여 유능하게 해결하는 능력
9. 응급 상황과 예상치 못한 돌발 상황에 유연하고 빠르게 대처하는 반응력
10. 사람을 이해하고 규칙을 존중하는 능력

뒷목 늘리기

환자의 수술 부위를 점검한다. 등과 고개를 공손하게 구부려 인사하는 모습이다. 환자의 팔목에 새 주사라인을 만드는 동안 뒷목이 드러날 만큼 고개를 잔뜩 수그린다. 침대 아래 매달린 도뇨관의 소변을 비울 때는 무릎을 꿇는다.

겸손의 진정한 자세를 배우기 위해 나는 간호사가 된 것 같다. 간호사는 사람들의 자극과 반응에 쉽게 동요되지 않게 해주는 최적의 직업이다. 다양한 기질의 환자들과 동료들은 나자신의 모난 성격을 비추어주고 되돌아보게 하고 개선할 기회를 제공하는 훌륭한 거울이다.

얼마 전 미팅에서 만났던 어느 고위관리가 생각난다.

"요즘 저에게 고민이 하나 있습니다. 고개를 쳐들고 큰소리로 지시하고 야단을 치노라니 저도 모르게 앞목이 자꾸만 길어지고 뒷목은 자꾸만 짧아집니다. 저는 짧은 앞목과 긴 뒷목을 갖고 싶어요."

공식적인 모임에서 기대하기 어려운 말이어서인지 무척 신선하게 느껴졌다. 외부 손님들 앞에서 쉽게 할 수 있는 말이 아니었다. 정치성 제스처나 립 서비스와는 다른 진정성이 고스란히 와 닿았다. 그의 용기와 솔직함이 마음을 울렸다.

우리는 종종 자신을 가장한다. 자신에게 유익하다 싶으면 말과 행동을 낮춘다. 진정한 자세를 연습할 기회가 적다 보니 평소에는 자신만큼 너그러운 존재가 없다고 느낀다. 그러다가 다른 사람들의 경솔한 말 한마디, 배려 없는 행동에 용서가 결여된 자신의 실재와 직면한다.

내 주변에는 잘 나고 똑똑한 인물들이 많다. 내가 앞목을 늘리고 뒷목을 짧게 하여 큰소리칠 상대는 어디에도 없다. 의학박사들, 교수들, 고단수 인생 고참들. 내 자격지심을 상대적으로 부추기는 사람들 태반이다.

불같이 화를 내며 인내심이라고는 손톱 끝만큼도 없는 의사들이 있다. 늦은 밤, 자신이 스스로 정한 수술 케이스 시간에 1시간이나 늦게 나타나서는 환자를 수술실에 재빨리 옮기지 않는다고 야단을 치면 할 말을 잃는다. 환자는 수술실에 들어가기 전 수술을 집도할 의사와의 면담이 필수이기에 대기실에서 그를 기다렸다는 것을 까마득히 잊은 것일까. 한두 번도 아니고 습관적으로 그러는 의사들은 아무리 의술이 뛰어나다 해도 존경받기가 힘들다. 나는 그런 인물들에게는 고분고분하거나 주눅 들지 않는다. 맞받아치거나 솔직하게 말한다. 내가 당신을 싫어하거나 존경하게 하는 것은 전적으로 당신에게 달렸다고. 간호사에게 그런 말을 들으면 속이 상하겠지만 어느 때든 자신을 돌아보기를 바라는 희망을 버리지 않는다.

자신의 무능과 게으름을 감추기 위해 속이 훤히 들여다보이는 이중인격 플레이로 상급자들에게 잘 보이려 애쓰는 동료들이 있다. 나는 그런 사람들에게도 친절하지 않다. 마음을 줄 수 없는 사람들이다.

내가 존경하는 인물은 자신을 내세우지 않는 사람들이다. 의도적으로 자신을 낮추는 언행이 아니라 오랫동안 몸에 배인 절제와 관용으로 상대의 마음 문을 열게 한다. 그들은 자신이 정당한 대접을 받지 않아도 흔들리지 않는다. 내면이 풍요심리로 가득 차 있으므로 외부의 자극에 일차원적인 반응을 하지 않는다. 삶의 가치를 발견한 사람들이어서 사물의 핵심을 꿰뚫는 지혜가 있다. 그들은 온화하고 고요하다. 그들에게서 스며 나오는 부드럽고 따뜻한 배려를 느낄 때마다 나 자신이 스스로 낮아진다. 그들 앞에 서면 한없이 부끄러워진다.

나는 지금 환자를 돌보고 있다. 고개를 숙이는 연습 중이다. 조금만 몸을 낮추면 이토록 선명하게 잘 보이는 것을. 이렇게 평안한 것을.

신체의 뒷목만 늘리는 사람이 아니라 마음의 뒷목을 늘리는 사람이 되고 싶다. 몸과 마음이 함께 고개를 숙이는 사람이 되고 싶다.

틈과 땜

　어릴 적 내 시골 고향에는 납땜 장수가 자주 왔다. 집 전화기도 드문 때라 이장이 확성기로 그의 출현을 알렸다. 구멍 난 양은 냄비, 손잡이가 떨어진 주전자, 조각난 솥뚜껑 등 갖가지 쇠붙이를 든 사람들이 마을 회관에 모였다. 세차게 뿜어 나오는 시퍼런 용접 불꽃이 납을 녹여 틈을 메우는 과정이 신기롭기만 했다.

　할머니는 땜 도사였다. 내 바지 무릎에 구멍이 나면 잔잔한 꽃무늬 천을 동그랗게 공글러 붙였다. 양말은 전구에 신겨 구멍 난 곳에 천을 덧대어 기웠다. 너덜거리는 책보는 마름모꼴로 자른 오방색 포플린 천을 여기저기 붙여서 멋진 패턴을 만들었다. 떨어진 단추는 튼튼한 명주실로 단숨에 달아주셨다.

　오늘 뇌척수 틈을 메우는 시술이 있었다. 마취과 닥터 누엔을 돕는 팀에 합류하여 응급실에 갔다. 젊은 여성이 극심한 두통 때문에 눈물을 흘리고 있었다. 닥터 누엔은 국부 마취와 똑같은 시술 종료 단계에서 마취제 대신 혈액을 환자의 등뼈에 주입했다. 환자의 팔목에서 채취한 15밀리리터의 혈액. 일명 에피듀랄 혈액 패치. 누수를 막는 땜 작업이다.

에피듀랄 국부 마취 부작용 중의 하나는 주사액을 전달하는 튜브 끝이 얇은 뇌척수 경막을 뚫는 것이다. 이 미세한 틈으로 뇌수가 새어나오면 뇌압이 낮아져서 환자는 극심한 두통을 앓게 된다. 강한 진통제로도 진정되지 않는 것이 특징이다. 가장 좋은 치료법은 환자 자신의 혈액으로 뚫린 경막을 봉합하는 것. 점성이 강한 피의 성질을 이용한 것이다.

주입된 혈액이 뇌수가 흘러나오는 틈에 다다르면 그곳을 채우면서 응고된다. 나머지 혈액은 서서히 몸속으로 흡수된다. 시술을 받은 환자는 반듯이 누운 자세로 수 시간이 경과하면 두통이 말끔히 사라진다.

틈과 땜의 언어 역학을 보라. 'ㄷ'이 나뉘면 틈이 된다. 'ㄷ' 두 개가 뭉치면 땜이 된다. 땜. 나뉘고 떨어진 것을 이어주고 붙여주는 것. 상대의 허물과 단점을 덮어주는 것. 세상에서 얻은 상처를 말없이 어루만져 주는 것.

틈은 작을 때 막아야 한다. 너무 벌어지면 메우기가 어렵다. 작은 틈 하나 때문에 거대하고 견고한 댐이 무너지기도 한다. 인간관계도 그렇다. 철석같이 믿었던 오랜 신뢰와 우정이 이기심 때문에 순식간에 어그러진다.

우리 모두에게는 틈이 있다. 그 틈으로 거침없이 몰아쳐 들어온 세상 찬바람이 사람을 간단없이 주저앉게 한다. 비수처럼 날아온 한 마디의 말이 의식의 밑바닥까지 휘청거리게 한다. 너나 나나 이 세상에서 단 한 번뿐인 인생을 사는 건데, 서로의 마음을 아프게 하지 말자.

바지가, 양말이, 책보가 온전한 구실을 하고 단추가 제자리를 지킴으로서 나의 자세가 단정해진다. 내가 너의 틈에, 네가 나의 틈에 땜이 되어줄 때 우리 각자의 삶이 온전해진다. 내 작은 배려가 상대방의 생명을 살릴 수 있다면 얼마나 보람된 일인가. 내 존재가 너에게 땜이 되도록 마음공부를 부지런히 해야겠다.

세상은 땜의 원리로 아름답게 유지된다.

향초와 커피콩

캔들 파티에 갔다. '캔들'이라는 단어에 담긴 감성적인 의미가 마음을 사로잡았다. '파티'라는 단어가 품고 있는 일탈감은 또 어떤가. 두 단어가 하나로 뭉치니 표현할 수 없는 강한 흡인력을 발산한다. 거절할 수 없는 초대였다.

수술방 테크니션 레이첼의 집을 찾아가는 자동차가 춤을 춘다. 나도 여자구나, 새삼 웃음이 났다. 바쁜 일상에 쫓기다 보면 내가 여자인지 남자인지 성의 정체성을 잊고 사는 때가 많다. 수술방에서 일하다 보니 외출복에 거의 신경 쓰지 않는다. 일주일 내내 티셔츠와 청바지를 입을 때도 있다. 머리는 밤낮 고무줄로 질끈 묶는다. 병동에 들어서면 특수비누로 세탁된 수술실 전용 복장으로 갈아입고 머리에는 캡을 쓴 채 하루 종일 일한다. 머리에 예쁜 핀을 꽂을 일도 없고 깔끔한 모직 스웨터에 브로치를 달 일도 없다.

오죽하면 수술방 간호사들은 양말의 색과 문양으로 개성을 나타낸다는 말이 나올 정도다. 늘 수술복을 입고 사는 산부인과 의사 차오는 빨간색 바탕에 화려한 무늬가 수놓아진 양말을 신어 그의 성 정체성을 의심받기도 했다.

레이첼의 원룸 아파트 거실에는 피부색과 모국어가 각각 다른 여러 나라 여성들로 이미 가득 차 있다. 고소한 꽃들을 한 곳에 모아 만든 커다란 부케 같다. 방, 거실, 부엌, 화장실 등 곳곳마다 향과 빛깔이 다른 초들이 타고 있다. 족히 백 개는 넘을 듯한 향초 샘플들이 탁자 위에 가득 쌓여 있다. 셀린 디온의 감미로운 목소리가 흐르고 있다.

흠향의 아름다움이라니. 젊은 여성들이 두 눈을 지그시 감고 자신이 좋아하는 향을 찾는 모습이 애틋하다. 남모를 사랑과 속 깊은 행복도 함께 꿈꾸리라. 심신을 달래주는 그윽한 향과 음악 속에 묻히니 번잡한 생각과 갈등이 일시에 사라진다.

신기하다. 사람들이 선택한 향초는 각자의 성정을 닮아 있다. 젊고 발랄한 나탈리는 시고 강한 맛이 나는 꽃향을 좋아한다. 빛깔도 원색적이다. 몸과 마음 품이 넉넉한 에밀리는 고소한 쿠키향 속에서 행복한 표정을 짓는다. 타냐는 돌아가신 엄마가 사용하던 향수 냄새 같다며 여러 가지 꽃향을 조합하여 만든 향초를 붙잡고 다른 것은 들여다 볼 생각도 안 한다.

내가 고른 여러 벌의 향초에도 공통점이 있다. 스트레스 해소에 사용하는 아로마 계열 일색이다. 빛깔도 뭐라 야무지게 표현할 수 없는 중간색.

눈을 감고 흠향하였다. 고향집이 보이고, 미루나무 울타리 아래 수줍게 피어나던 청보랏빛 달맞이꽃이 눈앞에 어른거렸다. 동네 끝머리에 있는 강 언덕을 따라 무리지어 흔들리던 갈대 냄새마저 묻어났다. 마음속 깊이 가두어두었던 생각들이 길을 얻더니 거침없이 쏟아져 나왔다. 나는 아무래도 고향에 가고픈가 보다. 스트레스가 많은가 보다. 절박한 그리움이 있는가 보다.

커피콩의 용도를 새롭게 알게 되었다. 엇비슷한 향에 둘러싸여 그 차이를 명확히 구분하지 못할 때마다 작은 컵에 들어있는 서너 알의 커피콩 내음을 깊이 들이마셨다. 진하고 강한 향으로 모든 냄새를 잠재우는 요술사. 지친 후각을 일깨워 원래 위치로 복귀시켜 줌으로써 각종 양초가 지니고 있는 고유의 향을 다시 찾을 수 있게 해준다.

인생의 커피콩들을 생각했다. 일단 멈춤. 침묵. 홀로 있음. 명상. 요가.

세상의 아름다움도 점검해야 할 때가 있거늘. 정든 사람과의 관계도 되돌아보아야 할 때가 있거늘. 취하면 아니 되는 것이다. 사물의 진실한 모습을 알기 위하여. 만남의 의미를 승화시키기 위하여. 삶의 이정표를 점검하기 위하여.

커피콩과 향초를 번갈아가며 흠향했다. 그렇게 세 번을 반복하면서 거듭 끌리거나 여러 번 손이 가는 것들을 한쪽으로 골라놓았다. 마음을 사로잡는 향. 못내 아쉬워 다시 한번 확인하고 싶은 미련이 남아 있는 향. 떨칠 수 없는 인연. 거부할 수 없는 만남. 어쩔 거나. 떨칠 수 없고 거부할 수 없을 바에야 꼭 붙잡아 소중하게 갈무리해야 하지 않을까.

안개비로 먹먹한 아침, 촛불을 켰다. '콰이엇 모우먼트Quiet Moment'의 아득한 향이 삽시간에 마음속 공간까지 채운다. 오가피 씨앗 몇 알 떨어뜨려 차를 끓였다. 현존만으로도 넉넉하고 행복한 시간. 여울져 어룽대는 심상의 무늬들을 들여다볼 수 있는 시간. 순간 속으로 사라진다 해도 이 순간의 진실을 만나는 시간. 혼자만의 시간이 소중하다.

향내 나는 인생을 생각한다. 삶의 아름다운 동기가 되어주는 존재들이 떠오른다. 내 삶에 수많은 영감과 사유의 단서를 제공해주는 사람들. 인생의 커피콩을 삶의 적재적소에 들여놓고 현명하게 잘 활용하는 사람들. 그들이 바로 내 삶의 커피콩이라는 자각이 든다.

향초는 무심히 제 몸을 불태우고 있다. 그리운 얼굴들, 장소들을 떠올릴 수 있으니 향초도 커피콩이다. 이 세상 모든 존재는 서로가 서로에게 인식의 대상이 되는 순간 향초가 되고 커피콩이 된다.

마마시따 쮸쮸

간이침대 위에 누워 있는 애니의 표정이 천진하다. 다운 신드롬을 앓고 있다는 것을 한눈에 알겠다. 양쪽 눈 사이가 넓게 벌어져 있고 눈은 사시다. 목이 짧고 담요 위에 얹은 손가락이 유난히 짧고 굵다. 52세인 그녀는 담낭제거수술을 하기 위해 외래환자 병동에 입원했다. 소화기에 문제가 많아 여러 차례 입원과 치료를 반복한 기록을 가진 환자다.

침대 옆에 키 작은 여인이 서 있다. 예쁜 마음이 잔잔히 흐르는 참한 여인. 환자의 언니란다. 잠시도 쉬지 않고 두 손으로 동생의 얼굴이랑 머리카락을 쓰다듬고 있다. 맑고 선한 그녀의 눈과 마주친 순간 내 마음에 등불이 켜진다.

수술실로 들어가야 할 시간. 언니가 손을 떼자 애니는 두 손을 허공에 마구 휘저으며 울부짖었다. 아무리 안타까워도 언니는 따라 들어갈 수 없다. 죽음도 그렇다.

회복실에 실려 들어온 그녀는 마취에서 깨자마자 두려움
으로 바들바들 떨었다. 언니가 달려오더니 동생의 얼굴을 두
손으로 감싸 안고 수없이 키스를 퍼부었다. 괜찮아. 무서워하
지 마. 내가 여기 있잖아. 너를 떠나지 않을게. 언니가 언제까
지나 너를 지켜줄게. 마마시따 쮸쮸. 후렴처럼 반복되는 마마
시따 쮸쮸. 언니의 목을 결사적으로 껴안고 가슴에 얼굴을 묻
은 애니의 표정이 금세 평화롭게 바뀌었다.

나는 간이침대의 사이드레일을 내려주었다. 언니는 동생
얼굴에 자신의 얼굴을 맞댄 채 가만가만 노래를 불렀다. 난
잎 위를 구르는 이슬 같은 음률. 이른 아침 벙그는 나팔꽃잎
같은 가락. 간호일지를 쓰다 말고 나는 두 사람을 멍하니 바
라보았다. 그녀의 간절함이 내 마음을 떨리게 했다. 조곤조곤
얘기하는 그녀의 말에 귀를 기울였다.

우리는 콜롬비아에서 왔어요. 나는 20년 전에, 동생은 3년
전에. 동생을 돌보아주던 92세 엄마가 돌아가셨거든요. 이제
동생은 제 아기입니다. 나는 결혼한 지 25년이 되었고 성년
이 된 아들이 둘 있어요. 동생은 다섯 살 때 심장수술을 했고
그 뒤로도 고비가 많았어요. 열여섯 해를 넘기지 못할 거라고
했는데 지금까지 살아줘서 고맙기만 해요. 동생이 온 뒤에 제
남편은 바람이 나서 집을 나갔는데 얼마 전에 돌아왔어요. 두
아들이 아버지를 용서하고 받아주기를 바라고 있어요.

이토록 사랑스러운 여인을 버리고 다른 여자를 취하다니, 맹렬한 분노가 내 안에서 타올랐다. 나는 울먹, 그녀는 담담. 짧은 몇 문장 속에 한 집안의 내력이 고스란히 담겨 있었다. 언니는 왜 동생을 사랑할까? 핏줄이어서일까. 노모의 유언 때문일까. 병약한 사람에 대한 동정이나 인간애일까. 모두 아니다. 그녀의 언행과 마음씨는 이 모든 것을 다 합쳐도 부족할 만큼 아름다운 그 무엇이다.

부드러운 터치와 키스. 우츄프라 카치아가 생각났다. 사람의 영혼을 가지고 있어서 동일한 사람이 사랑의 마음을 가지고 지속적으로 만져주지 않으면 죽어버리는 식물. 마치 형이상학적인 사랑을 형이하학적인 실체로 드러낸 은유 같다. 어찌 식물뿐일까. 애니뿐일까. 우리 인간 모두는 다른 사람의 따뜻한 영적 터치가 필요하다. 사람을 살게 하는 힘이니까.

외래 병동으로 동생을 옮겼다. 언니의 남편이 기다리고 있었다. 그의 순한 눈매를 보자마자 미움이 봄눈 녹듯 사라졌다. 언니와 동생이 오래오래 자매애를 나눌 수 있기를, 언니의 가정이 속히 회복되어 내내 행복하기를 빌었다.

병동에서 멀어질수록 내 마음속에서 그녀의 노래가 더욱 선명하게 들려왔다. 두려워하지 마, 내 아가. 내가 네 곁에 항상 함께 있어줄게. 마마시따 쮸쮸. 마마시따 쮸쮸.

눈물보다 아름다운

　환자의 표정이 앳되다. 검정 뿔테 안경이 그녀를 더욱 어려 보이게 한다. 처음에는 10대 후반 소녀인 줄 알았다. 31세라고 는 믿어지지 않아 차트와 그녀의 손목 밴드를 보며 나이를 다 시 한번 확인했다. 그녀에게서는 수술이 임박한 환자들이 나 타내는 불안이나 초조 증세가 전혀 없었다.

　그녀가 대기실로 들어오기 전 그녀의 담당 간호사가 전화 했다. 환자의 정맥을 찾지 못해 주사라인 없이 보내어 미안하 단다. 그녀의 양손과 팔에는 반창고가 여섯 군데나 붙어 있었 다. 여러 간호사들의 노력이 실패로 돌아간 흔적이다. 컨트롤 이 안 되는 선천성 당뇨와 신부전증, 만성 근육통으로 정맥이 깊숙이 숨어버린 탓이다.

　오른쪽 엄지손가락 뼈마디 위에 1센티미터 가량 드러난 정맥 을 붙잡아 주사라인을 만들었다. 그녀가 작은 목소리로 "땡큐"

하고 말했다.

나도 별생각 없이 "마이 플레저"라고 대답했다. 몹시 아팠을 텐데 표정이 담담하고 평온하다. 나는 이런 환자를 만나면 마음이 저절로 쏠린다.

수술을 마친 그녀가 내게 다시 왔다. 표정이 온화하다. 수술 후 통증이 무척 심할 것을 예상했던 터라 의외였다. 통증 정도를 물으니 9란다. 0은 무통, 10은 호흡곤란을 일으킬 만큼 심한 응급 통증. 진즉 아프다 말하지 그랬느냐 하니 고개만 끄덕인다. 진통제를 주사하고 그녀를 물끄러미 바라보았다. 나는 이런 환자를 만나면 사랑스러워서 몸 둘 곳을 모른다.

조그만 몸을 따뜻한 담요로 감싸주고 차디찬 발을 부드럽게 마사지 해주었다. 혈액순환을 돕기 위한 필수간호라고 변명했지만 그녀는 알 것이다. 오랜 질병으로 이 병원 저 병원을 드나드는 동안 냉정한 병동 생리를 뼛속 깊이 경험했을 것이다. 나는 이런 환자가 무섭다.

컴퓨터에 간호일지를 쓰면서 자주 그녀를 돌아보았다. 그녀는 천장을 쳐다보고 있다가도 머리를 돌려서 내 눈과 마주쳐주곤 했다. 그뿐, 둘 다 말이 없다. 그저 고개를 끄덕여 눈으로 괜찮으냐고 물으면, 그녀 역시 고개를 끄덕이며 눈으로 응답했다. 내가 물끄러미 그녀를 바라보면 그녀는 내 시선을 피하지 않고 받아주었다. 무척 초롱초롱 빛나는 눈이다. 이상하다.

육신이 아픈 사람의 눈동자가 저토록 맑을 수 있는가. 선한 눈빛에 심장이 뜨끔하다. 세상 때를 걸러내고 내려놓으면 선하고 투명한 마음이 눈빛에 실리는 것일까. 이런 환자를 대하면 나도 모르게 전율한다.

일반병동으로 그녀를 옮기고 인수인계를 마쳤다. 마음을 굳게 먹어야 한다고, 육신이 아플수록 강해야 한다고, 평소에 다른 환자들에게 당부했던 말을 나는 그녀에게 일체 하지 않았다. 담요에 싸인 그녀의 두 발을 두어 번 가볍게 흔들어주었을 뿐이다. 병실을 나서는데 그녀가 내 이름을 불렀다. 그녀가 내 이름을 이토록 선명하게 부르다니. 정이 무엇인지를 새삼 깨닫게 해주는 음성이었다.

돌아서서 무엇을 어떻게 도와줄까 물으니 그녀가 두 팔을 번쩍 들어올렸다. 두 손이 아니라 두 팔. 나는 그녀에게 다가가서 그녀의 상체를 꼭 껴안아주었다. 그녀는 아무 말도 하지 않았다. 이런 환자를 보면 나는 아무 말도 할 수가 없다.

병실을 나서는데 눈가가 젖어왔다. 복도를 빠져나오다가 병동 디렉터를 만났다. 그녀가 놀라서 물었다.

"제인, 무슨 일이 있었어? 괜찮아?"

"응, 알레르기가 심해서 아무 때나 눈물이 나."

조용한 몸짓은 때로 눈물보다 아름답다.

사랑을 저축하라

수술이 임박한 환자를 데리러 일반병동에 갔다. 병실에 들어서자마자 후끈 열기가 몰려왔다. 열서넛은 족히 넘어 보이는 사람들이 병실을 가득 채우고 있었다. 임종 때나 대하는 광경이라 긴장이 되었다.

지치고 창백한 멕시컨 여인이 침대에 누워 힘겹게 숨을 쉬고 있었다. 87세 고령에 갖가지 지병이 겹쳐 지난 일주일 내내 수술을 하겠다 안 하겠다, 결정을 번복해온 환자다.

그녀와 가족에게 나를 소개했다. 환자는 의외로 조목조목 여러 가지를 물었다. 무너진 육신에 갇힌 맑은 영혼을 바라본다. 마모된 육신 가운데 존재하는 청정한 정신을 대면하면 경이롭다. 자신의 몸을 의지대로 가누지 못하는 환자가 정신적으로 얼마나 고통스러울까 짐작하면 괴롭다. 어찌 모를까. 무너지는 육신을 지탱해주는 힘의 근원이 정신력이라는 것을.

그녀에게 수술이 과연 인도적인가, 회의가 들었다. 여러 종류의 심장질환과 폐질환을 앓고 있고 간과 신장 기능도 좋지 않았다. 수술예후가 좋지 않으면 코마에 빠질 수 있다. 수술은 때때로 죽음의 시간을 앞당기는 촉매 역할을 한다. 이런 경우 환자는 마지막 소중한 시간을 극심한 통증 속에 보내게 된다. 위중한 고령 환자들의 수술 여부에 의사들의 명철한 판단력이 요구되는 이유다.

마음이 흔들릴수록 냉정과 침착으로 무장해야 한다. 환자에게 부착된 여러 기구들을 떼어내었다. 주변을 정돈하는 내 일거수일투족이 주시당하고 있다는 것을 느낀다. 벽에서 침대 코드를 뽑는데 젊은 여인의 부드러운 목소리가 들려왔다.

"저희 할머니가 이 방을 떠나시기 전에 우리가 잠시 기도를 드려도 될까요?"

부끄러웠다. 내 자신이 저승사자 같다는 속마음을 들킨 탓인가. 바쁘게 움직이던 손을 멈추고 뒤로 물러섰다.

"물론입니다. 기다리겠습니다."

죽음이 유보되고 있다. 기도하는 시간은 하늘에 속한 시간이므로 정해진 수명 연한에서 제외시켜야 한다. 말을 끝내자마자 방 안에 흩어져 있던 사람들이 우 몰려와 침대를 에워쌌다. 순식간에 작지 않은 침대는 조그마한 틈도 없이 사람들로 둘러싸였다. 그들은 모두 환자의 머리나 이마, 손이나 어깨, 다리나 발 등을 껴안거나 붙잡았다. 몸과 몸이 연결되었다. 이렇게 감동적인 성채가 있을까. 오랜 세월, 하루 24시간 침대에 누워 한 발자국도 땅에 발을 딛지 못하는 노인에 대한 애정 표현이 놀라웠다.

기도가 시작되었다.

"신이시여, 우리가 사랑하는 할머니와 잠시 헤어져 있는 동안 할머니를 안전하게 보호해주시기를 바랍니다. 수술을 행하는 의료진의 손들과 함께 해주시기를 기도합니다. 사랑하는 할머니를 우리에게 온전히 돌려주실 것을 믿습니다. 할머니에게 힘을 주시고 할머니가 두렵거나 외로운 마음이 들지 않게 해주십시오."

간단하고 상식적인 기도였다. 그런데 마음 깊은 곳에서 둥둥 북소리가 울렸다. 절절히 와 닿는 탄원. 마음 깊숙한 곳에서부터 올라오는 진심. 낮지만 힘이 있고 마음을 고스란히 전달하는 음성. 문장마다 사이를 두고 호흡을 고르는 숨소리. 여기저기서 울먹이는 흐느낌이 들렸다.

슬픔은 전이된다. 아름다움은 전파된다. 슬프고 진실한 기도. 확신에 찬 기도. 인간의 연약함을 인정하고 전능자에게 모든 것을 맡기는 기도. 이러한 순수는 일순간에 전달된다. 방 안 분위기에 나는 압도되었다. 이 강력한 에너지를 무슨 힘으로 거부할 수 있을까. 나는 방 안에 있는 사람들 못지않게 마음이 젖어버렸다.

방을 나서는데 낮게 울먹이는 목소리가 여기저기서 새어 나왔다. 할머니 사랑해요. 힘내세요. 그중 한 문장이 내 귀에 깊이 내려앉았다.

"We really need you, Grandma! 할머니는 우리에게 꼭 필요한 사람입니다!"

애정이 넘치는 음성. 진정이 우러나는 어조.

그들이 환자의 침대를 붙잡고 한동안 따라왔다. 그리고는 점차 한두 명씩 발걸음을 멈추었다. 이제 환자와 나만 남았다. 돌아보지 않아도 환한 광경이다. 복도 여기저기에 멈춰서서 우리가 멀어져가는 뒷모습을 대책 없이 바라보겠지. 눈가에 차오르는 물기를 하염없이 닦아내며 한숨을 쉴 것이다. 그들은 어머니를, 할머니를 아무리 사랑한다 해도 수술방까지 함께 따라 들어갈 수 없다.

죽음은 함께 할 수 없다. 할머니가 상여를 타고 집을 떠나 산으로 가시던 날이 생각났다. 온 가족이 뒷동네 산이 바라다 보이는 곳까지 울면서 따라갔다. 월천강이 두 동네를 나누고 있었다. 강을 건너 산모퉁이를 돌아가면 할머니가 묻힐 산허리가 나온다. 여자들은 다리를 건너지 못하게 했다. 우리 여자들은 다리 이쪽에 서서 멀어져가는 할머니와 상여꾼들을 하염없이 바라보았다. 다리를 건너며 위태롭게 흔들리던 만장, 상두꾼의 목소리도 바람결처럼 갈래갈래 나뉘어 있었다. 내 마음이 그렇게 흔들리고 갈라져 있었다.

환자를 수술실 침대 위에 눕혔다. 그녀가 누워 있던 빈 침대를 끌어내는데 마음이 울컥했다. 그녀는 이 침대에 다시 누울 수 있을까. 사랑하는 가족들을 만날 수 있을까. 수술이 진행되는 동안 수술실과 회복실을 오가며 불안한 마음을 다독였다.

"우리에게는 당신이 필요합니다."

"당신은 내게 꼭 필요한 사람입니다."

이처럼 강력한 문장이 있을까. 사랑은 필요라는 것을 의심 없이 받아들이게 하는 말.

나 언제 이토록 사람들에게 필요한 적이 있었을까. 내가 그녀와 같은 상황이 되었을 때 나도 그녀처럼 여전히 사람들에게 필요한 사람이 될 수 있을까.

나는 물론 어느 누구에겐가 필요한 존재이다. 어머니이고 아내이고 딸이다. 누구에겐가 사랑받는 존재이고 가치 있는 인생이다. 혹 그 사랑과 가치는 조건적인 것은 아닐까. 아직은 직업 전선에서 활발히 일할 수 있는 체력과 지력이 있다. 자녀들의 옷을 다릴 줄 알고 남편이 좋아하는 두부 지짐을 만들 수 있다. 추울 때는 따끈한 된장국을 끓일 줄 알고 더울 때는 시원한 수박화채를 만들 수 있다. 약한 이의 팔을 붙들어 줄 수 있다. 김치가 먹고 싶다는 친구 집에 김치를 가져다 줄 수 있다. 몸과 마음이 아픈 사람들을 위로해주고, 실패한 사람들의 등을 두드려줄 수 있다. 참 많은 것을 나는 할 수 있다.

만일 내가 이 모든 것을 할 수 없다면, 늙고 병든 이 환자처럼 24시간 침대에 누워 있어야 한다면, 사람들이 지금처럼 변함없이 나를 대해줄까? 내가 숨 쉬는 일조차 힘들 때, 몸을 가누는 일이 벅찰 때, 매 순간 타인의 도움이 절대적으로 필요할 때, 나는 여전히 필요한 존재일 수 있을까?

존재가 상대적이라는 생각은 옳지 않다. 사랑이 조건적이라는 말도 맞지 않다. 존재 자체로 가치 있어야 한다. 사랑은 환경과 무관하다. 활발히 움직일 수 있는 지금 이 순간에 감사하자. 여전히 좋은 것 나쁜 것 가릴 줄 아는 지각에 감사하자.

아니다. 다시 생각해보자. 그녀는 어쩌면 앓기 직전까지 가족들을 위해 몸이 닳도록 일했는지도 모른다. 병으로 침대에 누워 있는 중에도 축복의 말, 따뜻한 말, 부드러운 터치로 자손들에게 용기와 격려를 주었을 것이다. 확실한 점은 그녀의 일생이 사랑을 저축하는 시간으로 점철되었으리라는 것이다.

지금 그녀는 그 사랑의 적금을 찾아 쓰고 있는 중이다.

I Need You.

모든 사람이 듣고 싶은 말. 사랑한다는 말보다 더 절실한 말. 내가 먼저 말해주어야겠다. 이 말이 꼭 필요한 사람들에게. 나도 이 말을 듣기 위해 좀 더 분발해야겠다.

마음이 다시 밝아졌다.

부탁

　내가 가련해 보이지요? 88세에 골반 뼈가 부러져 이렇게 수술을 하고 누워 있으니까요. 커튼 너머로 들었어요. 누군가 당신에게 물었지요. 당신이 돌보고 있는 환자가 남자냐 여자냐. 나이 80이 넘은 환자들은 얼굴만 보아서는 성별을 가리기가 도통 힘들다는 대화. 괜찮아요. 미안해하지 마세요. 사실이니까요. 주글주글 주름이 가득한 얼굴, 머리카락이 빠져서 훤히 드러난 대머리, 똑같은 환자복에 온몸을 담요로 덮고 창백한 얼굴만 내밀고 있으면 어느 누군들 남녀구별을 할 수 있겠는지요.

　나는 언제쯤 병실에 돌아갈 수 있나요? 당신은 내가 열 번도 더 물었다고 하네요. 아내가 많이 기다릴 거예요. 그렇게도 아내가 좋으냐고 묻는군요. 좋다는 말로는 부족합니다. 아내 이름은 마이라예요. 컴퓨터 프로그래밍을 공부하다가 만

낳어요. 전 아내와 사별하고 슬픔에 빠져 있을 때 내게 다가와 위로해준 사람이지요. 73세예요. 귀엽고 사랑스러운 여자지요. 데이트를 시작한 지 6개월 만에 결혼했어요. 당신은 말없이 웃기만 하는군요.

나의 첫 아내 메리는 내가 청혼을 하자 한참 웃었어요. 그리고는 말했지요.

"당신은 스무 살. 나는 마흔 살."

그녀는 내 엄마뻘 되는 나이였지요. 나는 그녀를 진정으로 사랑했어요. 두 사람 모두 천주교 신자이기 때문에 신부님에게 가서 물었지요. 사랑하는 사람들에게 나이는 아무런 장애가 되지 않는다고 하더군요.

그녀와 60년을 함께 살았어요. 어느 날 아침, 그녀의 침대에 다가가 이름을 불렀는데 대답이 없었어요. 전날 밤 그녀가 화장실 벽에 머리를 조금 부딪쳤는데 통증도 출혈도 없었어요. 백한 살이 되는 해였어요.

나는 지금도 일해요. 젊었을 때는 탁자도 만들고 옷장도 만드는 가구장이였지요. 돈, 잘 벌었어요. 지금은 시청 공무원입니다. 신축 건물을 짓는 매 과정마다 인준검사를 하지요. 아내 이야기를 계속 해달라고요? 나는 스무 살 연상의 여인과 60년을 살았어요. 무척 행복했어요. 깊이 사랑했어요. 그리고 지금은 15세 연하의 여인과 살고 있어요. 그녀를 사랑합니다. 행복합니다.

행복의 비결이 뭐냐고요? 첫 번째는 자신의 상황을 있는 그대로 받아들이는 거예요. 뭐든지 감사하면서. 두 번째는 할 수 있는 일과 할 수 없는 일을 구분하여 내가 할 수 없는 것은 얼른 내려놓는 거예요. 세 번째는 내 옆에서 시간과 공간을 함께 하는 사람을 사랑하고 아끼는 것입니다. 장점을 계속 발견해야 해요. 마지막으로 자신을 끊임없이 성장 발전시키는 것입니다.

칸트는 인생 행복의 3대 원칙을 이렇게 말했지요. 희망을 가질 것. 사랑할 사람이나 대상을 가질 것. 할 일을 확보할 것. 언뜻 보면 제가 터득한 원칙과 다른 개념이라고 할 수 있겠지만 나는 일맥상통한다고 봐요. 내 육신의 힘은 자꾸 쇠락하지만 여전히 사랑하는 사람을 알아볼 수 있어요. 희망이 있지요. 이 병원에서 퇴원하고 자유롭게 걸을 수 있게 되면 하고 싶은 일이 많아요. 당신이 알다시피 그녀와 할 수 있는 일이 아직도 많이 있어요. 그게 다예요. 동의하시나요?

오른쪽 발가락을 움직여 보라고요? 왼쪽은 무릎 아래로 감각이 없네요. 조만간 감각을 회복할 거라고 했나요? 만성 폐쇄성 폐질환 때문에 전신 마취가 아니라 척추에 국부 마취를 했다고 했지요? 나는 조만간 잘 걸을 수 있으리라고 확신해요. 통증은 없어요. 곧 마이라에게 데려다줄 거지요? 고맙습니다.

당신은 당신보다 더 나이 든 사람에 대한 생각이 어떤지 모르겠어요. 나도 한때 젊었을 때가 분명히 있었을 텐데 그때 나이 든 사람들을 어찌 생각했는지 기억이 안 나요. 잊은들 괜찮아요. 내가 말하고자 하는 핵심과는 무관하니까요. 나이에 따라 찾아오는 즐거움과 행복이 있지요. 그 나이가 아니면 도무지 이해할 수 없는 감정이랍니다. 나이가 들면 어깨의 짐을 내려놓아 홀가분하지요. 진정 인생을 사는 맛이 나는 이유이기도 해요. 노년의 여유와 너그러움은 어느 가치 못지않게 소중하답니다. 고통을 포용할 수 있는 마음 밭이 넓어진다고나 할까요.

나는 나이가 드니까 좋아요. 이런 말이 있지요. 단풍이 꽃보다 아름답다는 말. 나이를 먹는 것을 등산에 비유하기도 해요. 오르면 오를수록 숨이 차지만 시야는 넓어지지요.

당신은 간호사이니까 많은 인생들을 접하겠지요. 그들을 통해 많은 것을 배우기를 바래요. 끊임없이 성장을 추구하고 변화하기를 포기하지 마세요. 사람들을 사랑하세요. 무슨 일이 있어도 어떤 상황에서도 사랑해야 합니다. 그리고 행복해야 합니다. 신을 믿으세요. 그분은 우리에게 늘 좋을 것을 주시고자 하는 분입니다. 인생은 아름답습니다. 라 비다 에스 에르모사! La Vida es Hermosa! 내 말이 맞지요?

두 여자의 대화

포르말린 유리병에 담긴 유방이 도발적이다. 꼿꼿하게 발기되어 있는 유두. 무안해진 시선을 서둘러 아래로 거둔다. 슬픔인지, 아픔인지, 둘 다인지, 모르겠다. 에디가 병을 내밀며 희미하게 웃는다.

"별거 아니네요. 한때는 선정적이고 육감적이어서 사내들의 눈길을 붙들었던 건데 살아 있는 몸에서 분리되고 나니 망측하네요. 버림받은 것들은 다 그래요. 쓸쓸해요. 맞지요?"

말투에 묻어 있는 황량함이라니. 들켰다는 것을 알아차린 걸까, 그녀가 제 어깨를 스스로 토닥이듯 말을 잇는다.

"남아 있는 이것을 볼 때마다 잃은 한쪽이 생각났어요. 아예 없애버리는 것이 미련을 떨쳐버리는 상책이겠다 싶었어요. 공평하기도 하고. 둘이 함께 있어야 하는 것들은 나란히 함께 있는 게 보기 좋아요. 어떻게 생각해요?"

말을 채 끝내기도 전에 고개를 모로 꺾는다.

수술을 마치고 회복실에 실려와 깨어나자마자 자신의 잘린 유방을 한번 보고 싶다고 요청하더니만. 애써 태연한 척 웃어주더니만. 오 마이, 환자가 간호사의 마음을 이렇게 휘저어놓아도 되는 거야? 나는 딴전을 피운다.

"모니터가 왜 이렇게 이상한 소리를 내는지 모르겠네요. 잠깐만요."

오늘, 그녀는 오른쪽 유방을 잘라냈다. 10개월 전, 암덩어리가 자라고 있는 왼쪽 유방을 절개했는데, 1시간 전, 건강하고 아무 죄 없는 오른쪽 유방을 떼어냈다. 전이될 위험을 미리 없애기 위한 방책. 생살 도려내기. 그녀는 밋밋해진 가슴에 두터운 드레싱과 복대를 친친 감고 혈액을 뽑아내는 플라스틱 주머니를 2개나 달고서 내게로 왔다.

에디. 53세. 그녀는 자식 둘을 일찍 성장시켜 내보내고 제2의 인생을 향해 새로운 출발을 하려는 찰라, 암이라는 직격탄을 맞았다. 약혼자는 그녀의 우울한 현실을 견디지 못하고 떠났다. 광야에 혼자 내팽개쳐진 듯 암울했단다.

"칠흑 동굴 속에 갇힌 듯한 두려움이 어떤 건지 알아요? 그 고독감, 이해할 수 있어요?"

10개월 전 처음 만났을 때 갈피를 잡지 못하고 흔들렸던 그녀였다.

그녀를 다시 만났다. 화학치료로 기력은 많이 쇠해졌지만 정신은 예전과 달리 단단하다. 삶에 대한 태도가 진지하고 평온하다. 그 평화로운 기운이 옆에 있는 나에게까지 전달되어 온다.

"생각 하나 바꾸니 세상이 달라 보이는 거 있지요? 병이 아니었다면 결코 알지 못했을 감정을 경험하고 있어요. 이젠 이 땅 위의 모든 쓰라림을 넉넉히 견딜 수 있을 것 같아요."

비결을 물으니 미소만 짓는다. 하기야 삶의 정수가 이웃과 나눌 수 있는 것이던가. 오직 홀로 깨달을 수밖에 없는 영역이다.

회복실에 머무는 동안 대화를 나눈다. 마취제와 진통제의 혼합이 주는 몽롱함과 메스꺼움으로 보통 사람 같으면 손가락도 가누기 힘든 상황일 텐데 그녀의 의식은 맑고 명료하다. 통증에게 틈을 주고 싶지 않다며 대화를 청한다. 53세라는 나이가 자꾸만 생각의 뿌리를 흔든다.

53세의 여자는 무엇을 할 수 있을까. 인생에서 가장 빛나는 시기는 아니지만 여전히 생산적이고 가치 있는 경험을 할 수 있다. 이제까지 쌓아온 스펙을 누려야지. 내려놓고 정리하되 좋은 것과 귀한 것을 분별하고 세상에 대한 시각이 깊어지는 때이다. 삼사십 대의 분방한 삶에서 한 발자국 뒤로 물러난 모습이 사람들에게 평온함을 주지. 중용의 묘미를 터득하고 실천하고자 하는 열망이 깊어지기도 하고. 에디처럼 병을 앓으면 이 모든 에너지가 어찌 되는 걸까?(미안하다) 그녀는 망설이지 않고 대답한다.

"여전히 포기하지 않고 이 모든 것을 누려야지요."

하나와 둘, 둘과 하나가 조화를 이루고 있는 기관과 신체에 대한 대화도 오간다. 머리 하나. 심장 하나. 위 하나. 방광 하나. 자궁 하나, 팔 두 개. 손 두 개. 허파 두 개. 콩팥 두 개. 다리 두 개. 발 두 개(정말 절묘하다).

쌍으로 존재하는 것들은 그만큼 할 일이 많기 때문이에요. 한쪽이 없으면 남은 한쪽이 없어진 것의 몫까지 넉넉히 감당해주어야지요. 눈 두 개. 귀 두 개. 허파 두 개. 신장 두 개. 그런데 유방은 왜 두 개일까요. 사람을 먹여 살리는 어미의 표증이 아닐까요? 갓난아기를 키우는 옆집 홀아비가 젖동냥을 오면 나누어 줄 수 있어요(유머와 여유). 아기에게 한쪽 젖을 물리면 다른 한쪽 젖샘에도 샘물 솟듯 젖이 차오르지요(침묵과 숙연). 젖을 먹이거나 빌려줄 이유가 없는 여자에게는 그러니까 불필요한 기관이에요. 떼어내겠다는 결심도 훨씬 쉽지요(정말 그렇구나).

하나씩만 있는 기관도 나름의 이유가 있겠지요? 유일한 것이기에 조심스럽게 아껴 다루고 잘 간수해야 해요. 경계하고 단속해야 하는 것들이기도 하지요. 입이 왜 하나인 줄 알아요? 위험하기 짝이 없기 때문이지요. 오죽하면 말하는 일에 먹는 임무까지 맡겼을까요. 먹을 때만이라도 입을 다물라는 메시지가 아닐까요? 위도 하나지요. 두 개였다면 식탐을 채우느라 세상은 아귀다툼이 더욱 심해졌겠지요. 사랑의 심벌인 심장이 두 개였다면 어찌 되었을까요. 문학과 예술을 하는 사람들이 더 힘들겠지요. 하나 가지고도 얼마나 힘들어 하나요. 심장이 하나이듯 사랑도 하나이어야 해요(둘 다 생각에 잠겨 잠시 조용하다).

생식기도 남녀 모두 하나씩이지요. 만일 남녀 성징이 각각 하나씩 한 몸에 있다면. 혹은 똑같은 생식기가 한 몸에 두 개씩 있다면. 세상은 혼란의 도가니 속에 빠지고 인간의 존엄성과 정체성은 무참히 망가졌겠지요(그래요, 그래요). 인간이 앓는 질병 중 생식기 관련 질병이 가장 악랄해요. 자궁, 난소, 유방, 전립선. 모두 생명을 보관하고 성장시키고 기르는 기관들이지요. 생명은 귀하고 또 귀해서 함부로 다루지 말아야 한다는 교훈이 들어 있어요(왜 이렇게 생각이 같을까).

인간에게 없는 것도 얘기하기로 해요. 날개! 인간이 가장 원하는 것이 있다면 날개가 아닐까요? 하지만 날개가 없는 것은 신이 실수를 했다거나 인색한 것이 아니라 큰 은혜라고 생각해요. 날개로 인하여 행복해지기보다는 불행해질 가능성이 더 많을 테니까요. 사람과 사람 사이에는 아무리 친밀한 관계라 할지라도 상대방으로부터 보호받아야 할 공간과 간격이 있지요(끄덕끄덕). 날개가 있다면 존재의 절대 거리를 지키는 일이 그만큼 힘들어질 거예요. 턱없이 괴롭고 아프겠지요(후우, 한숨).

회복실에서 에디가 떠나야 할 시간이 다가온다. 같은 나이 53세, 두 여자의 이야기도 끝이 난다. 에디는 이 방을 떠나 병원을 나서면 세상 어디론가 흡수되어 살아갈 것이다. 유방 둘을 잘라내었으니 몸의 기관들을 단속하기가 그만큼 쉬울 것이다. 사는 일도 그만큼 홀가분해지겠지. 그러기를 바란다.

따뜻한 담요 두 장을 그녀의 쇠약한 몸 위에 얹어주었다.

제5부
그레이스 피어리어드

When you're a nurse you know that every day you will touch a life
or a life will touch yours.   __Anonymous
간호사는 매일 한 사람의 삶에 영향을 끼치기도 하고 한 사람의 삶이 자신의 삶
에 영향을 끼친다는 것을 인지하는 사람이기도 하다.   __무명씨

When someone is going through a storm, your silent presence is
more powerful than a million empty words.   __Anonymous
누군가가 폭풍우와 같은 환란을 겪고 있을 때, 침묵으로 그와 함께 있어주는 것
은 백만 마디의 공허한 말보다 더 힘이 된다.   __무명씨

Be the nurse you would want as a patient.   __Anonymous
그대가 환자로서 원하는 간호사가 되라.   __무명씨

Kind words can be short and easy to speak but their echoes are
truly endless.   __Mother Teresa
친절한 단어는 짧고 말하기가 쉽지만 그것이 울리는 반향은 참으로 무한하다.
                                                      __수녀 테레사

그레이스 라이프

병원에서는 코드 블루가 자주 발생한다. 응급실이나 중환자실에서 주로 일어난다. 생명이 꺼지기 직전 상태로 실려 들어오는 환자들이 많기 때문이다.

의식 없는 중환자를 수술대 위에 옮길 때마다 마음을 추스른다. 이 사람은 살아날 수 있을까. 의식을 되찾을 수 있을까. 어느 한 군데 기관도 망가지지 않고 회복할 수 있을까. 일상으로 복귀할 수 있을까.

35세 청년이 호흡기계에 의지하여 숨을 쉬고 있다. 주말에 가족과 함께 먹고 마시는 중, 대장에 자리 잡고 있던 용종(폴립)이 터져버렸다. 대장에 우글거리던 균이 쏟아져 나와 온 복부를 감염시켰다. 무균 상태를 유지해야 하는 복부를 정복한 균은 온몸을 휘도는 혈액조차 순식간에 감염시켜 패혈증이 되었다. 그의 심장은 응급실에 도착한 후 네 번이나 멈추었다. 그때마다 심폐소생술로 가까스로 살아났다. 여자친구는 넋이 나가 침대 옆에 서 있다.

수술팀이 동원되었다. 길게 갈라진 복부. 내장이 모두 밖으로 끌려나왔다. 뚫린 구멍을 꿰매고 복강과 기관을 씻어내는 동안 수술팀은 아무 말이 없다. 외과의사도 마취의사도 보조의사도 테크니션도 간호사도 조용하다. 기구를 건네주고 건네받는 소리뿐. 고이는 핏물을 흡입하는 소리만 들릴 뿐. 간간히 필요한 기구를 요구하는 의사의 낮게 가라앉은 음성뿐.

수술이 끝났다. 성공적이라고 한다. 생체리듬 정상. 심장박동도 고르고 산소공급도 원활하다. 이제부터는 환자가 생명의 의지를 발휘해야 한다. 그에게는 연인이 있고 젊음이 있다. 심폐소생술을 네 번이나 견디고 살아나지 않았는가. 그는 마취에서 깨어나면서 의식을 회복했다. 그는 중환자실에 몇시간 머물다가 일반병동으로 내려갔다.

내가 아는 어른 한 분은 30여 년 전에 폐암 말기 진단을 받았다. 그는 포기하지 않았다. 간간히, 그의 표현에 따르면 그는 간간히 아팠다. 수년 전에는 전립선으로 암이 전이되어 마흔일곱 번이나 방사선 치료를 받았다. 또 시간이 흘러 간암 선고를 받았다. 그는 암덩어리를 떼어냈다. 아무 불편 없이 지금 잘 살고 있다. 장구 치고 노래한다.

오랜 간병에 지쳤을까, 그의 아내 역시 유방암에 걸렸다.

그녀도 정정하게 여전히 잘 산다. 텃밭에 채소를 가꾸어 이웃들에게 나누어준다. 남편이 장구 치고 노래하면 남편 앞에서 춤을 추고 장단을 맞춘다. 평소에는 말이 없고 차분한 여인이다. 부부는 87세 동갑내기다. 그들과 악수를 하고 포옹을 할 때면 남다른 감동이 쏟아진다.

일전에 한 등산객이 무리에서 떨어져 깊은 산중에서 길을 잃었다. 며칠 만에 그는 구조되었다. 그동안 홀로 얼마나 힘들었을까? 잠시도 떨쳐지지 않는 공포와 싸웠을 것이다. 깊은 밤에는 한기와 싸우고 언제 나타날지 모를 맹수의 공격에 대한 두려움에 떨었을 것이다. 구조 받지 못하는 날이 쌓일수록 다가오는 죽음에 대한 공포도 컸으리라. 그의 생환은 가족과 친구뿐 아니라 낯선 이들에게까지 감동을 주었다. 비쩍 마르고 검게 그을린 몸으로 간이침대에 실려가는 그의 얼굴은 환한 미소로 빛나고 있었다.

생명이란 그런 것이다. 생명은 감동이다. 구조 받은 그도, 그를 바라보며 함께 기뻐하는 사람들도 언제든 죽음을 맞이하겠지만 지금 이 순간에 갖는 기쁨에는 아무 잘못이 없다. 허무하지 않느냐고 누가 비웃을 수 있는가. 살 수 있는 유예 기간을 확실하게 받은 것이 감사하지 않은가. 지금 살아 있어서 고마운 것이다.

우리 모두 언젠가는 죽는다. 그때까지 남아 있는 시간은 아무도 모른다. 그저 살아 있는 모든 사람은 은혜의 시간 속에 머물러 있다는 것뿐. 그레이스 피어리어드이고 그레이스 인생이다. 언제 스러질지 모르기에 서로 잘 대해줘야 한다. 불현듯 닥치는 불행과 고난과 죽음에 대하여 그와 나, 우리는 똑같이 연약한 존재다. 그가 어느 날 영영 사라질 수 있다. 그녀를 영원히 만날 수 없는 날이 온다.

세계의 저명한 철학자들이 만들어놓은 지구 종말 시계는 자정 2분 전을 가리키고 있다. 그 2분이 실제적으로 얼마만한 기간인지, 그 마지막 시간이 언제 들이닥칠지 아무도 모른다. 그 순간이 오는 것이 슬프다 하여 주저앉아 있을 수는 없다. 남아 있는 기간을 열심히 아름답게 의미 있게 살아갈 뿐, 우리가 할 수 있는 일이 달리 무엇이 있겠는가.

요즘 입버릇처럼 말한다. 우리 서로 그러지 말자. 당신이나 나나 살면 얼마나 살겠는가, 라고. 정말 그렇다. 내가 좋아하는 책도 글도 여행도 사람도 모두 부수적인 것이다. 살아 있기 때문에 살아 있는 한 무엇인가 해야 하기 때문에 이런저런 일을 한다. 보고 싶은 사람을 만나고, 사랑하는 사람에게 사랑한다 말해야 한다. 가고 싶은 곳 가고, 하고 싶은 일 미루지 말아야 한다. 살아 있는 것이 우선이고 사는 것이 중요하다. 그보다 아름다운 일은 세상 어디에도 없다.

살아난 환자는 가족의 손을 꼭 붙잡는다. 언제 생사를 넘나

들었냐는 듯, 언제 코마 상태로 있었냐는 듯 이마를 맞대고 함박웃음을 짓는다. 수술 부위 통증이 만만치 않을 텐데 기쁨에 넘친 표정이 아름답다. 그는 알까. 살아 있는 사람만이 통증을 느낀다는 것을. 통증은 살아 있다는 증거라는 것을. 얼마나 위급한 상황을 건넜는지. 그를 바라보는 가족들이 얼마나 피가 말랐는지 그는 짐작하지 못한다. 얄밉지만 살아나 주어서 고맙다. 선물로 주어진 생명, 연장된 시간을 감사하게 누리기를 바라는 마음이 간절하다.

돌아보면 죽음의 위기가 많았다. 그대도 나도. 우리 모두는 아무리 힘들어도 죽을 고비와 싸워 이겼기에 지금 여기에 있다. 나이 많은 어르신을 공경해야 하는 이유를 생물학적 차원으로 해석하면 그들의 축적된 지식이나 지혜 때문이 아니라 살아온 연수 때문이다. 긴 세월을 사는 동안 견디고 버텼으므로 이 시간 이곳에 존재하는 것이다.

우리는 그레이스 피어리어드를 산다. 여생을 산다. 여생, 얼마나 달콤하고 눈물겨운가. 살아 있는 한 사는 순간까지 열심히 살아야 한다. 신나게 살아야 한다. 그 유예기간이 종을 칠 때까지, 마지막 숨을 맞이할 때까지, 살아서 살아야 한다. 죽음이 두렵지 않을 때까지, 죽음이 두려워할 만큼, 그렇게 살아야 한다.

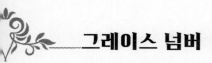

그레이스 넘버

1

어렸을 적 동구 밖에서 주로 놀았다. 동생 민아와 친구 두 셋이 어울려 고무줄놀이, 땅뺏기, 핀 따먹기를 했다. 남자애들처럼 구슬치기, 자치기도 했다. 서산에 해가 뉘엿뉘엿 넘어가는 줄도 몰랐다. 저녁밥 먹으라고 엄마가 대문 밖에 나와서 부르면 들은 척도 하지 않았다. 적어도 5분은 더 놀 수 있다는 것을 알고 있기 때문이다.

엄마는 두어 번 밥 식는다. 얼른 들어와 밥 먹자고 한다. 듣지 못한 척하는 딸을 한동안 물끄러미 바라보던 엄마는 마지막 카드를 꺼낸다. 열을 셀 때까지 안 일어나면 저녁밥 없다고 선언한다. 그래도 나는 여유만만하다. 세어보지는 않았지만, 2분 정도의 시간이 더 있다는 것을 감각적으로 안다. 그

시간에 노는 것이 제일 재미있다.

엄마는 숫자를 세기 시작한다. 하나, 둘, 셋까지는 숨 한 번에 하나씩 넘어간다. 한 박자 간격이 다섯부터는 한 박자 반으로 늘어난다. 일곱부터는 더 느려져서 두 박자가 된다. 아홉부터는 온숨표가 된다. 4박자 길이. 아홉, 아홉 반의 반. 아홉 반…… 엄마의 숫자는 늘 엿가락 같다.

'아홉 반의 반'이라는 말이 떨어지면 그제야 일어난다. 열이라는 숫자는 때로 마흔을 세는 시간보다 더 길다. 시간이 고무줄처럼 유연하다는 것을 그때부터 알았다. 일각 여삼추를 긍정적이고 은혜로운 의미로 어린 나는 알고 이해했다. 어른이 된 지금 좋은 것 나쁜 것을 잘 가리지 못하는 이유는 어릴 적 이 단어를 반대로 이해한 순간부터 시작되지 않았나 생각한다.

엄마는 말을 했으니 약속을 지켜야 한다. 딸이 저녁을 굶는 것도 원하지 않는다. 엄마는 열이라는 숫자를 맘대로 늘리는 양승법을 고안해 냈다. 오 마이, 이제야 새삼 깨닫는다. 엄마는 이제까지 한 번도 열이라는 숫자를 발음한 적이 없었다는 것을. 열이라는 숫자를 세기 전에 대문 안으로 들어가곤 했다는 것을. 엄마가 세는 열이라는 숫자는 내게 그레이스 넘버였다. 열이라는 숫자 하나에는 엄마의 모든 사랑이 함축되어 있다. 그 심층수 사랑이 지금까지 흐르고 있다.

2

20년 후다.

고추장과 된장을 반반씩 물에 개어 다시마를 우린 물에 한 소끔 끓인다. 감자와 양파를 먼저 넣고 끓인 다음 두부와 파 란콩을 넣어 자작자작 익히면 독특한 맛이 난다. 감자 전분 한 숟가락을 물에 풀어 그 위에 끼얹어 마무리한다. 걸쭉한 국물 농도가 안성맞춤이다. 구수한 마파두부 냄새가 온 집 안 에 가득 찬다. 나는 가스불을 끄고 현관문을 연다. 뜰에 내려 서서 아이들을 부른다. 자전거 타는 큰 아들, 롤러블레이드 스케이트 타는 딸, 장난감 자동차 타는 막내아들. 동네 아이 둘이 합세해서 도로는 아이들 놀이터가 되었다.

"얘들아, 어서 들어와. 밥 먹자. 마파두부 다 식는다."

아이들은 들은 척도 하지 않는다. 아직은 괜찮다는 것을 감 각적으로 안다. 나는 구부리고 앉아서 잔디밭에 난 잡초 몇 포기를 뽑는다.

나는 큰 아이 이름을 부르고 둘째와 셋째 이름을 연달아 부 른다. 아이들은 차례차례 내 곁을 지나간다. 나는 마파두부가 식을 것이 걱정된다. 다시 데우면 눌어서 냇내가 날 것이다.

나는 마지막 카드를 꺼낸다. 열을 셀 때까지 안 들어오면 저녁밥 안 준다고 선언한다. 아이들은 2분 정도 시간이 더 있다는 것을 경험으로 안다. 그 시간이면 충분히 놀 수 있다. 쏜 살같이 달려가는 자전거. 그 뒤를 신나게 쫓아가는 롤러블레 이드 스케이트. 발로 미는 장난감 자동차도 뒤따른다. 아이들 은 그 유예의 시간이 제일 재미있을 것이다.

나는 숫자를 세기 시작한다. 하나, 둘, 셋까지는 숨 한 번에 하나씩 넘어간다. 한 박자 간격. 다섯부터는 한 박자 반으로 늘어난다. 일곱부터는 2박자로 느려진다. 아홉부터는 온 숨 표가 된다. 4박자 길이. 아홉, 아홉 반의 반. 아홉 반. 나는 뒤 돌아선다. 나도 엄마처럼 열이라는 숫자를 세지 않는다. 아이 들은 그 이후의 시간은 무한대라는 것을 안다. 나는 그들이 조만간 따라 들어올 것이라는 것을 잘 알고 있다.

현관문을 여는데 막내가 달려와 내 손을 잡는다. 현관문을 닫기 전에 자전거와 스케이트를 차고에 내팽개친 첫째와 둘 째가 따라 들어온다.

아이들은 안다. 열이라는 숫자는 때로 스물이라는 숫자를 세는 시간보다 더 길다는 것을. 시간이 고무줄처럼 유연하다 는 것을. 엄마는 자식들을 위해 결코 열이라는 숫자를 헤아리 지 않는다는 것을. 아이들은 언제쯤이나 일각 여삼추라는 개 념을 알게 될까.

3

나는 요즘 빈 둥지를 지키는 중이다. 아이들이 모두 떠났다. 각자 늘 바쁘다.

"엄마, 이번 토요일에 토니가 시애틀에서 결혼해요. 일요일에 온타리오 공항 도착 시간이 밤 11시 반이에요. 너무 늦은 시간이라서 집에 들르기가 그러네요. 엄마도 주무셔야 하잖아요. 다음 주말에 집에 갈게요. 미안해요, 엄마."

"엄마, 싱크대 물이 새는데 기술자가 이번 토요일 오전에 온대요. 집주인이 내가 지키고 있어야 한대요. 그런 다음에는 에밀리랑 점심을 먹기로 했어요. 오후에는 샌디에이고에 갈 거예요. 캐티가 바다낚시 가자고 초대했어요. 일요일 늦은 오후에나 돌아올 것 같아요. 보고 싶어요, 엄마."

"엄마, 이번 주말 내내 실험실 파트너랑 프로젝트를 완성해야 해요. 36시간 동안 교대하며 실험 과정 꼬박 지켜야 해요. 컴퓨터 앞에서 글만 쓰지 말고 동네 산책길을 30분씩 날마다 걸으세요. 체육관에 가서 제가 가르쳐드린 대로 꼭 운동하시고요. 사랑해요 엄마."

햇수를 넘길수록 기다리는 일이 많아진다. 나는 이제 더 이상 열까지 이르는 숫자를 세지 않는다. 그 대신 그 숫자를 날짜 단위로, 때로는 주 단위로 늘려서 세고 기다린다. 아이들이 현관문을 열고 불쑥 들어오기를.

한 시간 전에 마파두부를 만들었다. 아이들이 생각나지만 참는다. 바쁜 아이들에게 방해될까 봐 전화도 자제한 지 오래되었다. 마냥 기다릴 뿐. 웬일인가. 막내가 전화를 다했네. 허실 삼아 속을 떠본다.

"마파두부 방금 만들었는데 참 맛있네. 집에 와서 저녁밥 먹을래?"

예상치 않은 급습에 생각할 겨를이 없었나 보다. 마파두부가 눈앞에 어른어른 했겠지. 배가 고팠을까? 간단없이 내 꾐에 걸려들었다.

"엄마, 지금 출발해요."

3분의 1 타작은 했으니 오늘은 성공한 날이다.

가끔 궁금하다. 엄마는 마음속으로 열이라는 숫자를 헤아린 적이 있을까.

그레이스 타임

    한국에 계시는 친정아버지가 오셨다. 함께 지낸 시간이 참
으로 소중했다. 아버지랑 이렇게 함께 이야기할 수 있는 시간
을 언제 또 맞을 수 있겠는가. 2주간이나. 아버지 연세가 여든
이다.

    아버지랑 나눈 이야기들이 가슴에 차곡차곡 쌓였다. 호변
에서 강변에서 바닷가에서 끊임없이 대화했다. 레드우드 숲
속을 거닐고, 금문교를 걸을 때는 길게 침묵했다. 아버지와
나이아가라 폭포 허리케인 계단 앞에서는 폭포 물을 뒤집어
쓰며 웃었다. 맥킨지 왕의 별장 테이블에 앉아 점심을 먹으
며 옛 정취를 이야기했다. 아버지와 나는 정치나 가족 이야
기, 책이나 철학은 이야기하지 않았다. 그런데 대화의 소재는
끝이 없었다. 내 아버지가 아닌, 한 인간을 만나는 경험이 놀
라웠다. 나는 이렇게 멋진 사람을 가까이 두고 멀리서 찾느라

지금까지 헤맸다.

아버지는 퀘벡 가는 길에 장갑 한 짝을 잃었다. 호변에서 점심을 먹고 서둘러 출발했는데 그 어디쯤에서 놓친 것 같다고 했다. 테이블에 놓고 왔는지 휴게소에 떨어뜨렸는지 기억이 안 난다고 했다. 아버지는 잃어버린 장갑에 대해 "내가 그것을 잃어버릴 리가 없는데"라고 여러 차례 이야기하셨다. 많이 서운하시구나, 싶으니 마음이 아팠다. 평소에 아끼던 물건을 잃어버리고 나서 경험했던 쓰라린 감정이 오롯이 되살아났다.

편리한 장갑이라 했다. 얇고 가벼워서 보관이 용이하단다. 다른 장갑은 덩치가 커서 아무 데나 내려놓았다가 잃어버리기 일쑤였다고 한다. 이것은 손에 쥐면 한 줌도 되지 않아서 벗는 즉시 포켓이나 손가방에 넣기 때문에 잃어버리는 일이 오히려 어렵다고 했다. 겨울에는 따스하고 여름에는 강한 햇볕을 가려주어 시원하단다. 미끄럼 방지용 물방울 문양이 도돌도돌 손바닥에 박혀 있어 운전할 때 최고란다. 아버지가 얼마나 아끼는 물건인지 넉넉히 짐작이 갔다.

캐나다 여행 며칠 전, 아버지랑 식당에서 나오는 길이었다. 주차장 맞은편에 다이소가 있었다. 일회용 여행 품목 몇 가지를 고르려고 들어갔다. 아버지가 선호하는 장갑이 그곳에 있었다. 두 켤레를 샀다. 중간 사이즈와 작은 사이즈. 여행 중에 사용할 생각이었다. 남편은 답답하다며 아예 거들떠보지도 않았다. 나도 끼고 벗는 일이 번거로워서 일찌감치 가방 속에 넣어두었다.

장갑을 잃어버린 아버지에게 남편의 새 장갑을 드렸다. 남은 한 짝은 내 가방에 지니고 다녔다. 차마 버릴 수가 없었다. 자리를 차지하는 물건도 아니었다. 나중에 아버지 몰래 버려야지, 했다. 그러다가 마음을 바꾸었다. 아버지가 더 서운해할지도 모른다. 아니다. 그 장갑을 볼 때마다 미련 속에 후회할지도 모른다. 아버지에게는 이별의식이 필요했다.

몬트리올 호텔에서 떠나는 날 아침이었다. 채비를 먼저 마친 아버지가 내 방으로 건너오셨다. 나는 아버지의 동의가 필요했다. 이유를 풍성하게 열거했다. 새 거 있잖아요. 남은 한쪽이 잃은 한쪽을 더 생각나게 할 것 같아요. 색도 바래고 새 장갑과는 손목 패턴이 달라서 대용역할도 할 수 없을 것 같아요. 아버지는 대답하셨다. 그래라, 그런데 내가 그걸 어디서 잃었다니. 여전히 서운해하시는구나. 나는 아버지가 보는 눈앞에서 장갑 한 짝을 쓰레기통에 던져 넣었다. 아버지는 잊으셔야 했다.

캐나다 여행 마지막 날이었다. 몬트리올에서 버펄로 공항까지 8시간 이상을 달려가야 하는 여정이었다. 탑승 시간에 늦지 않으려고 새벽부터 서둘렀다. 남편은 가방을 자동차에 신기 위해 방을 먼저 나간 참이었다. 아버지랑 파킹랏으로 내려갔다. 자동차를 정리 정돈했다. 버펄로 공항에 도착하자마자 자동차를 돌려주어야 한다. 깜박 잊고 두고 나오는 물건이 없도록 점검하여 미리미리 챙기고 싶었다.

아버지가 앉은 좌석 바닥 한 귀퉁이에 장갑 한 짝이 떨어져 있었다. 잃었다고 그토록 서운해했던 장갑이었다. 검정색 바닥에 떨어진 그것은 눈으로 바라보고 있는데도 존재감을 알 수 없을 정도로 작고 검었다. 나는 장갑을 아버지에게 흔들어 보였다. 아버지는 얼른 그 장갑을 받으셨다. 미소가 아버지의 만면에 가득했다.

남편은 이미 자동차 시동을 걸어둔 상태였다. 먼 길 가는데 트래픽 상황이랑 국경 상황이 어찌될지 모르니 한 발자국이라도 미국 쪽으로 가까이 가야 한다며 초조해했다.

나 호텔 다시 들어갔다 올게요. 아빠 장갑 5분 전에 버렸는데 가져올게요. 지금 되돌아 갈 수 없는 먼 장소도 아니고, 모르는 장소도 아니고, 내가 내 손으로 버린 장갑이 어디에 있다는 걸 아는데 그냥 떠날 수는 없어요. 5분. 5분이면 충분해요.

나는 파킹랏을 가로질러 호텔로 뛰어 들어갔다. 프런트에서 방금 반환한 방 열쇠를 부탁했다. 엘리베이터를 타려고 기다리는데 아버지가 급하게 들어오셨다. 6층에 있는 방에 들어가서 쓰레기통 속에 얌전히 있는 장갑을 집어 들었다. 아버지가 말했다.

"고맙다. 정아 너이기에 할 수 있는 일이다. 센티멘털 밸류를 아는 사람만이 할 수 있는 행동이다."

자동차로 돌아오니 정확히 5분이 지나고 있었다.

아버지는 귀국한 뒤 긴 문자를 여러 차례 보내셨다. 잃었다가 다시 찾은 장갑 한 짝에 대하여. 센티멘털 밸류에 대하여. 넓은 배려와 깊디깊은 사랑에 대하여. 나는 드릴 말씀이 없었다. 아빠를 사랑하니까요, 라고 쓰려니 가벼워서 맘이 내키지 않았다. 망설이다가 존재로서 존재를 사랑합니다, 라고 답을 보냈다. 아버지는 그 존재의 의미를 인성의 여여如如한 자리, 곧 진성眞性으로 풀이하셨다. 관계를 떠나고 혈연을 떠나서 진성, 그냥 인성 태초의 감정으로 해석하신 것이다. 내 본의와는 비교할 수 없는 깊이로 받아들이셨다.

아버지와 나 사이에는 표현을 초월하는 공감대가 있었다. 그 장갑은 천 원짜리가 아니었다. 상업적인 값으로 환산할 수 없는 가치였다. 장갑을 포기했다면 어찌 되었을까. 지금 아무리 원한다 해도 그 순간을 다시 되돌릴 수 없다. 오랫동안 잊지 못할 이 일화는 5분이라는 시간이 준 선물이었다. 그레이스 타임, 5분.

아버지의 문자를 받고 기뻤다. 내가 지금까지 살아온 이유라도 된 듯 행복했다. 아버지는 말했다. 네 행동은 지금까지 살아온 네 삶에 축적된 성숙의 총화이고 발현이라고. 아버지가 이제껏 살아오는 동안 받았던 모든 선물 중 최고라고 하신 의미를 그제야 깨달았다. 아버지는 잃어버린 장갑 한 짝을 통해 딸의 인생을 바라보고 계셨다. 딸이 지켜내고 있는 삶의 가치에 그토록 기뻐하신 것이다.

20여 년 전, 아버지는 불현듯 우리 집에 오셨다. 병원에서 좋지 않은 진단을 받으셨다고 했다. 상태가 악화되기 전 미국에 사는 딸을 만나야 한다는 일심에 힘든 장거리 여행을 감행한 것이다. 나는 그때 이민의 삶 중 가장 힘든 시간 속에 있었다. 직장 일을 하면서 아이 셋을 건사하느라 절절 맸다. 내가 왜 사는지, 내가 누구인지, 대답을 찾지 못해 우울한 나날을 보내는 중이었다.

아버지는 방 안에 우두커니 앉아 있거나 누워계셨다. 어느 날 아버지가 무심코 말씀하셨다.

"나, 나이아가라 폭포나 다녀올란다. 평생 꼭 한 번 가고 싶었던 곳이다."

때는 겨울이었다. 여행사에 알아보니 폭포가 꽁꽁 얼어붙어서 관광이 불가하다고 했다. 며칠 후 아버지는 나이아가라 폭포를 보지 못하고 귀국하셨다. 한동안 마음이 아팠다. 세월이 흐르면서 그때의 아픔은 희석되고 아버지가 오셨다는 사실조차 희미해졌다.

한 달 전, 나이아가라 폭포가 보고 싶다고 남편이 말했다. 나는 수년 전에 엄마랑 이미 다녀온 곳이다. 미안한 마음이 들었다. 그럼 가자, 즉흥적으로 맞장구를 쳤다. 순간적으로 기억 하나가 머리를 쳤다. 아버지도 가고 싶어 하셨는데.

아버지에게 비행기 표를 보내드렸다. 무조건 오셔야 한다고 말했다. 수원에 사는 동생과 007 작전을 방불케 하는 모의가 오갔다. 아버지는 번갯불에 콩을 구워 먹을 수도 있구나 하는 심정으로 비행기를 타고 오셨다.

5분, 그레이스 타임Grace time이 아름다운 선물을 주었다. 5분의 선택이 평생 후회할 뻔한 일을 행복한 추억으로 바꿔 주었다.

그레이스 피어리어드

    내가 일하는 병원의 급여 시스템은 두 종류다. 연봉과 시급時給. 매니저급 이상은 연봉이지만 거의 모든 직원들은 시급이다. 일한 시간만큼 받는다. 월급도 아니고 주급도 아닌 시급을 받는 우리 간호사들은 일당을 받는 일일 공사판 노동자들보다 더 열악한 환경에서 일하는 불쌍한 존재들이라고 농담하곤 한다. 머리와 몸을 동시에 쓰느라 격무에 시달리는 우리 간호사들은 시간당 노동량이 많아 착취당하는 노동자 영순위라고 웃기도 한다. 그래도 안다. 간호직이 천직이기에 오늘 여기에 머문다는 것을.

    모든 직원은 JVD 펀치 기계에 배지와 손가락 지문으로 출퇴근 도장을 찍는다. 병원이 정한 그레이스 피어리어드는 6분이다. 하루 일한 시간의 총량에서 6분을 거저 준다. 7시 5분에 출근하고 오후 3시 30분에 퇴근하면 8시간 일한 것으로 간주

해준다. 점심시간 30분은 일한 시간이 아니어서 제외한다. 7시에 출근하고 오후 3시 24분에 퇴근해도 8시간을 준다. 퇴근 도장을 스캔하면 기계가 병원에 머무른 시간을 종합해서 스스로 시간을 조율해준다. 어느 때는 같은 시간인데도 조금 모자라거나 오버타임이 되곤 한다. 초침 시간 때문이다. 기계에 찍히지는 않지만 1분에 가까운 초시간은 지대한 역할을 한다.

퇴근 시간이다. 기계가 오후 3시 30분 54초를 가리킨다. 실은 6초가 모자라는 3시 31분이다. 손가락 지문과 배지를 스캔해서 퇴근 도장을 찍는다. 기계에는 3시 30분이라고 찍힌다. 확인 단추를 누르니 오늘 8시간을 일했다고 친절하게 알려준다. 오늘 아침 유난히 심한 트래픽에 갇혀 7시 5분 41초에 출근했는데 너그럽다. 6분을 거저 얻었다.

나는 수술방 직원들의 타임카드를 관장한다. 디렉터가 자신이 해야 할 일을 내게 떠맡겼다. 대수학을 못한다고 말했어야 하는데. 대수학이 너무 쉬워서 클래스도 이수하지 않고 시험을 보아 합격 통과했다고 말하지 말았어야 하는데. 아니다. 대학에서 미적분 정적분까지 공부했다고 말한 것이 불찰이다. 아니다. 미적분 정적분이 무엇을 의미하는지조차 알지 못하고 졸업했노라고 솔직하게 말하지 않은 것이 실수다. 자기는 숫자 계산이라면 머리가 아프단다. 나도 숫자라면 머리에

쥐가 난다고 말했지만 너무 늦었다.

　디렉터의 부탁을 거절할 수 없었다. 내가 정직하고 공평할 거라고 믿는 걸까. 분초를 가지고 따지는 서구문화에 길든 사람들을 넉넉히 휘어잡을 만한 사람이라고 여긴 걸까. 뇌물이나 협박에 흔들리지 않을 사람이라고 생각한 걸까. 그가 나를 신뢰하는 증거로 삼기로 했다. 영예롭고 고맙게 감수하기로 했다.

　문제는 온콜 시스템이다. 수술방 타임카드는 다른 병동과 달라서 급여 계산이 꽤 복잡하다. 정규 근무 이외에도 대기 근무, 오버타임, 콜백 타임, 더블 타임 등이 있다. 직책에 따라, 주말과 주중에 따라, 낮과 밤 시간에 따라, 급여가 달라진다.

　급여가 지급되는 주 초가 되면 내가 간호사인지 사무직원인지 모를 만큼 바쁘다. 시간 은행에서 가불하는 사람들을 챙겨줘야 하고, 갖가지 실수로 타임카드를 어지럽혀 놓은 사람들의 기록을 정리해주어야 한다. 직원들이 타임카드 찍는 것을 잊었거나 외부에서 교육을 받은 경우 페이퍼로 작성하여 본부 담당자의 승인을 받아 급여를 받게 해야 한다. 근무 시간 중간에 퇴근하면 나머지를 시간 은행에서 채워 넣는데 각 사람과 일대일 접촉하여 시정하려면 만만치 않은 시간이 소요된다.

　1시간은 60분이다. 출퇴근 펀치 기계는 10진법을 쓴다. 기계가 인지하는 최소 단위는 6분이다. 매 6분마다 0.1이라는 숫자를 얻는다. 아무리 가르쳐주어도 10진법을 시간의 60분으로 바꾸는 계산을 어려워하는 직원들이 많다. 타임카드를 컨트롤하다 보면 사람들의 면면을 잘 알게 된다.

타임카드를 관장하면서 6분에 대한 생각을 많이 하게 되었다. 삶 속에 적용하는 6분은 은유적이다. 이 개념을 어떻게 활용하느냐에 따라 삶의 질이 달라진다. 몇 초나 몇 분 차이로 운명이 바뀌는 일들이 얼마나 허다한가. 선택과 결정을 위해 주어진 6분은 삶의 가치를 바꿀 수 있다. 생사와 행불행을 가를 수 있다.

생사를 넘나든 우정이 있다.

왕의 진노를 산 청년 피티아스Pythias가 있다. 사형 선고를 받고 복역 중 고향의 어머니를 보고 싶다는 간청을 듣고 그의 친구 다몬Damon이 왕에게 진언하여 친구 대신 옥에 갇힌다. 친구는 기한으로 주어진 일주일이 지나도 돌아오지 않는다. 저녁 무렵, 왕의 명령에 따라 다몬이 사형대에 올랐는데 멀리서 친구가 달려왔다. 두 사람의 우정에 감동한 왕은 이들의 목숨을 살려주었다. 친구가 사형대에 오른 후 피티아스가 나타난 시간은 6분 미만이었으리라는 생각이 든다.

사형 집행 전 안중근 의사에게 간수가 마지막 소원을 물었다. 그는 대답했다. 조금만 시간을 달라고. 읽고 있는 책을 아직 다 읽지 못했다고.

그가 무슨 책 무슨 구절을 읽었는가는 중요하지 않다. 그가 생애 마지막에 얻은 독서 시간은 생명을 연장하는 시간이었다. 그는 책을 읽은 후의 느낌과 정서로 눈을 감았다. 그가 얻은 시간이 6분이라고 여겨지는 이유를 모르겠다.

성경의 비유가 생각난다. 신랑을 기다리는 열 처녀 이야기. 다섯 처녀는 등잔에 기름이 충분했고 다섯 처녀는 기름이 부족했다. 밤새도록 신랑이 오기를 기다리다가 새벽 무렵이 되어도 신랑은 오지 않고 다섯 처녀의 등잔 기름은 떨어져버렸다. 그들이 기름을 사러 간 사이에 신랑이 들어오고 대문은 굳게 잠겨 다시는 열리지 않았다.

기름을 사가지고 돌아와 밖에 갇힌 예비신부 다섯 명의 신세를 생각한다. 이처럼 절통한 일이 또 있을까. 이들이 신랑보다 늦은 시간이 얼마인지 모르지만 6분이 채 안 될 거라고 느껴지는 이유는 무엇 때문일까. 아마도 타임카드를 오랫동안 관장하다 보니 나의 뇌가 6분에 대하여 특별하게 인식하고 있어서인지도 모르겠다.

그레이스 피어리어드Grace Period. 유예기간. 은혜의 기간. 질끈 눈감아주는 시간. 조건 없이 거저 베풀어주는 시간. 긴장과 피로로 녹초가 된 심신을 달래주는 솔바람. 답답한 가슴을 툭 틔워주는 산소통. 분초를 다투는 병원 시스템에서 숨을 쉽게 해주는 틈.

그레이스 피어리어드는 개념 자체가 인간적이다. 여지와 관용과 용서가 그 속에 녹아 있다. 우리 사람은 누구나 은혜의 기간 속에 머물러 있다. 은총으로 주어진 이 순간을 어떻게 살고 대하느냐에 따라 삶의 질이 바뀐다. 은혜의 기간은 인격을 요구한다.

오늘, 타임카드를 결제하는 날이다. 6분 같은 그레이스로 어떻게 스태프들을 도울까, 고민한다.

제6부
네 개의 창

Kindness is a language which the deaf can hear and the blind can see.

_Mark Twain

친절은 농인도 들을 수 있고 맹인도 볼 수 있는 언어이다.   _마크 트웨인

Too often we underestimate the power of a touch, a smile, a kind word, a listening ear, an honest accomplishment or the smallest act of caring, all of which have the potential to turn a life around.

_ Leo Buscaglia

우리는 한 사람의 인생을 바꿔놓을 수 있는 잠재력을 가진 손길, 미소, 친절한 말, 경청하는 귀, 정직한 성취, 또는 사소한 배려의 행동 등을 너무나 자주 과소 평가한다.

_레오 부스칼리아

어떻게 먹을까

우리 수술분과는 '먹자 파티'를 자주 한다. 살사와 칩스 데이, 타코 데이 등, 갖가지 음식 이름을 붙여 파티를 연다. 모든 경축일과 모든 동료들의 생일에는 파틀락이나 케이터링 음식을 함께 먹는다. 수술 케이스가 많은 날이면 외과의사, 마취과의사, 디렉터 혹은 간호사 중 누군가가 점심을 쏜다. 따스한 마음이 서로 닿아서 무슨 음식을 먹어도 맛있다. 몰아치는 케이스를 소화하느라 누적된 피곤마저 싹 가시는 것 같다.

음식을 나누는 것은 마음을 나누는 일이다. 한솥밥을 먹는데서 강한 결속력이 생성된다. 수술방 동료들이 가족처럼 느껴지는 이유는 밥을 함께 먹기 때문이고 그 깊이는 횟수에 비례한다고 믿는다. 수술팀에 합류한 지 얼마 되지 않은 동료보다 10년 묵은 동료들이 친 형제자매처럼 가깝게 느껴진다.

일반병동에서는 같은 날 일하는 동료들이라 해도 각자 환자 돌보기에 바쁘고 담당 환자가 다른 만큼 독립적인 간호활동을 펼친다. 같은 병동에서 일한다 해도 사람들이 많아서 속속들이 서로를 알지 못하는 편이다. 환자들이 많고 일이 많아서 스태프 간에 끈끈한 정을 쌓을 겨를이 없기도 하다.

우리 수술분과는 주 5일간 얼굴을 맞대고 손발이 되어 함께 일한다. 서로서로 배려하고 참고 이해하는 강도가 남다르다. 규모가 작아서 여타 병원의 수술방보다 유난히 강한 결속력을 자랑한다. 팀워크가 필요한 분과이어서인가. 날마다 함께 일하기 때문인가. 어쩌면 결속력이 약해질까 봐 밥을 함께 먹는 기회를 애써 만드는지도 모른다.

어려움을 함께 나누면 가족애가 생성된다. 동료 한 사람이 의사나 환자로부터 부당한 일을 당하면 똘똘 뭉친다. 강한 자를 타도하고 약한 동료를 감싸주는 인간애도 도타워진다. 밥을 함께 나눈 정이 큰 몫을 한다.

파틀락 때면 수술방과 긴밀한 유대 관계를 지니고 있는 다른 병동 직원 몇 명을 초대하기도 한다. 그때마다 여기저기서 모여든 사람들로 좁은 라운지가 그득 찬다. 어수선한 파티 분위기 속에서 유독 눈에 띄는 한 사람이 있다. 동료 간호사 메리다.

그녀는 아무리 라운지가 번잡해도 어떻게 해서든지 의자를 확보하고 테이블 위에 자기 밥 접시를 올려놓는다. 우왕좌

왕 여기저기 서서 시끄럽게 떠들며 먹는 사람들 틈에 다리를 꼬고 앉은 그녀는 의식을 치르듯 우아하게 밥을 먹는다. 그녀와 함께 일했던 지난 10여 년 동안 그녀가 접시를 손에 들고 서서 급하게 밥을 먹는 것을 단 한 번도 본 적이 없다. 일정한 양의 음식을 섭취하고 나면 아무리 좋고 맛있는 음식을 권해도 사양한다. 쿠키 한 조각 입안에 들이지 않는다.

터키 베이컨 두 조각과 버터에 으깨어 익힌 달걀 한 수저, 잘게 썬 토마토 한 수저. 그녀의 아침 메뉴다. 소금 약간, 후추 조금 뿌려 포크로 찍어먹는데 천천히 음미하면서 먹는다. 모두가 하루 일의 시작으로 분주한 이른 아침, 조용한 카페테리아 창가 한쪽에 홀로 앉아 식사를 하는 모습이 당당하고 아름답다. 전형적인 조지아 출신 백인의식의 한 단면이려니 생각한다.

의사라기보다는 시인이라 해야 마땅한 C도 인상적인 식습관을 지니고 있다. 언젠가 미국 국경을 넘어 멕시코 최서단까지 가는 장거리 자동차 여행에 동행한 적이 있다. 그는 운전하는 동안 일행이 권하는 김밥이나 과일 등을 단 한 조각도 먹지 않았다. 아무렇게나, 아무 데서나 먹고 싶지 않단다. 분위기 있는 곳에서 편안한 자세로 격조 있게 먹고 싶다고 했다.

멕시코 어느 성곽에 도착했을 때는 점심식사 시간이 한참 지난 후였다. 그는 시야가 180도 각도로 펼쳐진 바다가 내려다보이는 야외 테이블에 앉아 느긋하게 식사를 했다. 일행이 자동차 안에서 아무 생각 없이 간식처럼 먹었던 똑같은 음식을 그는 참으로 멋스럽게 먹었다. 그가 식사를 하던 장면이 멋진 풍광과 함께 지금도 가끔 생각난다.

홀로 집에 있던 어느 날이었다. 초겨울 햇빛이 거실 깊숙이 들어와서야 문득 하루 종일 밥을 먹지 않았다는 생각이 들었다. 갑자기 참을 수 없는 허기가 몰려왔다. 부엌 아일랜드에 기대선 채로 찬밥에 물을 부어 허겁지겁 떠먹었다. 식도에 그냥 들이부었다고 해야지. 눈을 들어 창밖 너머 뒤뜰을 바라보니 철모르고 피었다가 시든 노란 장미 한 송이가 추위 속에 떨고 있었다. 그만 마음이 무너져 내렸다. 내가 왜 이렇게 사는 거지? 내 모습이 안쓰러웠다.

불현듯 인식 없이 먹으면 음식물이 아니라 사료라 했던 글귀가 생각났다. 나 자신이 초라하고 무안했다. 음식에게도 미안하고 부끄러웠다. 나는 짐승이 아니라 인간이라고 외치고 싶었다. 어떻게 먹느냐 하는 문제는 짐승계와 인간계를 나누는 열쇠가 될 만큼 중요한 것임을 깨달은 사람의 절규였다.

촛불을 켰다. 아끼는 머그에 귀하게 얻은 녹차를 넣은 다음, 잔 받침을 갖추었다. 식탁에 앉으니 훔볼트가 그린 '도시의 섬, 휴게소의 여인'이 된 기분이었다. 그제야 나 자신에게 미안한 마음이 조금 가시는 것 같았다. 그릇 하나 제대로 갖추니 마음가짐이 이렇게 달라진다.

섭식은 신체에 피와 살이 되는 영양을 공급하여 궁극적으로는 내면의 힘을 길러주는 것이다. 오랜 옛날부터 의식 있는 학자들은 육체와 정신에 똑같은 가치를 부여했다. 먹는 행위는 자기 자신과의 대화이고 자기 가치를 확인하는 작업이라 했다. 오늘도 힘내어 살아보자, 너와 내가 몸과 마음이 서로 협력하여 멋진 하루를 만들어보자, 서로에게 아름다운 증인이 되자는 다짐이다.

나를 살게 하는 힘의 근원을 묵상한다. 외부에서 공급되는 에너지가 아니면 결코 존재할 수 없는 이치를 생각한다. 정말이다. 자연이 베풀지 않으면, 신이 공급하지 않으면, 사람은 결코 생명을 유지할 수 없다.

음식을 대하는 메리나 닥터 C의 품品과 격格을 자주 생각한다. 내면의 자신을 손님으로 초대하는 정중한 태도. 밥 접시를 앞에 두고 자세를 바로잡는다. 자아존중은 자신을 공경하는 자존감에서 시작된다. 쓸쓸하고 슬픈 일이 많은 이 세상에 내가 나를 대접하지 않으면 누가 나를 가치 있다 여겨줄 것인가.

단순하게 즐겁게

웰빙 음식이 난무하여 식상한 요즈음이다. 건강을 유지하기 위해 먹어야 할 것들이 너무 많다. 좀 더 근원적인 접근이 필요하다. 음식물 섭취에 관한 권면을 프레젠테이션 할 기회가 있었다. 위장내과 검사실에서 일한 경험을 풀어놓으라 했다.

두 눈이 확 뜨이는 자료를 발견했다. 『식사와 음식물에 관한 권면』. 100여 년 전 엘렌 지 화잇이라는 한 여성이 교회 회중을 위해 저술한 책이다. 음식물을 대하는 태도에 깊은 철학과 과학이 담겨 있다. 일회성 프레젠테이션으로 끝내기에는 아깝다는 생각이 들어 그 일부를 소개한다.

건강을 유지하려면 한 끼 식사에 몇 가지만 제한하여 먹으라고 한다. 부드러운 것보다는 씹을 수 있는 마른 음식을 권한다. 식욕을 제어하여 천천히 그리고 철저히 씹어 먹으면 치아와 위장에 유익하고 좋은 피를 만들어주며 에너지를 증강

시켜준다고 했다.

근심과 걱정을 내려놓으라 한다. 서둘지 말고 즐겁게 먹으란다. 식사 메뉴에 민감하지 말라 했다. 일용할 양식을 공급해주신 창조주에게 음식을 축복하여 주시기를 간구했으면, 그가 기도를 들어주신 것으로 믿고 안심하란다.

몸에 열이 있을 때는 먹지 말라 한다. 격렬하고 과도한 운동을 한 직후나 몹시 지쳤을 때. 흥분될 때. 걱정될 때. 마음이 급할 때도 안정을 되찾을 때까지 먹지 않는 것이 좋다고 한다. 음식물 소화를 위해서 신경 에너지가 많이 소모되므로 식사 전후에 정신이나 육체에 무거운 부담을 주지 말라는 것이다. 우리 뇌는 소화를 돕기 위해 일을 많이 하는데 무리하면 충혈된단다. 뇌를 끊임없이 사용하는 사람, 신체운동이 부족한 사람은 다만 허기를 면할 정도로만 적게 먹으라고 부탁한다.

매끼 식사에 두세 가지의 단순한 음식을 먹으라, 그녀는 수없이 강조한다. 여러 가지 음식을 급히 먹으면 발효가 시작되고 피가 불결해진단다. 혈액의 왕래가 가장 많고 활발한 뇌가 그 영향을 받아 최상의 상태를 유지하지 못한단다. 잡다하게 섞어먹으면 유익보다 해가 많아서 한 가지씩 따로 먹었다면 몸에 유익했을 음식의 좋은 특성이 모두 파괴된다고 한다. 과식이 소화불량을 일으키는 주요인이 된다는 사실은 누구나 안다. 종종 여러 가지 음식을 너무 많이 먹고 나면 짜증스러워지는 이유는 위와 뇌가 고통을 당하기 때문이란다. 말 못 하는 짐승들도 혼합된 음식과 복잡한 음식은 먹지 않는단다.

과실과 채소를 함께 먹으면 위에서 산이 발생된다. 우유와 설탕을 많이 쓰거나 함께 사용하면 위에서 발효를 일으킨다. 그 결과 피가 더러워지고 소화불량을 일으키며 정신을 흐리게 하여 정신활동에 지장을 초래한단다.

소화기관은 입에서 항문까지 총 9미터다. 모든 사람이 위 내시경을 통해 자신의 장기를 실제로 보면서 우리 몸의 내부가 얼마나 섬세하고 예민한 구조를 가지고 있는지 확인한다면 그보다 더 좋은 현장 교육이 없을 것이다.

소화과정을 눈으로 그려보면 어떤 음식을 어떻게 먹어야 할지 분명해진다. 우리의 생각과 태도는 음식물과 깊은 연관이 있다. 음식물이 품성에 끼치는 영향은 지대하다. 몸과 마음이 건강하려면 섭취하는 음식물에 좀 더 많은 관심을 기울여야 하겠다.

브레인 푸드

"어느 때보다 뇌 기능이 활발 명료해졌으며 집중력이 강화
되었다. 근육을 단련하는 사람들이 근육강화제를 사용하는
것처럼 뇌의 활성화를 위해서 이 약을 먹어라. 이 약은 내 집
중력을 세 배로 증가시켜주었다."

스티븐 호킹의 단언이다.

"이 약의 효과는 믿을 수 없을 정도다. 복용 첫날부터 내 두
뇌의 수행 능력은 모든 상황에서 배가되었다. 강력히 권한다."

빌 게이츠가 CNN과 인터뷰 도중 언급한 말이다. 하버드
대학 연구팀에서는 이 약을 아이큐를 두 배로 증진시켜주는
획기적인 발명품으로 인증했다고 한다.

브레인 푸드, 'C'라는 영양제. 일명 스마트 알약. 뇌세포 깊
숙이 침투하여 상황 인식과 대처 능력을 높여주고, 장단기 기
억력 증진에 탁월한 효과가 있단다. 지금까지 전혀 사용하지

않았던 뇌세포 구석구석을 일깨워 삶의 질을 향상시켜준단다. 감정조절도 가능하여 인간성도 바꿔준단다. 신비의 영약이 따로 없다.

복용 전제조건이 있다. 숙면을 취할 것, 균형 잡힌 아침 식사를 할 것, 요가를 비롯한 마음 수련을 할 것, 스트레스 받지 말고 매사에 긍정적일 것…… 이만큼 자기관리를 한다면 왜 이 약이 굳이 필요할까. 이 정도로 몸과 마음을 관리하면 약을 복용하지 않아도 최상의 컨디션을 유지할 수 있을 것 같다. 기실 이 약의 효과를 증대시키기 위한 전제조건을 따르게 함으로써 개선되는 컨디션이 약 때문이라고 믿게 하는 플레시보 효과를 노리는 것은 아닐까?

역기능에 대한 경험자들의 원성도 만만치 않다. 수면장애, 불안감, 조급증을 불러일으킨다, FDA의 인정을 받지 못했다, 장기간 복용의 역효과가 연구된 바 없다, 복용을 끊으면 전보다 더 나쁜 상태로 돌아간다, 치매를 비롯한 뇌의 질병 치료에 전혀 도움이 안 된다, 뚜렷한 효과도 없이 사탕 수준의 영양제에 대한 사기이고 허위적인 과대광고이다…….

나도 복용해볼까. 비타민 가게에 들렀다. 여러 종류의 브레인 푸드가 뽐내듯 도열해 있다. 반짝이는 두뇌를 상징하는가, 모두들 금박 포장을 둘러쓰고 있었다. 한참 망설였다. 어떤 것을 골라야 할지 혼란스러웠다. 갈등도 잠깐, 빈손으로 가게

문을 나섰다.

망각은 때로 축복이고 은총이다. 우리는 기억이 무디어지고 희미해진 덕분에 자기 자신을 포함하여 많은 사람을 용서하고 용납한다. 슬픈 이별과 뼈아픈 상처로부터 벗어나 다시 웃을 수 있다. 고통스러운 경험을 언제까지나 선명하게 기억한다면 얼마나 불행할까? 과거가 현재를 지배하는 것은 오히려 재앙이 아닐까?

나는 평화롭게 살고 싶다. 낮에 맘 상했던 일은 적당히 잊고 밤에 평온하게 잠들고 싶다. 슬플 때 괴롭고 허무할 때 외로운 그대로의 나 자신을 돌아보고 싶다. 온통 인공적이고 인위적인 환경 속에 살고 있지만, 마음과 의지를 다스리는 뇌만큼은 본래 상태로 간직하고 싶다. 뇌를 늘 깨어 있게 하거나 바쁘게 만드는 일에 매달리고 싶지 않다.

혹, 기억력이 좋아져서 멋진 시 구절이랑 사람들 이름을 잘 외울 수 있다면 얼마나 좋을까. 아름답고 따뜻한 추억들을 내내 잊지 않고 되새겨 춥고 어두운 질곡의 시간을 지나는 동안 삶의 빛과 온기로 삼을 수 있다면 얼마나 좋을까. 아서라, 두 배나 높아진 아이큐로 이웃의 잘못을 예리하게 들추어내고 내 이익을 위해 이기적이 될까 두렵다. 기민하고 빠른 두뇌회전으로 인류에 공헌할 발명품을 만든다 하자. 그것이 나 개인의 삶에 행복보다는 불행을 가져다준다면, 선택은 간단하다.

명석한 사람으로 만들어준다는 광고에 잠시 흔들린 마음을 다잡는다.

브레인 푸드가 있듯이 하트 푸드가 있다면 얼마나 좋을까. 상대방을 배려하고 이해하고 용서하고 사랑하게 하는 약. 상대방을 향한 비난의 눈을 이해의 눈으로 바꾸어주고 상대방의 잘못에 대해서는 눈 감게 해주는 약. 상대방의 비난과 오해를 넉넉히 감당하게 하는 약. 외로운 마음을 훈훈하게 데워주는 약. 더 나아가 내가 내 자신을 용서하게 해주는 약.

진실로 바란다. 내가 존경하는 사람들의 친절과 인내와 고상함이 'C' 약을 복용했기 때문이 아니기를. 자기 연마를 통한 교양과 성숙의 결과이기를.

자연적이고 인간적인 것들이 유난히 그리운 날이다.

네 개의 창

    리버사이드 컨벤션 센터에서 특별한 주제 강좌가 있었다. '비정상적인 심리를 가진 환자 돌보기'. 강사는 조셉 셰논 심리학 박사다. 그는 베테랑 심리치료사였다. 자신의 사적인 이야기를 통하여 청중 각자가 처한 상황과 문제를 객관적으로 조망하고 마음의 상처를 치유 받도록 해주었다. 청중 자신이 직면하고 있는 갈등을 건설적으로 직시하고 해결할 수 있는 방법을 알려주었다. 사소한 에피소드는 의도된 고난도의 강연 기술이었다.

    그는 자신의 삶을 강연 소재로 삼았다. 심한 우울증과 신체적인 제한으로 고통스러운 유년기와 청년기를 보냈다. 그는 자신이 앓았던 질병을 진단하고 치료하는 과정을 성장 환경과 함께 생생하게 전했다. 자신의 약점, 특히 정신 병력을 소재로 청중에게 강연하는 일은 쉬운 일이 아니다.

그가 전달하는 메시지마다 가슴 깊이 박혔다. 나 자신의 성장과정과 환경을 되돌아볼 수 있었다. 내 자녀들이 자라난 환경을 냉정하게 점검할 수 있었다. 내가 길러낸 그들이 부모의 육아방식에 대하여 느꼈을 많은 감정을 유추해 볼 수 있었다. 기쁘고 뿌듯한 추억보다 아프고 죄책감이 드는 기억들이 더 많았다. 강사의 말대로 우리 현대인 모두는 정도 차이는 있지만 정신과적인 문제를 안고 살아가는 존재임을 절절히 깨달았다.

부모의 강박증이나 불안증이 무언중에도 집을 떠나 있는 성인 자녀들에게 고스란히 전달된다는 연구는 흥미롭고 놀라웠다. 시공간을 초월하여 정서적으로 가까운 사람의 심리가 나에게 미치는 영향력이 지대하다는 이론. 동양의 기 철학 강좌를 듣는 듯했다. 인간은 정말이지 에너지 파동체이다. 강연장에 모인 청중들은 동질감과 유대감 속에 흥미진진한 심리여행을 했다. 꽃잎처럼 섬세하고 연약한 우리 인간의 심성을 새삼 들여다보는 여정이 아름답고도 슬펐다.

16가지 주요 이상심리로 고통당하는 환자들의 사례를 접하며 많은 생각을 했다. 마음의 병은 원인을 파악하기가 쉽지 않고 그 치료는 더욱 힘들다. 5명 중 1명이 우울증을 앓는다. 딜레마와 슬럼프 속에 하루하루 버티며 살고 있다. 외롭고 불안하고 의기소침하다. 낮은 자존감과 반사회적 인격 장애 심리 속에서 힘들어한다.

강사는 자신의 정체성을 제대로 인식하는 것이 모든 심리 문제를 해결하는 시발점이라고 결론지었다. 심리뿐일까. 언제 어디서든 자신의 한계를 아는 것은 조화로운 삶의 기본 지침이다.

조하리의 창Johari Window이 생각났다. 인간관계를 효율적으로 이해하고자 개발된 이론. 나와 타인의 관계 속에서 내가 어떤 사람인지를 보여주고 나 자신을 새롭게 인식하게 해주는 공식. 자신의 정신세계에 대한 인식과 자아성찰을 통해 지속적인 성장과 발전을 위해 노력하게 해주는 장치.

각 사람마다 네 개의 창을 가지고 있다고 한다. 창은 인식의 방 혹은 인식의 영역이라 해석한다. 열린 창, 나도 알고 다른 사람도 아는 나. 숨겨진 창, 나는 알고 다른 사람은 모르는 나. 보이지 않는 창, 나는 모르는데 다른 사람은 아는 나. 미지의 창, 나도 모르고 다른 사람도 모르는 나. 결국 나는 나 자신을 잘 안다고 결코 말할 수 없는 것이다.

네 개의 창이 모두 같은 크기라고 볼 수는 없는 법. 창의 크기가 다르다고 한다면 내가 아는 나는 50퍼센트보다 더 클 수도 있고 작을 수도 있다. 내가 나를 아는 범위가 한정되어 있다는 의미는 여러 가지를 시사해준다. 우선 나에 대하여 내가 완전히 알지 못한다는 것을 인정하는 것이 급선무이겠다.

나는 모르는데 상대가 아는 나, 나도 모르는 나의 범위를 줄이고자 노력하는 사람을 우리는 성숙한 사람이라고 부르는 것이 아닐까. 타인과의 소통을 원활하게 하기 위해 열린 창이 차지하는 범위를 넓히고자 애를 쓰는 사람이 환영받는 것은 당연한 결과가 아닐까.

나는 어떤 사람인가. 나를 실망시키고 괴롭히는 상대를 얼마만큼 받아줄 수 있을까. 그가 실수하고 넘어졌을 때 과연 손 내밀어 일으켜줄 수 있을까. 내가 따르고 나를 아껴주던 사람이 배신과 음모로 내 인내심을 시험한다면 어떻게 할까. 끝까지 그를 신뢰하고 인내할 수 있을까. 나 자신을 돌아보니 자신에게는 너그럽고 타인에게는 냉정하다.

인간관계 최고의 법칙은 나를 미루어 남을 생각하는 것이라고 말한다. 내가 대접받고 싶은 대로 남을 대접하라고 한다. 현대인은 말한다. "네가 대접받고 싶은 대로 남을 대접하지 마라. 그는 당신이 선호하는 방식을 좋아하지 않을 수 있다" 개인주의와 개성주의가 진실과 진정의 가치를 망가뜨리고 있다고 속단하기에는 이르다. 좀 더 심화되고 확대된 배려일 수 있다. 어찌해야 할까.

상대에게 그가 원하는 방식을 물어보아야 할 것이다. 의중을 물을 때 자신의 기호를 분명하게 표현하는 것은 깔끔한 관계 유지에 도움이 된다. 희망사항을 말로 표현하지 않을지라도 상대가 내 마음을 알아주겠거니 기대하는 것은 무리다. 그런 경지에 이르는 심안을 기대하기 이전에 상대를 향한 나 자신의 심안을 돌아볼 일이다. 나는 그가 말하지 않아도 그의 진중을 알아채는가? 속단하고 짐작하기보다는 서로에게 진심을 털어놓는다면 오해의 소지 없이 맑은 관계를 유지할 수 있으리라. 나도 그처럼 그도 나처럼 자신을 평균 50퍼센트밖에 알지 못하는데 서로에게 너무 무거운 짐을 지우지 말자.

강의가 끝났다. 강연장 분위기가 시작 때와 달리 밝았다. 작별을 고하는 몸짓이 따뜻했다. 영혼을 치유 받았다는 느낌을 공유하는 사람들이 나누는 언행이 부드러웠다.

살면서 조하리 창의 각 영역은 자꾸 바뀐다고 한다. 희망적이다. 열린 창의 범위를 넓히는 삶을 살아야지. 내가 모르는 나를 잘 아는 사람들의 말도 깊이 새겨들어야겠다. 내가 모르는 나를 알 수 있는 기회를 확장하는 일이니까. 이해되지 않는 친구의 언행은 참고 기다려야지. 그 자신조차 모르는 그가 한 행동일 수 있으니까. 어쩌면 그는 그를 이해하지 못하는 나를 기다리는지도 모르겠다.

맹장, 화나다

맹장을 떼어냈다. 맹장은 도무지 타협할 줄 모르는 기관이다. 탈이 나면 적출 이외에는 다른 방도가 없다. 여타 신체 기관은 문제가 생기면 대부분 항생제 투여나 일부 절제술로 나을 수 있다. 담낭과 맹장, 그중에서도 맹장은 막무가내다. 작디작은 기관인데 어찌나 성질이 급한지 '화르르' 그 자체여서 고집을 부렸다 하면 달래는 일은 절대 불가능하다. 섣불리 건드리면 제 성질에 못 이겨 스스로 터져버린다.

맹장은 면역세포와 소화기능에 필요한 장내 미생물의 집합소이자 피난처이다. 생체 활동의 불균형으로 유익한 박테리아가 몸 안에 부족하면 적당량을 배출하여 균형을 맞추어준다. 소화하고 남은 수분과 염분을 흡수하여 소화를 돕는다. 온갖 세균이 난무하는 외부 환경에 신체가 잘 적응하도록 다른 기관과 협력한다.

맹장 근육에 염증이 생기면 회생이 불가하다. 농축된 박테리아들이 약해진 그곳을 뚫고 세찬 밀물처럼 쏟아져 나와 온 복부기관을 순식간에 오염시킨다. 복막염으로 발전하면 패혈증이 되기 쉽고 생명에 지장을 줄만큼 위급하다. 속히 수술을 해서 맹장을 제거하고 쏟아진 세균들로 감염된 복부를 깨끗이 씻어주어야 한다. 몸 안에 강력한 자폭 장치를 보유하고 있는 셈이다.

맹장염이 되는 이유는 학설상 불분명하다. 생리학적인 이유도 있지만 나는 과로와 스트레스라고 믿고 싶다. 우리 신체는 자연 그 자체라서 적정 환경 내에서는 좀처럼 탈이 나지 않는다. 긴장하고 무리하면 각 기관이 피곤해져서 원활한 소통이 이루어지지 않는다. 대화 불통이라는 고립감에 시달리다가 반란과 폭동을 일으키는데 신체에 무작위로 영향을 미친다. 맹장도 다른 기관과의 소통이 막히면 제풀에 자기 자신을 죽인다.

어느 날 아침, 직장에서 일하는 도중, 허리가 끊어질 듯 아팠다. 전날 저녁부터 배가 살살 아프기는 했지만 참을 만했다. 아침에 통증이 더 심해지기는 했지만 일을 쉴 수가 없어서 출근했다. 환자를 인터뷰하는 도중 환자의 침대 위에 고꾸라지듯 주저앉아버렸다. 눈앞이 캄캄해지면서 폭발적으로 쏟아지는 통증이 전신을 압도했다. 어떤 상황도 돌아볼 수 없을 만큼 강한 쇼크 현상이 일어났다. 연락을 받은 디렉터가 달려와서 휠체어에 실어 응급실로 데려갔다. 속성으로 찍은 복부 초음파와 복부 CT 스캔 검사 결과 맹장염으로 판정이 났다. 곧 바로 수술대 위에 누울 수밖에 없었다.

박테리아 보관소가 내 몸에서 제거되었다. 외부에서 들어오는 박테리아, 내부에서 자라나는 박테리아를 모니터하는 컨트롤 타워가 사라졌으니 예상치 않은 곳에서 반란이 일어날 수 있다.

우리 몸은 기실 세균의 집합체다. 내 몸 중에서 나는 나라고 주장할 수 있는 부분은 단 10퍼센트에 불과하다. 90퍼센트가 세균덩어리인 것이다. 그러니까 우리가 먹고 배설하고 쉬고 일하는 것은 모두 세균을 먹이고 살리기 위해 취하는 행동이다. 세균이 일하지 않으면 우리는 잠시도 생존할 수 없다.

몸에는 유익한 세균과 유해한 세균이 공존한다. 건강하다는 것은 이들 세균의 분포와 양이 몸 안에서 잘 컨트롤되고 있다는 증거다. 이 함량이 늘어나 제어할 수 없는 상태가 되면 병을 앓는다. 기실 병에서 회복되는 것은 우리 몸의 자가 치유 능력 덕분이다. 아군과 적군의 세균 싸움의 결과다. 아군도 너무 많으면 병을 일으킨다. 모든 요소가 적정량을 유지하는 조건 아래 머물 때 비로소 건강한 신체로 나타나는 것이다.

마음의 박테리아를 생각한다. 아무리 좋고 아름다운 것도 과유불급이어서는 안 된다. 사랑도 잘 조절하면 생명의 꽃이 되지만 과부하에 걸리면 마음에 염증을 일으킨다. 마음의 갈피를 잡을 수 없다면, 감정을 스스로 감당할 수 없다면, 이미 다량의 사랑 박테리아가 침입한 것이다. 마음을 잘 붙들어 매라는 신호로 받아들여 마음이 흐르는 길을 잘 감독해야 한다. 몸의 열독을 씻어내듯이 마음의 열정을 다스려야 한다.

마음의 맹장을 돌아본다. 잘 건사해서 탈이 나지 않게 해야겠다. 유해한 박테리아 같은 사람들이 모인 곳은 피해야 한다. 전염성이 강한 사람들과도 거리를 두어야지. 고통과 슬픔조차 긍정적인 에너지가 되도록 노력해야지. 사는 일에 좀 더 조심스러워야겠다.

그 나이에도 맹장수술을 하느냐 아직도 젊네, 사람들이 놀렸다. 어머, 내 나이가 어때서요, 아직 한창입니다, 하고 웃었다. 아이스크림을 사준다는 사람이 있어서 스테이플도 제거하지 않은 배를 끌어안고 살살 운전해서 타운으로 나갔다. 아이스크림이 꿀처럼 달았다.

맹장을 떼어낸 상실감 탓인지 마음의 맹장도 덩달아 약해진 듯하다. 그대여, 강력한 살상무기, 맹렬한 열정 덩어리를 잃은 가련한 나에게 제발 친절하게 대해다오.

마음의 근육

무뇌아를 제왕절개로 분만한 에이즈 환자를 돌보게 되었다. 예정보다 7주나 빠른 미숙아였다. 분리가 채 안 된 오른팔은 가슴 한쪽에 붙어 있었다. 종잇장보다 얇은 살갗은 조그마한 접촉에도 찢어지고 피가 났다. 영아실 간호사가 깨끗이 닦아서 바구니에 담아 사진을 찍었다.

불규칙하나마 숨을 쉬는 아기를 안고 산모는 하염없이 울었다. 이 세상에서 가장 슬픈 얼굴 표정이 있다면 바로 그녀의 얼굴이다. 어떤 위로로도 달랠 길 없는 얼굴. 같은 병을 앓고 있는 남편과 이마를 마주대고 흐느끼는데 할 말이 없었다. 망연히 바라볼 따름이었다.

수술팀은 아기가 한두 시간 내에 호흡을 멈출 거라고 예상했다. 아기의 호흡은 표현 그대로 서서히 사라졌다. 아기의 몸은 순식간에 군데군데 푸른빛으로 물들었다. 얼마나 숨을 쉬고 싶었을까. 뇌가 있는 우리는, 생각이 많은 우리는, 살고 싶지 않은 순간이 얼마나 많은가.

사람은 죽기보다는 살고 싶어 한다. 근본적으로 생명을 사랑하는 속성을 지니고 있기 때문이다. 생명의 본질은 순해서 조그만 자극에도 쉽게 상처가 난다. 왜 마음이 어지러운가. 잘 살고 싶어서다. 왜 괴로운가. 의도했던 대로 살아지지 않기 때문이다. 어떻게 하면 잘 살 수 있을까. 마음을 단련하는 것이다. 마음의 근육을 키우고 개발하는 것이다.

사람들은 아름다운 신체 근육을 갖고 싶어 한다. 군살이나 지방이 붙지 않도록 노력한다. 근육의 백미는 복부에 새겨진 왕王 근육, 일명 식스 팩six pack이다. 하루 이틀 운동으로 만들어지는 근육이 아니다. 넓고 부드러워서 쉽게 다스릴 수 없는 부위다. 왕근육은 극기와 인내의 표창장이요, 절제의 자랑스러운 증표다.

마음의 복부에도 근육이 있다. 신체처럼 여러 개의 방이 있다. 이것 역시 쉽게 얻을 수 없다. 인내와 절제와 단련의 결과물이다. 이 방을 무엇으로 채우느냐에 따라 그 사람의 삶과 인격이 꼴 지어진다. 사랑, 기쁨, 소망, 감사, 평안, 온유, 양선, 화목……

마음의 근육이 발달되면 세상 사는 일이 부드러워진다. 일부러 강한 척하지 않아도 된다. 알면서도 모른 척, 보고서도 안 본 척, 너그럽게 넘길 수 있다. 비난받을 때 마음을 베이지 않을 수 있다. 무엇보다도 자기 자신을 미워하지 않을 수 있다. 자신의 빈약한 저항, 비굴한 행동을 용서할 수 있다. 세상을 원망하지 않고 현상을 있는 그대로 응시할 수 있다.

당신과 나, 우리 각자는 남모르는 험한 길, 많이도 지나왔다. 사랑받지 못한다는 느낌으로 외로울 때가 많았다. '왜 하필이면 나인가' 싶어 남 몰래 흘린 눈물, 자신도 눈치 채지 못하도록 서둘러 감추어버린 슬픔, 숨이 딱 멎어버렸으면 좋겠다고 소원했던 순간순간들…… 모든 시련을 이기고 지금 이 시간 우리는 살아 있다.

살아 있다는 것은 사랑받는 증거라는 것을 믿어야 한다. 외로울수록 더욱 강해야 한다. 나를 사랑하는 법을 터득해야 한다. 외로울 땐 나 외에는 친구가 없으므로. 자기 자신과 친구가 된 사람은 외로움을 잘 극복할 수 있다. 언제쯤이나 그런 날이 올까. 아, 마음의 근육을 키울 일이다.

울다가 지쳐서 잠이 든 산모의 얼굴을 바라보노라니 마음이 착잡했다. 이 부부가 앞 생애에 다가오는 어려움을 넉넉히 이겨내기를 간절히 바랐다. 오늘의 슬픔을 통해 마음의 근육이 단단해지기를 빌었다.

사람의 값어치

선배.

사람의 몸값 이야기, 계속하기로 해요. 우리 인간의 몸을 구성하는 재료로 만들 수 있는 물건들이 있다고요? 비누 7개, 성냥개비 2천 개, 설사약 1봉지, 못 1개, 연필 2천 자루. "현 시세로 치면 1달러 미만"이라고 누누이 강조하는 선배 목소리가 처연합니다. 목록이 기대보다 터무니없이 빈약해서 그 실망감 때문에 그렇게 느끼는 것 아니냐는 선배의 말이 정곡을 찌릅니다.

화학성분으로는 1백 달러 값어치도 안 되지만 생명공학적으로 따지면 4억 5천만 달러가 넘는다고 했나요? 골수 2천3백만 달러, DNA 1천만 달러, 콩팥 한쪽 10만 달러, 허파 한쪽 6만 달러, 심장 5만 7천 달러…… 호흡이 멈춰 땅에 묻히려면 장례비용으로 5천 달러 이상 들어야 한다고 부언하는 선배의 의도를 헤아려 봅니다.

몸값이 천차만별이군요. 인생의 아이러니가 몸값의 차이에 있지 않나 싶네요. 그 격차만큼이나 다양한 인생 아닌가요. 생김새와 생각의 차이는 어떻고요. 인간은 신비한 존재임을 강조하는 반어법이 아닌가요. 값을 정할 수 없는 가치에 가격표를 붙이려니 이토록 황당한 추론이 나오지 않나 싶어요.

인간의 몸을 돈의 가치로 계산해보겠다는 발상부터가 무모하다 싶어요. 생각해보세요. 어느 먼 나라 낯선 사람의 죽음은 별다른 느낌을 주지 않지만 소중한 사람의 죽음은 표현할 수 없을 만큼 커다란 상실이잖아요.

인간의 숭고한 가치를 재는 기준이 어디에 있을까요. 전쟁터에서는 셀 수 없는 적의 생명을 한방의 폭탄으로 날려버리는 인간이지만 다른 한편에서는 산속에서 길을 잃은 노인 한 사람을 구하기 위해 가능한 모든 장비를 동원하고 천문학적인 경비를 쓰기도 하지요. 상황 논리에 인간의 가치가 좌우되는 현실을 어찌 받아들여야 하는지요?

우주가 방금 생각났어요. 1천억 개의 별이 모여 하나의 은하를 구성하고 그 은하가 또 1천억 개 펼쳐져 있다는 우주. 가장 먼 은하까지 가려면 130억 광년이 걸린다는 우주. 과학이 발달할수록 그보다 더 먼 거리에 있는 별들이 연이어 발견되겠지요. 130억 광년이라니, 우리 인생으로서는 감히 상상

할 수 없을 만큼 광대한 시공간 아닌가요.

인간의 몸값을 이야기하는 마당에 왜 우주가 생각난 걸까요? '인간의 몸은 우주'라는 은유 때문이겠지요. 어쩌면 인간은 광대한 은하계가 끝없이 펼쳐져 있는 대우주보다 더 가치 있는 존재인지 몰라요. 작은 생명체 안에 넓은 우주를 품을 수 있으니까요. 또 다른 우주인 생명체를 배태하고 양육하니까요.

어디 몸뿐이겠어요? 마음 값은요? 몸만큼 소중한 마음은 어떻고요? 생명공학적인 몸값에 동그라미 두 개를 더 붙여야 한다고요? 몸도 마음도 동등하게 중요하지만 마음에 몸이 순종하는 것이니 마음에 더 가치를 두어야 한다고요? 하지만 몸이 편하지 않으면 마음도 덩달아 불편하니 마음이 몸을 위하고 배려할 때 마음 값이 상승한다고요. 우와, 선배는 지혜로운 사람이에요.

사람 마음 하나 바꾸는 일, 어디 그리 쉬운 일인가요. 사람 마음 하나 얻는 것, 우주를 품는 일보다 더 어려워요. 선배가 수년간 짝사랑하고 있는 그 사람을 생각해보세요. 선배는 그녀 때문에 세상을 사는 의미가 있다고 했잖아요. 그녀를 만나기 전에는 살아야 할 이유도 죽어야 할 이유도 없었다고 했지요. 선배는 모든 것을 그녀와 연관 지어 생각하고 행동해요. 그러니까 선배는 기어이 그녀의 마음을 사야 하잖아요. 천문학적인 몸값에 동그라미 두 개를 당연히 더 붙여야지요. 깊은 인연이 아니고서야 어떻게 사람의 마음을 사겠다고 결심할 수 있겠는지요.

영혼 값은 어떡하고요. 영원을 그리워하고 사랑받기 원하는 영혼은 어쩌라고요. 지성을 가진 영혼, 진선미를 추구하는 영혼, 희로애락을 관조하고 성찰하는 영혼은 도대체 값이 얼마일까요? 쓰러져가는 오막살이 초가에서도 행복하기만 한 촌부의 영혼은 어떡하고요. 몸값도 계산하지 못하고 마음 값조차 기준이 없는데 영혼 값을 어떻게 정할 수 있나요.

그러니까 선배. 우리 함부로 사랑한다 말하지 않기로 해요. 예수 아세요? 이 세상에 오직 나 한 사람만 있다 해도 나 한 사람의 죄를 대속하기 위해 이 땅에 내려와 죽었을 거라고 하더군요. 외모를 취하지 않고 마음 밭을 보는 안목, 아니 마음도 보지 않아요. 아예 조건이 없어요. 미리 죽어 초청하지요. 그 사랑, 감동 아닌가요? 신이 대신해서 죽을 만한 가치가 있는 존재를 어떻게 감히 값을 내고 산다 하겠는지요.

선배. 우리 함부로 사람을 미워하지 않기로 해요. 그 한 사람을 위해 생명을 버린 신을 모독하는 일이잖아요. 아, 가슴이 터질 것만 같아요. 유한한 생명들이어서 더욱 안타깝고 사랑스런 존재 아닌가요.

선배. 힘을 내세요. 선배는 정말 괜찮은 사람이에요. 사랑을 얻지 못했다고 세상 다 산 것처럼, 인생 박살 난 것처럼 그렇게 우울해하지 마세요. 선배는 그 어느 누구보다 귀한 사람이에요. 그 어느 누구보다 비싼 사람이에요. 왜냐하면, 왜냐하면, 아니에요. 그만 두겠어요. 아무튼 슬퍼하지 마세요. 괴로워하지 마세요.

희망을 버리지 않기로 해요. 우리는 아직 온전한 몸과 마음을 갖고 있잖아요. 사람을 사랑하고 영원을 동경하는 영혼을 가지고 있잖아요. 선배는 어느 날엔가 사랑하는 그녀로부터 예스라는 대답을 반드시 들을 거라는 믿음이 있잖아요. 제 친구는요, 자신이 사랑하고 있는 상대가 다른 사람의 사랑을 얻고자 고심하느라 그녀의 마음을 전혀 눈치 채지 못하고 있어서 그런 꿈조차 꿀 수 없는 사람인데요, 그래도 씩씩하게 잘 살고 있어요.

제7부

꽃의 연한

It is not how much we do - it is how much love we put into the doing.

_Mother Teresa

중요한 것은 우리가 얼마나 많은 일을 하느냐가 아니라 우리가 하는 일에 얼마
나 많은 사랑을 쏟아 붓는가 하는 것이다.   _수녀 테레사

There are several reasons as to why nursing is a good career
choice. Not only is it a rewarding occupation with unlimited job
opportunities, it is a profession that will be in high demand for
decades to come. Nursing also ranks high in the annual Gallop poll
for being an honest, ethical profession.   _Anonymous

간호사가 좋은 직업이라고 말하는 이유 몇 가지가 있다. 일자리가 무한정 있는
보람 있는 직업일 뿐만 아니라 앞으로 다가오는 수십 년 동안 꼭 필요한 전문직
이라는 점이다. 간호사는 또한 갤럽의 연례 조사에서 정직하고 윤리적인 직업이
라는 높은 평가를 받는다.   _무명씨

꽃의 연한

31세 독일계 여성이 회복실에 실려 들어왔다. 키모테라피를 받기 위해 아이비 포트를 만드는 수술을 마쳤다. 그녀는 마취에서 깨어나자마자 자신의 눈을 좀 가려 달라 부탁했다. 나는 거즈로 눈을 덮어주었다. 그녀의 창백한 얼굴에 내리꽂히는 천장의 형광등이 무자비하게 눈부셨다.

고맙다는 인사와 함께 그녀가 한숨을 쉬었다. 이미 약해진 시력인데 조만간 그마저 잃을 것이다. 그녀의 병명은 간단하지 않다. 오른쪽 유방에서 시작된 암은 위, 간, 신장, 그리고 뇌와 척추까지 전이되었다. 그녀에게는 여섯 살, 두 살, 그리고 한 달된 아기가 있다.

그녀는 내게 자기 이야기를 해도 되겠느냐 물었다. 불감청고소원이라 했더니 희미하게 웃었다.

"1년 전 오른쪽 유방에 검은 콩알만 한 혹을 발견했어요. 정밀 검사를 하는 과정 중에 임신했다는 것을 알게 되었지요."

그녀는 더욱 길게 한숨을 쉬었다.

그녀에게 선택권이 주어졌다. 태아를 포기하고 암 절제술과 화학치료를 할 것인가, 아기를 분만할 때까지 모든 치료를 미룰 것인가. 그녀는 망설임 없이 후자를 선택했다. 초기 암이어서 치료가 빠를수록 효과가 좋다고 의사는 권유했지만 그녀의 결심은 단호했다. 9개월간 암이 그리 빨리 진척되지는 않겠지, 일말의 희망을 붙잡았다. 임신 기간 동안 마음이 흔들릴까 봐 암의 진행을 알아보는 검사를 일체 거부했다. 그녀는 건강한 사내아이를 분만했다.

다시 찾은 암 전문의로부터 그녀는 절망적인 이야기를 들었다. 암세포가 전신으로 퍼져 수술조차 할 수 없게 되었다고. 뇌에 자리 잡은 암덩어리는 신경을 눌러 시력마저 앗아가고 있었다.

말을 마친 그녀는 내게 무슨 생각을 하고 있느냐 물었다. 대답할 말이 없었다. "Nothing"이라고 했더니 그녀는 내게 물었다.

"내가 지금 무슨 생각을 하는지 물어봐 주실래요?"

나는 고개를 끄덕여 질문을 대신했다.

"내일은 생각하지 않기로 했어요. 지금 이 순간을 살기로 했어요. 미리 겁내지 않기로 했어요. 통증이 그리 심하지 않으니 그나마 다행이죠. 신의 은혜라고 생각해요."

그녀는 한참 침묵하더니 말을 이었다.

"아직은 내 아이들을 볼 수 있으니 행복해요. 아이들을 유심히 오랫동안 바라봐요. 시력을 잃었을 때 잊지 않으려고요. 수술을 하지 않아도 되니 고맙고요. 수술로 인한 통증을 겪지 않아도 되잖아요."

어느 누구에게 딱히 들으라고 하는 말이 아니었다. 자기 자신에게 하는 혼잣말이었다.

"이 세상을 하직하기에 너무 이르다고는 생각하지 않아요. 각 사람마다 삶의 몫이 있지요. 저의 분량은 여기까지인걸요. 아이들이 엄마 없는 세상을 사는 것도 그들의 몫이겠지요."

문득 동화 한 편이 생각났다. 왜 아빠가 이렇게 일찍 죽어야 하느냐는 어린 아들의 질문에 엄마는 대답한다.

"어떤 꽃은 봄이 왔다는 것을 알려주기 위해 태어난단다. 그래서 짧은 기간 동안 피어났다가 목적을 이루면 사라지지. 아빠도 그런 역할을 맡았을 거라고 생각한다. 엄마에게 너를 선물로 주고 가셨으니까."

그녀를 일반병동으로 옮겼다. 이야기를 들어주어 고맙다며 그녀가 내 손을 잡아주었다. 두 눈을 거즈로 덮은 채. 그녀의 병실을 떠나 병동을 걷는데 하오의 햇살이 대형 유리창에 쏟아지고 있었다. 창가에 서서 미풍에 하늘거리는 화단의 장미를 오랫동안 바라보았다. 평범한 이 시간이 어느 누군가에게는 간절한 순간이다. 평범한 일상이 어떤 사람에게는 절실한 시간이다. 모든 사물이 소중하게 다가온다.

내 삶의 연한은 언제까지일까. 참, 알 필요가 없겠다. 봄의 전령 한철 꽃이 자신을 만든 이를 원망하지 않듯 나 또한 지금 이 순간을 살 뿐. 살아 있는 현재를 소중하게 인식하면서. 날마다 내 삶을 결산하면서 살아야겠다.

세월이 말한다

수술을 마친 환자가 회복실로 실려 들어왔다. 정신이 이미 깨어 있었다. 그녀는 아기를 볼 수 있느냐 물었다. 나는 그냥 '핏덩어리일 뿐'이라고 동문서답을 했다. 그렇더라도 보고 싶다고 했다. 나는 검사실에 보내려고 선반 위에 올려둔 포르말린 병을 가져와 그녀에게 보여주었다. 그 안에는 그녀의 자궁 벽에서 떼어낸 내용물이 버클리 캐니스터라 불리는 주먹만 한 크기의 필터 통에 담겨 둥둥 떠 있었다.

이중용기인 데다가 혈액으로 얼룩져 있어서 잘 보이지 않는다. 나는 그녀의 눈앞에서 병을 흔들었다.

"자, 보세요. 그냥 피일뿐이에요."

그녀는 눈을 가늘게 뜨고 세심하게 쳐다보았다. 나는 "정말 그렇지요?" 강요하듯 동의를 구한 후에 조직 샘플을 원래 장소에 가져다 두었다.

잠시 후 그녀는 좀 더 자세히 볼 수 없겠느냐고 물었다. 이미 알고 있지 않느냐, 피밖에 없다고 대답해주었다. 그녀는 거듭 부탁했다.

"조금 전에는 마취약에 취해 자세히 보지 못했어요. 미안하지만 한 번 더 보고 싶어요."

나는 거절했다.

"마틸다, 당신은 아직도 마취가 덜 깬 상태예요. 정신이 온전히 맑아질 때까지 10분만 더 기다립시다."

그녀가 힘없이 고개를 끄덕였다.

컴퓨터에 그녀의 생체 수치를 입력하는데 그녀가 조그만 목소리로 물었다.

"10분이 훨씬 지나지 않았나요?"

병을 다시 가져와서 그녀의 눈앞에서 흔들었다.

"자, 보세요. 피 부스러기밖에 없잖아요. 무엇을 찾지요?"

"아기를 보고 싶어요. 손이랑 발이랑. 임신 14주째니까…… 조직이랑 기관이 형성된 상태라고 의사선생님이 말해주었어요."

나는 할 말을 잃었다.

"마틸다, 지금으로서는 아기 형체를 찾아볼 수 없어요."

나는 '지금으로서는'이라는 애매한 말로 얼버무리면서 필터 안이 잘 보이도록 그녀에게 기울여주었다. 그녀는 고맙다 말하고 나서 고개를 옆으로 돌렸다.

마취에서 완전히 깨어 생체리듬이 안정권에 든 그녀를 병실로 데려다주었다. 방 안에서 초조하게 기다리고 있던 그녀의 어머니가 내게 성급하게 물었다.

"아들이었나요? 딸이었나요?"

나는 그녀에게도 사무적으로 말했다.

"아들인지 딸인지 알 수 없어요. 그냥 핏덩어리일 뿐이에요."

병실을 나서면서 마음이 아팠다. 어디까지 진실을 말해주어야 할까. 임신 9주째면 이미 손금 발금이 형성된다는 것을 어떻게 말할 수 있을까. 의사가 길고 두터운 젓가락 같은 기구로 이리저리 마구 쑤셔서 자궁에 남아 있는 사산된 태아 조직을 잘게 부순 다음 망가진 머리와 등뼈와 사지를 흡입 기구를 사용하여 뽑아낸다고 말할 수 있는가. 그래서 당신이 보는 것은 이렇게 잘게 부수어진 피 조각일 뿐이라고 답할 수 있는가.

나는 그녀가 왜 그렇게 집요하게 아기를 보고 싶어 했는지 안다. 누구에겐가 아기를 잃은 비통한 마음을 털어놓고 위로받고 싶은 것이다. 나는 그녀의 심정을 알면서도 일부러 외면했다. 평소에는 여러 가지 위로의 말로 환자를 다독여주곤 했지만 오늘은 직감적으로 위험 신호를 감지했다. 그녀나 나나 걷잡을 수 없는 감정에 빠질 수 있는 소지가 다분했다.

오랜 기억 하나가 스멀거리며 올라왔다. 나도 그때 오늘 그녀와 똑같은 질문을 했다. 회복실 침대에 누워 간호사에게 묻고 또 물었다.

"제 아기를 볼 수 있나요?"

그녀는 오늘 마틸다를 간호했던 나처럼 똑같이 대답하고 행동했다. 오, 이제야 알겠다. 왜 그 간호사가 내 질문에 동문서답하고 성의 없이 얼버무렸는지. 왜 위로 한마디 따뜻하게 건네지 않고 냉정했는지. 섣부른 위로는 냉정한 태도보다 더 나쁘다는 것을 그녀는 이미 알고 있었다. 그녀도 나처럼 아픈 기억을 가지고 있는지 모른다.

저녁 바람이 차다. 여름이 가고 있다. 세월이 흐르는 것을 알겠다. 시간이 지나야 알게 되고 밝혀지는 진실이 있다.

하루씩만 사는 법

멀고 가까운 데서 난리 소식이 분분하다. 총기 난사, 인종 갈등, 종교 대립, 파업, 가뭄, 산불…… 어느 하루 조용한 날이 없다. 실시간으로 지구촌 뉴스를 전달해주는 인터넷 통신망이 선물인지 재앙인지 혼란스럽다. 마음의 평안을 유지하려면 귀와 눈을 적당히 닫고 살아야 한다.

여기저기서 날아오는 부음이 요즘 유난하다. 며칠 전에는 너그러운 성품으로 우리 간호사들에게 친밀하게 대해주었던 산부인과 의사가 뇌졸중으로 쓰러졌다. 나는 과로사라고 말하고 싶다. 그는 새벽 3시에 응급 환자의 수술을 마친 후 심한 두통을 호소하다가 2시간 만에 숨을 거두었다. 흑인이어서인가. 마이너리티로서 겪는 설움과 차별에 대한 공감대가 비슷해서 정이 많이 들었던 사람이다. 그의 죽음은 나에게 큰 상실감을 안겨주었다.

일주일 전에는 제왕절개로 쌍둥이를 낳고 기뻐하던 32세의 산모가 과다출혈로 죽었다. 사흘 동안 그녀의 사투를 속수무책 지켜보며 회생을 간절히 바랐던 나는 망연했다. 출혈의 요인인 자궁을 떼어내기 위해 두 번째 수술대에 오르며 무섭고 두렵다며 내 손을 꼭 붙잡았는데. 염려하지 말라고, 우리는 절대로 너를 놓치지 않겠다고 약속했는데. 인공호흡기에 의지한 채 힘겨운 숨을 쉬는 도중에 다섯 차례나 심장마비를 겪었다. 고통스런 심폐호흡술의 고비 때마다 그토록 살려고 안간힘을 썼는데. 21세기 미국의 종합병원에서 출혈을 막지 못하여 산모가 죽다니, 믿어지지가 않았다.

어느 누구도 내일을 예측할 수 없다. 오늘 건강하게 살아 있다고 해서 내일을 보장할 수 있는가. 5년 후, 10년 후는 어떤가. 지금까지 살아온 세월이 내 것이었다고 주장할 수 있는가. 깨인 의식으로, 본연의 의지대로 살아온 세월이 얼마나 될까.

오늘을 마지막 날처럼 살라는 현자의 말씀이 새롭다. 시간이 있을 때마다, 기회가 닿을 때마다, 사랑과 감사를 표현하라는 말에 깊이 동의한다. 오늘이라는 시간은 남은 삶 중 가장 젊고 아름다운 날이니 최선을 다해서 즐겁게 살아야 한다는 조언에 공감한다. 타인의 죽음을 목격할 때마다 삶을 성찰하고 진실하게 살아야 한다는 의지가 단단해진다.

아브라함은 향년이 175세였다고 한다. 50여 년을 사는데도 아픔과 상처와 한이 이토록 많은데 하물며 175년이라니. 사는 게 얼마나 힘들고 지겨웠을까, 하니 친구가 웃는다. 히브리 원어를 직역하면 "아브라함이 산 햇수의 날들이 175년이었다"란다. 175년을 산 것이 아니라 하루하루 살다 보니 어느덧 175년이 되었다는 의미다.

그렇구나. 아브라함은 그 많은 세월을 한꺼번에 산 것이 아니라 하루씩, 단 하루씩만 살았구나. 오늘이라는 하루가 모여 연륜이 되고 세월이 되는구나.

오늘이 지나면 어제가 된다. 밤이 지나 아침이 오면 내일은 오늘이 된다. 하루씩만 산다는 말 속에는 오늘 하루를 잘 살면 고운 내일을 맞이할 수 있다는 믿음과 희망이 담겨 있다. 미래를 계획하되 하루하루를 충실하게 사노라면 좋은 날들이 되고 괜찮은 삶이 되는 것이다. 그렇게 살자. 오늘은 오늘만 살고 내일은 내일 살자.

오늘 하루만 살면 되는 거라면, 힘을 내자. 무거운 인생과 세월을 짊어지지 않아도 된다. 오늘 하루라면 나도 충분히 멋지게 살아낼 자신이 있다. 아무리 힘들어도 오늘 하루만큼은 사람들에게 밝게 웃어주고 따뜻한 인사를 건넬 수 있다. 긍정적이고 열린 마음으로 받아줄 수 있다. 오늘 하루뿐이니까. 내일 일은 내일에게 맡기자. 내일이 오면 오늘처럼 살자.

내일을 위하여 오늘 염려하지 말라 한다. 내일 일은 내일 염려하라 한다. 오늘 하루의 괴로움은 오늘 하루로 충분하다고 한다.

21세기의 가난

환자의 주검 앞에서 극심한 한기가 엄습했다. 온몸이 얼음 물속에 잠긴 듯 춥고 떨렸다. 말문이 막혔다. 한 마디도 할 수 없었다. 이제껏 수없이 많은 환자의 죽음을 보아왔지만 이것은 아니었다. 살다 보면 종종 이해할 수 없는 일이 벌어진다. 일어나서는 안 되는 일이 일어난다.

레아는 임신 36주된 몸으로 응급실에 실려 들어왔다. 그녀의 눈동자는 이미 풀려서 반응이 없었다. 그녀는 전날 저녁부터 심한 복통으로 고생했다. 엄마를 비롯한 가족들은 병원에 가겠다는 그녀를 붙잡았다. 돈이 없다는 이유 때문이었다. 다음 날 아침, 단말마 같은 통증에 시달리며 식은땀을 흘리던 그녀는 정신을 놓아버렸다. 엄마가 그녀를 작은 승용차에 실어 응급실로 데려왔다.

자궁파열. 태아는 죽은 지 이미 오래전이었다. 레아는 제왕절개로 사산아를 낳고 중환자실로 실려갔다. 온갖 종류의 혈액을 번갈아가면서 수혈했다. 그녀는 깨어나지 않았다. 기계에 의존한 호흡마저 불안정했다. 마침내 그녀의 몸은 모든 처치를 거부했다. 수술 부위를 비롯하여 인체의 모든 구멍으로부터 출혈이 시작되었다. 제어할 수 없는 파종성 혈관내 응고였다. disseminated intravascular coagulation 산소와 혈액을 공급받지 못한 몸은 순식간에 부풀어 올랐다. 무서운 체험이었다.

그녀는 숨을 거두었다. 의사가 사망진단을 내린 후에도 모니터에서는 여전히 생명의 곡선이 춤을 추고 있었다. 방금 전까지 주입한 심장 주사약 때문이었다. 모니터를 껐다. 레아의 몸을 감고 있던 각종 튜브와 선들을 제거하고 깨끗이 닦아주었다.

가족들이 들어왔다. 눈물이 홍건한 얼굴, 얼굴들. 그들은 한 마디도 하지 않았다. 한 사람씩 그녀의 얼굴에 얼굴을 맞대고 한동안 꼼짝하지 않고 있다가 물러나곤 했다. 엄마는 딸의 얼굴을 하염없이 쓰다듬었다. 바구니에 담긴 아기의 시신을 레아의 가슴에 얹고 레아의 얼굴에 쉼 없이 키스를 했다. 세상 빛을 볼 수 있었던 여린 생명이 주검이 되어 바구니에 담겨 있었다. 아기는 얼굴이 암흑색으로 변하고 있는 중이었다. 또렷한 이목구비를 갖춘 아름다운 아기였다.

방 안에는 아무도 없는 것처럼 조용했다. 어느 누구 한 사람 소리치거나 통곡하지 않았다. 우리가 너를 죽였노라고. 우리의 무지가 너를 죽였노라고. 가난해서 앰뷸런스조차 부르지 못해 미안하다고. 그들의 침묵이 아픔을 더욱 예리하게 만들었다. 문득 가족들 특히 엄마는 딸이 조기 분만 조짐을 보인다고 여겼을지도 모른다는 생각이 들었다. 그렇지 않고서야 어떻게 이런 일이 일어날 수 있는가. 사람을 죽게 할 수 있는가. 이 위급한 상황을 알았더라면 어느 누가 그토록 태평할 수 있었을까? 그렇게 생각하니 가족들을 향한 맹렬한 분노가 순식간에 사라졌다.

그 공간을 더 혹독한 슬픔이 채웠다. 나는 온몸이 쑤시고 욱신거렸다. 7세, 5세, 3세 된 어린 자녀 셋을 두고 죽어간 24세의 여인. 젊고 더운 심장, 미래를 향해 얼마나 많은 꿈을 꾸었을까. 이렇게 허망하게 죽으리라고는 상상하지 못했을 것이다. 밀랍처럼 하얗게 표백되어 가는 그녀의 얼굴을 바라보니 심장이 찢기듯이 아팠다.

나는 말을 잃었다. 말이 나오지 않았다. 분노와 설움이 짓누르는 것도 아닌데 한 마디도 할 수가 없었다. 가난 때문에, 무지 때문에, 라는 문구가 하루 종일 머릿속을 헤집었다. 이렇게 허망한 이유로 21세기 미국에서 두 생명이 대책 없이 스러졌다는 사실을 믿을 수가 없었다.

내면의 음성을 들어라

    로빈은 간단한 수술을 받기 위해 입원했다. 모든 절차가 마무리되어 대기실로 데려가려 하니 머뭇거리며 할 말이 있단다. 수술 전까지 아내와 함께 있게 해달란다. 선한 눈망울에 깃든 호소가 애잔했다.

    보호자가 대동할 수는 있다. 미성년자이거나 너무 연로하여 의식이 불투명하거나 여러 가지 이유로 여타의 서류에 사인할 수 없을 때나 통역이 필요한 경우다. 대화에 전혀 불편이 없는 35세 건장한 남성이 아내를 찾다니, 낯선 흥미가 일었다.

    집도의를 기다리는 동안, 대기실 한쪽 커튼 너머로 들려오는 나직한 스페니시가 음악 같다. 부부가 두 손을 마주잡고 소곤거리는 모습이 다정하다. 내가 그들을 의식하고 있음을 눈치 챘는지 로빈이 말을 건넸다.

"내 아내 무척 예쁘지요?"

나는 그녀를 다시 바라보았다. 평범한 중년의 남미계 여인이었다. 립 서비스일지라도 예쁘다거나 매력적이라고 말할 수 없는 모습이었다. 어디가 그렇게 예쁘냐는 질문에 그는 기다렸다는 듯이 단숨에 말했다.

"다요. 이 세상에서 내 아내만큼 예쁜 여자는 없을 거예요. 결혼한 지 11년이 되었는데 지금까지 아내는 저를 실망시킨 적이 단 한 번도 없어요."

마음이 예쁘다는 건지 생김새가 예뻐서 다른 면도 예쁘게 받아들여진다는 의미인지 종잡을 수가 없었다. 말문이 터진 그는 묻지도 않은 이야기보따리를 풀어놓았다.

"내 아내는 마흔여섯 살인데요."

나는 그의 차트를 다시 살폈다. 틀림없는 35세였다.

"나보다 열한 살이 많아요. 우리는 12년 전에 만났지요. 그녀는 남편과 막 사별한 사람이었죠. 어린 두 아들이 있었어요."

그의 나이 23세였을 것이다. 나는 그 대신 가쁜 숨을 간추렸다.

그는 아이들을 사랑하는 아내의 모습에 반했다고 했다. 자신의 아이를 갖지 않기로 결심했단다. 이미 두 아이가 있는데 더 이상 다른 아이가 필요하지 않았단다. 전기 기술자인 그는 열심히 일하여 아내가 전업주부로서 가사에 전념하도록 했고 두 아이 모두 사립 교육을 시켜 훌륭하게 키웠다고 했다. 두 아들은 자신을 친아버지 이상으로 따르고 사랑한단다.

그는 아내를 만나 인생의 진정한 의미를 알았다고 했다. 아내와 아이들은 가정이 절실히 필요했고 자신은 그들의 보호자로서 행복했단다. 한편으로는 아내를 만남으로써 사랑하는 가족과 많은 친구들을 잃었다고 했다. 부모님과 형제자매들, 친척과 친구들이 아내를 받아주지 않는 것이 무척 슬펐지만 자신의 결정을 한 번도 후회한 적이 없단다.

그의 영혼이 상처를 입고 통과했을 풍경들이 눈앞에 스쳐 지나갔다. 그는 이날까지 정신적으로라도 아내를 배반한 적이 단 한 번도 없다면서 신에게 맹세한다고 힘주어 말했다. 목울대가 잠겼다. 이제는 어느 누구도 마음과 생각의 정결을 말하지 않는 세상이다.

수술을 마치고 마취에서 깨어나 회복이 된 그를 병동으로 옮겼다. 그의 방을 나서며 부탁했다. 맨 처음 아내를 만났을 때의 마음을 잃지 말라고, 지금의 마음을 영원히 간직하라고, 행복하라고. 그의 두 눈은 금세 물기가 올라 번들거렸다.

다음날 그의 병실을 방문했다. 그가 잘 회복되고 있는지 궁금했다. 아니 기분 좋은 분위기를 다시 맛보고 싶었다. 가지 말았어야 했다. 세상은 살만한 곳이라며 마음 따스했던 어제로 만족했어야 했다. 현대판 순애보에 나 자신마저 행복했던 어제로부터 더 이상 나아가지 말았어야 했다.

　그의 얼굴은 적막했다. 아내는 잠깐 외출했다고 했다. 안부를 묻는 내게 그는 허리 통증을 호소했다. 매 6개월마다 허리 통증을 잠재우는 시술을 받아온 지 7년째라 했다. 특별히 사고를 당한 적은 없다고 했다. 자신이 아파서 아내에게 미안하고 자신에게 화가 난다고 했다.

　그의 침대 곁에 앉아서 그를 물끄러미 바라보았다. 그가 일시에 무너졌다. 지나온 세월 동안 많이 힘들고 무척 외로웠다고 했다. 자신을 낳아준 부모님과 형제자매들이 그립다고 했다. 지금까지 냉정한 그들이 밉단다. 그러더니 꺼이꺼이 울기 시작했다. 나는 그가 맘껏 울 수 있도록 내버려 두었다. 환자가 모든 감정을 표출할 수 있도록 도와주고 스스로 안정을 찾을 때까지 잠잠히 기다리는 것이 최선의 간호다. 마음이 착잡했다. 짧지 않은 세월을 참고 견디고 다독여온 그의 인생이 안쓰러웠다.

　나는 단도직입적으로 그에게 부탁했다. 솔직하게 감정을 표현하라고. 힘이 들면 힘들다, 싫으면 싫다, 아프면 아프다, 표현하라 했다. 소리 지르고 싶으면 소리 지르고 화가 나면 화를 내라 했다. 긴장은 서로에게 좋지 않다 말해주었다. 아내가 살얼음 위를 걷듯 살고 있는지, 혹은 미안한 감정을 가지고 있는 것은 아닌지 한 번이라도 털어놓고 얘기해본 적이 있느냐, 물었다. 그가 솔직해질 때 그의 아내도 여유로워지고 더욱 큰 사랑을 할 수 있을 거라고 말해주었다.

허리 통증은 정신적 긴장과 스트레스에서 비롯되었을 확률이 많다. 허리뿐 아니라 마음이 아프면 몸이 여러 가지 아픈 증세로 마음을 대변해준다. 그러고 보면 몸은 마음보다 더 솔직하다. 마음은 몸의 말에 귀를 기울여야 하는 것이다. 분노, 증오, 우울감 등으로 나타나는 화병火病은 신체적인 증상을 동반한다는 내 말에 그는 깜짝 놀랐다. 특별한 이유 없이 신체적으로 극심한 통증이 있고 아무리 치료해도 낫지 않을 때는 자신의 내면이 하는 말을 들어야 한다고 부탁했다.

병실을 나서며 그에게 해준 충고가 적절한 것이었나, 반문해보았다. 잠시 후회가 되었지만 언젠가 한 번은 넘어야 할 산이라고 생각했다. 사람도 허물을 벗는다. 허물을 벗을 때는 아픔과 위험이 따른다. 좀 더 느긋한 시선으로 세상을 바라보고 더욱 성숙한 사랑으로 나아가기 위한 필수 과정이다. 로빈 부부가 앞으로 함께 겪어야 할 일들이 많을 것이다. 지금보다 더욱 큰 사랑과 희생이 필요하리라.

그는 잘 이겨낼 것이다.

와이 미 Why Me

에이미는 44세다. 10대 이후부터 병원을 자기 안방 드나들 듯했다. 올 들어 나는 그녀를 네 번 만났다. 오늘이 다섯 번째. 다른 때는 수술 직후라 별다른 대화를 나누지 못했다. 그녀는 심한 통증에 시달리거나 마취약에 취해 있어 대화가 거의 불가능했다.

사람들은 일상에 지치면 도피하듯 숨고 싶은 장소가 있다. 어떤 사람들은 병원을 택한다. 간호사와 조무사들이 다 알아서 살펴준다. 날마다 깨끗한 침대보와 린넨과 가운을 주고 샤워도 할 수 있다. 약과 음식도 챙겨준다. 병원 시스템에 익숙한 사람에게는 삶이 역겨울 때마다 돌아가고픈 장소, 그리운 장소이기도 하다. 의사가 퇴원 처방을 내리면 그 즉시 토하거나 통증을 호소해서 퇴원을 거부하는 환자들이 있다. 병원을 안방처럼 드나드는 사람들이다.

일명 신체 증상 장애Somatic Symptom Disorder다. 한 가지 이상의 신체적 고통을 동반하여 일상생활 유지가 불가능한 질병. 온갖 물리적인 검사를 해도 아무 이상이 없는 심리 병. 환자가 되기 위해 신체적 심리적 증세를 의도적으로 위장하고 만들어내는 허위성 장애Factitious Disorder가 복합적으로 나타난다. 그렇게 믿다 보면 사실이라고 확신하고 자신의 진실을 믿어주지 않는다며 의료진에게 분노를 쏟아내기도 한다.

에이미도 그런 사람 중의 한 명이려니 생각했다. 연초에 그녀는 복통을 호소하며 응급실에 들어왔다. 담낭 감염 증세가 있어 수술 일정이 잡혔다. 수술 직전 검사한 복부 CT 스캔, 울트라 사운드 결과는 모두 정상이었다. 그녀는 퇴원했다. 사흘 후 다시 응급실로 들어왔다. 탈장 증세가 있어서 모든 검사를 마치고 수술을 했다. 이틀 후 퇴원. 한 달 후에 그녀는 다시 입원했다. 탈장 수술 부위가 끊어질 듯 아프다 했다. 검사 결과 깨끗이 아물어 아무 이상 증세가 없었다. 그녀는 극심한 통증을 호소했다. 병원은 더 이상 해줄 일이 없어 진통제 처방을 하고 퇴원시켰다.

퇴원 후 일주일 만에 다시 입원했다. 음식을 목구멍으로 넘기지 못한다 했다. 구토와 어지럼증도 호소했다. 이번에는 위장내과에 넘겨졌다. 다음 날 위장내과 검사 스케줄이 확정되었다. 검사를 하기 위해 위장을 청소하는 중 극심한 통증이 찾아왔다. 그녀의 컨디션은 응급상황으로 반전했다.

정규 시간이 지난 후, 병원의 호출을 받았다. 때마침 위장내과 온콜이 걸린 날이다. 모두들 퇴근한 수술 병동은 조용했다. 테크니션과 함께 환자를 데리러 갔다. 그녀가 내 이름을 부르며 반가워했다. CT 스캔을 비롯하여 모든 검사가 이상 무라는 결과를 알고 있는 터라 그녀에게 웃어주는 마음이 편치 않았다. 냉정함이 뚝뚝 흘렀을 것이다. 선입견을 떨치기 힘들었다. 그녀는 신체적인 병리 현상을 치료하기 전 심리 상담을 먼저 받아야 한다고 느꼈다. 모든 신체 반응은 심리에서 출발한다고 믿었다.

그녀를 위장내과 검사실로 옮겼다. 닥터를 기다리면서 그녀와 대화할 기회를 얻었다. 그녀에 대한 선입견을 털어야 한다고 맘먹었다. 외모로 판단하지 않아야 한다고, 나 스스로를 교육했다.

그녀는 Fibromyalgia Syndrome, 섬유근통 증후군이라는 병을 앓고 있다. 일명 만성 전신성 통증 질환. 당뇨, 고혈압도 있다. 우울증과 정신과적 질병으로 몇 가지 독한 약들을 복용하고 있다. 왼쪽 눈은 시력을 잃어 굳게 닫혀 있다. 수술 이력은 다 쓰지 못한다. 식욕을 줄이기 위해 위도 잘라냈을 정도다. 그래도 여전히 250파운드가 넘는다. 화장실에 갈 때도 지팡이에 의지해야 한다. 넘어지면 크게 다칠 것이다.

나는 의사를 기다리며 그녀를 물끄러미 바라보았다. 많이 아프냐고 물었다. 그녀는 눈치가 백단이다. 냉랭한 내 태도에 마음이 상했을 것이다. 예상 밖으로 따뜻하게 말을 걸어오는 게 반가웠는지 그녀는 또박또박 대답을 했다. 온몸이 돌아가면서 아프단다. 표현할 수 없을 만큼 기분 나쁘고 심한 통증이라 했다. 그녀가 앓고 있는 증후군의 특징이다.

할 말이 없었다. 나는 그런 통증을 겪은 적이 없어서 그녀의 감각을 평가절하 할 수 없다. 위로할 수도 없다. 경험하지 않아 이해할 수 없는 부분에 대해서 어떤 말을 해야 참된 위로가 될까. 진정한 이해란, 참된 위로란 우산을 건네주는 게 아니라 함께 비를 맞아주는 것이다.

그래도 그녀의 긴장을 풀어주어야 했다. 위장 검사 중에 진정제를 투여하기 위해 몇 가지 확인 질문을 했다. 임신여부를 가리는 혈액 검사를 아예 처음부터 하지 않은 케이스다. 그 이유를 미처 담당 간호사에게 묻지 못했다. 이런 때는 환자에게 묻는 것이 제일 정확하고 빠르다. 마지막 달거리 날짜가 언제냐, 물으니 27세 때 끊겼다고 가볍게 응답했다. 자녀가 있느냐 물으니 없단다. 그러고는 혼잣말처럼 덧붙였다. 다행이지 뭐예요, 나에게는 달거리가 없는 게 축복이에요. 아이가 없는 것도 신께 감사해요. 저의 나쁜 인자를 물려받아 저처럼 괴롭게 사는 거 원치 않으니까요. 몸 컨디션이 이래서 아이가 있다 해도 잘 양육할 자신이 없어요.

잠시 말문이 막혔다. 그녀의 감긴 눈을 쳐다보았다. 그녀는 한쪽만 남은 눈으로 나를 빤히 바라보았다. 할 말이 없어서 그녀의 얼굴을 바라보기만 했다. 그녀의 심리는 꼬여 있지 않았다. 그렇다고 인정한 순간 나의 내면에서 이상한 현상이 일어났다. 그녀가 달리 보이기 시작한 것이다. 그녀는 환자, 나는 간호사라는 이분적인 의식이 순식간에 사라진 것이다. 참 신기했다. 그녀와의 마음의 거리가 이렇게나 빨리 사라지는 것을 나 자신조차 믿을 수가 없었다.

힘내라고 말하는 것은 사치다. 희망을 가지라고 말하는 것도 유기다. 남자친구가 있느냐 묻는 것도 실례다. 젊은 나이에 뭐든 시도해보려고, 노력하고 발버둥 친 흔적들이 선히 보이는 듯했다. 오죽했으면 위를 잘라냈을까. 오죽했으면 수술대에 여러 번 올랐을까. 오죽했으면…… 지금까지 버텨준 것만으로도 장했다.

"Why me, 왜 내가 하필이면 이런 병에 걸렸을까라는 원망은 하지 않아요."

그녀의 목소리에 정신이 번쩍 들었다.

"사람은 누구에게나 주어진 운명이 있어요. 내용은 다르지만 각자만의 고통이 있고 외로움이 있지요. 나는 내게 주어진 이 모든 상황을 긍정적으로 받아들이려고 노력해요. 수없이 무너지기는 하지만요.ᆞ"

통증을 객관적으로 바라보라고 말하고 싶었지만 참았다. 몸아 그래 아파라, 너는 아파라, 나는 나 하고 싶은 일 할란다, 하는 심정으로 살라고 말해주려다 참았다. 그래도 용기를 내어 살아야 하지 않겠느냐는 말도 꿀꺽 삼켰다.

의사가 도착했다. 높은 용량의 진정제를 투여해도 그녀의 의식은 또렷했다. 깨어 있는 의식 상태에서 식도를 통한 위내시경 검사를 받는 것은 환자에게 고역이다. 그녀의 혈압이 급격히 떨어져서 더 많은 약을 투여할 수도 없다. 5분간의 검사 시간이 한 시간처럼 길게 느껴졌다. 그녀가 괴로워하는 모습이 고스란히 내 마음에 전이되어 나도 그녀와 함께 구토반사 증세를 겪었다.

결과는 이상 무. 의사가 그녀에게 다가가 말했다. 당신 위는 깨끗하다. 식도도 막힌 곳이 없다. 붓거나 염증 증세도 없다. 어떡했으면 좋겠느냐. 그녀는 양 어깨를 들썩 올렸다 내려놓았다. 의사는 생각을 달리 하라느니 다른 일에 집중하라느니 그런 이야기는 하지 않았다. 의사는 바람처럼 사라졌다. 그가 고마웠다. 깔끔한 그의 성품답다. 환자 당신 인생이니 당신이 알아서 해라. 나는 상관하지 않겠다…… 때로는 이런 자세가 친절보다 낫다. 사적 침해의 경계를 넘지 않을 수 있는 현명한 처사다.

그녀를 병실로 옮겼다. 달리 할 말이 없었다. 쉽지 않은 이
야기를 나눠주어 고맙다고 했다. 그녀는 들어주어 고맙다고
응수했다.

모든 사람은 각양각색의 아픔을 지니고 살아간다. 증세
도 천차만별이다. 고통을 다루는 방식도 다르다. 사는 동안
"Why me?"를 수없이 외친다. 하필이면 나에게 왜 이런 일
이 일어나고, 왜 내가 이런 일을 겪어야 하는가, 대답 없는 질
문을 수 없이 쏟아낸 경험이 없는 사람이 어디 있으랴.

'Why me' 상황 속에 있다 해도 아직은 희망이 있다. 살아
있으니까. 생명을 끝까지 포기하지 않는 것이 중요하다. 에이
미처럼.

추수秋收

　수술 기구들이 좌악, 펼쳐졌다. 오늘, 수술방 온도는 유난
히 낮다. 냉기가 뼛속까지 스민다. 특수 용액과 무균 얼음이
담긴 용기들이 테이블 위에 즐비하게 늘어서 있다. 다른 수술
방에는 외부에서 온 외과의사 두 명이 장비를 갖추고 대기하
고 있다.

　뇌사 판정 환자가 수술방에 도착했다. 가족의 요청에 따라
호흡기를 떼어낸 지 10여 분이 지났는데 심장은 여전히 뛰고
있다. 사망진단은 호흡이 아니라 심장이 멈추는 시점에 내려
진다. 모니터를 바라보는 사람들의 표정이 진지하다. 숨을 쉬
는 일조차 소음 같아서 미안하다. 어떤 정서도 드러나 있지
않은 마취과 의사 T의 얼굴을 바라본다. 축구도 야구도 음악
도 얘기하지 않고 잠잠한 그가 마치 다른 사람처럼 느껴진다.
환자의 심장 박동 수가 느려진다. 46, 38, 24, 17…… 모니터를 가로지르는 일직선. 미동도 하지 않고 모니터를 응시하고 있는 T의 옆모습이 석고상 같다. 얼마나 시간이 흘렀을까, 두 명의 의사가 사망을 선언한다.

"Expired."

짧은 단어가 긴 생명을 끊는다.

옆방에서 대기 중이던 외과의사 두 명이 일시에 들어온다. 분주하게 움직이는 사람들이 비현실적으로 느껴진다. 살아 있는 사람의 생명을 살리고자 하는 수술이 아니어서인가. 많은 절차들이 생략되어 있다. 분위기를 밝게 해주는 음악이 없다. 사사로운 대화도 없다. 생체리듬을 자동 기록해주는 모니터는 언제부턴가 꺼져 있다. 수술방 분위기가 그지없이 적막하고 숙연하다.

장기 적출이 시작되었다. 필요한 기구를 주문하는 의사들의 낮은 음성. 기구를 건네주고 건네받는 테크니션들의 바쁜 손놀림. 뼈를 자르고 근육을 가르는 전기톱의 날카로운 소리. 쏟아지는 체액과 혈액을 뭉텅뭉텅 흡입하는 기계음. 소리는 분명 많이 있건만 소리처럼 느껴지지 않는다.

양쪽 쇄골이 정 중앙에서 만나는 목 아래로부터 음부 바로 위까지 길게 갈라진 사체死體. 피부와 근육과 뼈가 나뉘니 크고 작은 장기들이 밝은 빛 아래 대책 없이 드러난다. 고도의 명도를 지닌 불빛이 눈부신가, 냉기가 도는 방 온도에 놀란

탓인가, 어리둥절 움츠러드는 장기들.

진실하고 생생한 빛깔, 빛깔들. 뼈와 근육의 보호 아래 질
서정연하게 자리 잡고 있는 기관, 기관들. 오밀조밀 촘촘하게
밀착되어 있는 저 모습을 보라. 인체 속에 이렇게나 많은 장
기들이 들어 있구나. 굵고 가는 핏줄, 보이거나 보이지 않는
핏줄로 연결되어 서로가 서로에게 기대고 있구나. 감동적이
다. 빛깔과 생김새가 어쩌면 이리도 자연스럽고 순전한가. 외
톨이 장기들과 쌍으로 이루어진 장기들이 조화롭고 아름답
다. 우주에 내재되어 있는 신비한 질서와 절묘한 균형이 여기
에도 있었네.

장기 하나하나를 다루는 의사들의 손길이 섬세하고 정중
하다. 고귀한 보석을 다루는 장인인들 이처럼 세심할까. 소장
과 대장이 몸 밖으로 쏟아져 나온다. 참 길기도 하다. 드디어
목적한 장기들이 온전히 드러난다. 이식용 신장 2개와 연구
에 사용할 간이다.

둥그스름한 콩팥 2개가 새치름하게 빛난다. 어쩌면 이리도
앙증맞을까. 어른 주먹만 한 이 작은 장기가 하루에 약 180리
터의 혈액을 걸러내는 막중한 임무를 수행하다니. 혈압을 조
절하고 호르몬을 분비하여 적혈구 생성도 돕는다지. 그 외에
도 각종 체내 성분의 균형을 유지시켜주는 대견한 기관이다.

빛깔 곱고 모양도 탐스러운 간이 태연하게 테이블 위에 누

워 있다. 부피가 생각보다 크다. 우리 몸속에 해독할 유해물질이 그만큼 많다는 증거인가. 영양소들을 합성 분해, 저장 배출하여 칼로리가 되게 하는 역할은 어떻고. 웬만한 일에도 유연하고 인내심이 강한 간. 재생 능력이 뛰어나서 끝까지 노력하는 간. 그래서 제2의 심장이라고 불리는 걸까. 마지막까지 침묵하며 버티다가 지쳐서 무너지기 시작하면 타협할 기회도 주지 않고 망가져 버린다. 간에는 신경이 없어서 우리 인간은 간의 통증을 느끼지 못한다. 통증은 인간에게 주어진 귀한 선물임이 확실하다.

모든 장기들의 생김새가 둥그런 곡선이다. 슬프다. 우리 몸은 이토록 유연하고 부드러운데 우리의 생각과 언어는 왜 이다지도 모나고 날카로운가. 이토록 조화로운 상생의 원리로 이루어진 몸이 어떻게 남을 아프게 하는 뾰족한 행동을 할 수 있는 걸까. 몸과 마음은 영원한 대치자인가. 마음이 몸에게 참 부끄럽다.

사체 밖으로 나온 기관들을 제 위치에 집어넣고 실과 바늘로 꿰매고 있는 닥터 K. 떼어낸 장기들을 세밀하게 검사하고 있는 닥터 N. 상처가 나지는 않았는지, 어떤 이상이 있는 것은 아닌지 유심히 살피는 그의 눈빛이 안경 너머로 형형하다. 그가 오케이 사인을 내자 테크니션들이 특수용액으로 갈무리 한 장기들을 특수 용기에 담기 시작했다. 헬리콥터는 이미 병원 마당에서 대기 중이다. 이동할 채비를 마치면 이 장기들은 이식될 장소로 신속히 옮겨갈 것이다.

사람이 죽으면 막대기만 못하다고 한다. 결코 아니다. 여전히 소중하다. 한 사람의 장기는 여러 사람을 살린다. 죽은 사람은 장기를 나누어줌으로써 부분적인 삶을 누리고, 병든 사람들은 이식받은 장기로 생명을 선사받는다. 생명의 리사이클을 생각한다. 자연과 인간이 주고받는 생명 고리의 순환. 장기 적출 현장에 설 때마다 인간은 자연의 일부임을 새삼 깨닫곤 한다. 아무리 문명과 신기술이 발전한다 해도 자연의 순리를 거스르지 않는 존귀한 생명의 가치를 생각한다.

장기적출. 추수. 秋收. Harvest. 얼마나 사려 깊은 단어인가. 얼마나 엄숙한 일인가. 한 사람의 장기를 다른 사람에게 옮겨 생명을 살리는 이식으로 마무리 짓는 추수. 농사지어 얻은 곡식과 열매를 거두어들이는 수확만큼이나 숭고하다.

장기 기증을 약속한 지 오래 되었다. 호흡이 멈추면 분초마다 썩을 기관, 필요한 사람들에게 나누어주면 미완의 인생이 그나마 충일해질까. 쓸 만한 것은 모두 주고 가리라. 나눌 수 있는 것은 모두 나누어주고, 가볍게, 정말 가볍게, 껍데기로 떠나리라. 아니다. 껍데기도 유용하리. 화상을 입어 심한 흉터로 고통당하는 사람들에게 피부마저 주리라. 작은 것 하나라도 더 주어야 한다는 마음가짐으로 정갈하게 보존해야지.

심장이 멈추면 사랑도 미움도 모든 생각도 끝나리니. 고요
와 침묵만이 남으리니.

코드 블루 인생

중환자실 앞이 웅성거린다. 소란스럽거나 복잡한 것과는 다른 분위기. 일고여덟 명의 사람들이 서로의 어깨에 기대거나 손을 붙잡고 있다. 익숙한 광경. 어느 누군가의 임종이 다가왔구나, 직감적으로 알 수 있다. 코드 블루가 발동되지 않은 걸 보아 생명 연장 장치를 거부한 환자다. 아니면 호흡 보조 장치를 떼어내는 날인지도 모른다.

가족의 소중함을 새삼 되돌아보게 한다. 나하고는 전혀 무관한 사람들이지만 가족이라는 단위가 주는 따뜻함에 감정이 동요한다. 가족이란 무엇인가. 서로에게 삶의 증인이다. 서로 지켜봐 주는 존재다. 가족이 있어서 정신적인 안정감을 얻는다. 세상이 따뜻한 것을 알게 된다. 실패해도 다시 일어설 수 있게 하는 동기를 부여받는다. 주저앉고 싶을 때가 많지만 사랑하는 가족이 있기 때문에 힘내어 살아가야만 하는 것이다.

중환자실은 수술실과 복도를 사이에 두고 마주 보고 있다. 중환자실 환자들이 수술을 하거나 일반병동 환자가 수술 후 밀착 간호를 위해 중환자실로 옮기는 경우가 있다. 중환자실에서 코드 블루가 발생하면 귀가 쫑긋 열린다. 한 생명이 죽음과 사투하는 광경이 늘 그려진다. 환자를 살리고자 하는 에너지가 탱천한 현장이다. 나 좀 어찌 살려주세요. 나는 살아날 에너지가 없어요. 여러분이 도와주세요, 라는 환자의 말 없는 절규가 들리는 듯하다.

코드 블루가 발동하면 많은 사람들이 몰려든다. 그 분주한 열기가 순수하고 엄숙하다. 오직 한 가지 목적, 사람을 살리는 일에 집중하는 모습이 성스럽다. 집중이란 짧은 시간 안에 최대의 효과를 끌어내는 힘. 생명을 살리는 일처럼 정열적인 것이 어디 있을까. 자기 자신에게도 언제든지 이런 일이 일어날 수 있다는 것을 아는 사람들이 모여 다른 사람의 생명을 살리고자 애쓰는 장면.

현장을 재방문하는 버릇이 있다. 환자가 고비를 넘겼는지 실패했는지 궁금하다. 심폐소생술을 받은 환자들은 살아나거나 사망 진단을 받거나 둘 중 하나다. 살아나는 경우가 더 많다고 믿는다. 나중에 또 코드가 발생하여 결국 사망한다 하더라도 단 며칠 단 몇 시간이라도 생명이 연장되는 것은 예사로운 일이 아니다.

생명의 증거는 움직임이다. 심장박동과 호흡. 둘 다 모니터 상에 포물선 모양으로 나타난다. 규칙적인 곡선이 그토록 아름다울 수가 없다. 인간의 생명 현상을 나타내주는 포물선처럼 의미 있는 곡선이 세상에 없다고 생각한다.

죽음은 적막하다. 경직된 분위기에 바짝 긴장한다. 이렇게 가는구나. 한 인간의 역사가 마감된 현장에 서서 느끼는 감정이 복잡하다. 인간의 유한성과 생명의 존귀함을 동시에 느끼는 동안 불투명한 자신의 존재 여부에 대한 답이 막히기 때문인가. 생명의 소멸은 살아온 지난 삶을 압도할 만큼 강한 충격을 준다.

사람이 어떻게 죽는지를 알면 어떻게 살아야 할지도 알게 된다. 코드 블루 현장을 목격할 때마다 생각이 단순해진다. 생명 의식이 충일해진다. 느슨해진 의욕의 끈이 긴장으로 팽팽해진다. 일상의 번거로움에 묻혀 보이지 않던 삶의 가치가 뚜렷해진다. 고갈된 의지의 탱크가 가득 차오른다.

제8부
마중물

Florence Nightingale Pledge

I solemnly pledge myself before God and in presence of this assembly to pass my life in purity and to practice profession faithfully.

I will abstain from whatever is deleterious and mischievous and will not take or knowingly administer and harmful drug.

I will do all in my power to elevate standard of my profession, and will hold in confidence, all personal matters committed to my keeping, and all family affairs coming to my knowledge in the practice of my calling.

With loyalty will I endeavor to aid the physician in his work and devote myself to the welfare of these committed to my care.

나이팅게일 선언문

나는 일생을 의롭게 살며, 전문 간호직에 최선을 다할 것을 하나님과 여러분 앞에 선서합니다.

나는 인간의 생명에 해로운 일은 어떤 상황에서도 하지 않겠습니다.

나는 간호의 수준을 높이기 위하여 전력을 다하겠으며, 간호하면서 알게 된 개인이나 가족의 사정은 비밀로 하겠습니다.

나는 성심으로 보건의료인과 협조하고, 나의 간호를 받는 사람들의 안녕을 위하여 헌신하겠습니다.

마중물

1978년 2월 12일 밤 11시. 17시간의 비행 끝에 샌프란시스코 공항에 도착했다. 마중 나올 줄 알았던 선배는 끝내 나타나지 않았다. 갈 곳이 없었다. 인적이 끊긴 공항 대합실은 춥고 적막했다. 그녀는 혹시 잠결에 잃어버릴까 봐 이민 가방 2개를 허리띠 양쪽에 단단히 묶었다. 벤치에 기대어 온 밤을 꼬박 새웠다.

그 밤에 그녀는 다시 태어났다. 막막한 절망이 오히려 그녀를 일어서게 했다. 그녀는 결심했다. 내가 마중물이 되자. 나처럼 도움이 필요한 사람들을 도와주자. 그녀는 주문처럼 외웠다. Pay it Forward, 마중물!

아침 해가 돋았다. LA행 비행기에 몸을 실었다. 나성에 닿으니 남가주의 온기가 그녀를 반겼다. 천사의 도시라는 이름만으로도 그녀의 몸과 마음은 위로를 얻었다. 그녀의 인생에 따뜻한 둥지가 되리라는 예감이 들었다.

며칠 후 한 양로병원에 취직했다. 시급 2달러 75센트의 보조 간호사직이었다. 성실하게 일했다. 그곳에서 일하는 한인 간호사로부터 남가주한인간호사협회를 알게 되었다. 곧바로 찾아가 간호사 면허시험을 성공적으로 치를 수 있도록 돕는 3개월 과정 리뷰 클래스에 등록했다. 밤에는 일하고 낮에는 공부하느라 힘들었지만 첫 시험에 바로 합격되어 캘리포니아 등록 정규 간호사 면허를 획득했다. 시험이 어려워 '간호고시'라 부르던 시절이었다. 주정부와 남가주대학교가 공동 관할하는 부속병원에 RN으로 취직되면서 간호 공무원이 되었다. 배움에 대한 열정으로 꾸준히 공부하여 학사와 석사학위를 받았다.

김영초, 그녀는 전라남도 영암에서 태어났다. 미국 이름은 캐서린 영초 김Katherine Yeong Cho Kim. 애칭 케이. 별명이 많다. 어려서는 이름처럼 키가 커서 긴 풀. 대학교 때는 대장. 몸이 약해서 속 빈 강정. 씀씀이가 커서 큰 손. 언제부턴가 별명이 하나 더 늘었다. 마중물.

그녀의 고향집에는 깊고 시원한 작두펌프 우물이 있었다. 물맛이 좋고 가뭄에도 물이 마르지 않아 멀리서 물을 길러 오는 사람들이 많았다. 사람 손을 많이 타서 고무 패킹을 자주

교체해야 했다. 펌프질을 하기 전에 물을 부어야 했으므로 어머니는 우물가에 항상 여분의 물을 마련해 두셨다. 마중물, 어린 시절부터 그녀는 자연스럽게 마중물의 중요성을 깨닫게 되었다.

성 골롬반병원 부설 간호 전문대학(현, 목포 가톨릭 대학교)을 졸업한 직후 성모병원 정신과에서 2년간 근무했다. 야간 근무를 도맡아 하며 조산원 자격증, 보건간호사 자격증, 양호교사 자격증, 운전면허증 등을 취득했다. 미국 이민 준비 중이었다. 넓은 곳에서 살고 싶었다.

전문 인력이 부족했던 미국은 1968년에 이민법을 개정하고 취업을 통해 전문 인력을 받아들이는 문호를 10년간 한정 개방했다. 그녀가 간호학교를 졸업한 1977년에는 쿼터를 거의 다 채운 상태여서 미 이민국 비자 면접은 까다롭기 그지없었다.

비자 면접날이었다. 장신의 곱슬머리 백인 면접관은 근엄한 음성으로 왜 미국에 가려 하느냐고 물었다. 그녀는 시원하게 대답했다. 키가 커서 내 머리가 미니버스 천장에 닿으니 버스를 탈 수 없기 때문이라고. 일부 지역에서는 미니버스가 운행되던 때였다. 면접관은 미소 지었다. 그녀는 내친 김에 미국 버스는 당신처럼 크겠지요? 라고 덧붙였다. 그는 박장대소를 하더니 비자를 내주겠다며 평생 잊지 못할 부탁을 했다. 나를 웃게 해주었던 것처럼 당신 환자들도 웃게 해달라고. 그녀는 그 후부터 환자들을 돌볼 때마다 면접관이 한 말을 떠올리곤 했다.

그녀는 LA 카운티 보건국 간호행정부에서 부 디렉터로 15년간 일했다. 카운티 내 모든 병원과 보건소의 간호 인사 책임을 맡아 한 달 평균 1백여 명을 면접했다. 많은 간호사들을 만나는 동안 그녀는 리더십 양성에 특별한 관심을 갖게 되었다. 사람을 중히 여기는 마음, 사람을 키우고자 하는 열정이 샘솟았다. 일에 대한 열정과 사람 사랑은 그녀의 삶을 이끌어주는 마중물이 되었다.

그녀가 지치지 않고 일하게 된 동력이 있다. 그녀는 늘 고민했다. 어떻게 하면 자신이 받은 재능과 은총을 충분히 활용하고 이웃과 나눌 수 있을까. 그녀의 희망은 현실이 되었다. 어느덧 그녀는 다른 사람에게 동기부여가 되는 롤 모델이 되어 있었다.

사람들과 함께 일하면서 그녀가 깨달은 사실이 있다. 혼자 가면 빨리 갈 수 있고 함께 가면 멀리 갈 수 있다는 것. 그녀는 함께 일하면 플러스알파가 창출된다는 것을 발견했다. 사람들이 성장하는 모습을 지켜보는 것이 기뻤다. 그들과 함께 자신도 성숙하는 것이 행복했다.

그녀에게는 확고한 간호 철학이 있다. "일생을 의롭게 살며, 전문 간호직에 최선을 다한다" 나이팅게일 선서 일부분이다. 시간이 흐를수록 그 의미는 더욱 확장되고 심화되었다. 그녀는 이 문장의 은유적 의미를 실천하면서 끊임없이 성장하고 성숙하고 변화할 수 있었다.

그녀는 2009년 3월에 제20대 회장으로 취임했다. 협회와 인연을 맺은 지 30년째 되는 해다. 그녀는 임원진과 함께 간호사들의 권익을 위하여, 지역사회를 위하여 많은 프로그램들을 만들고 실행했다. 협회가 견고한 시스템을 갖추고 창의적이고 진취적인 사업을 할 수 있는 토대를 만드는 일에 주력하였다. 회원 수를 늘리고 지도자 양성에 힘을 기울였다.

자신과 같은 처지에 있는 사람들을 위한 마중물이 되겠다는 결심을 한 지 40여 년. 그녀는 이 결심을 한시도 잊은 적이 없다. 남가주간호사협회와 인연을 맺은 지 또한 40년. 마음으로라도 협회를 떠난 적이 없다. 그녀는 한 언론과의 인터뷰에서 말한다. 이민 초기에 협회에서 받은 많은 은덕을 갚는 중이라고. 선배님들이 피땀 흘려 일궈놓은 협회를 위해 일하는 많은 자원봉사자 중 한 사람일 뿐이라고. 봉사하면서 오히려 더 많은 것을 배우고 있다고. 은혜에 보답하고자 하는 마음이 지금도 그녀의 의식과 행동을 이끌어준다.

간호 일선에서 벗어난 지금도 그녀는 여전히 협회를 위해 일한다. 장학위원회 위원장직을 맡아 이 일 저 일을 꿈꾸고 계획하고 실천한다. 얼마 전 새로 출범한 이사회에서는 만장일치로 이사장에 추대되었다. 그녀는 인사말에서 협회를 성장시키고 새 세대 회장단을 후원하고 회원 모집에도 도움이 되는 일들을 구상해보자고 운을 뗐다. 회화, 운동, 여행, 문학 창작 등 취미별 동아리 활동을 통해 회원 각자가 재능개발을 하면 정신적으로 풍요로운 삶을 영위할 수 있다고 했다. 회원 간의 결속이 협회 발전을 강화시켜주는 동력이 될 것이라고 격려했다.

그녀는 오늘 몇 달 만에 동네 산책에 나섰다. 집 뒤뜰을 벗어나면 136에이커의 확 트인 주정부 공원이 펼쳐진다. 왼쪽에는 인간적인 정을 느끼게 해주는 롱비치 도시가 길게 늘어서 있다. 정중앙에는 카탈리나 섬이 그림처럼 떠 있다. 그녀의 천주교 영세명이자 캐서린의 영국식 이름이어서 유난히 정이 가는 섬이다. 오른쪽에는 천연의 바다가 고요하게 누워 있다. 공원을 가로질러 트럼프 내셔널 골프 코스를 지나면 바닷가에 다다른다. 구불구불한 랜초 팔로스 버디스 해변 올레길이 지나온 세월을 보여주는 것 같다.

바닷가 벤치에 앉아 바다를 바라본다. 멀리 수평선 위에 떠 있는 카탈리나 섬이 오늘따라 유난히 선명하다. 돌아보니 참 잘 살아온 세월이다. 괴로운 일이 왜 없었겠는가. 빗발치는 도전이 얼마나 많았겠는가. 잠 못 이루고 밤을 새면서 고심한 날들이 많았다. 하지만 그녀는 멈추지 않고 걸었다. 늘 감사가 넘쳤다. 신이 그녀의 삶을 주관하신다는 것을 확신하고 그녀에게 허락하신 모든 것을 겸손한 마음으로 받아들였다.

사람에 대한 애정과 관심이 고난을 넉넉히 극복할 수 있는 힘을 주었다. 지금까지 무엇을 하며 무엇에 가치를 두며 살았느냐고 물으면 그녀는 조금도 주저하지 않는다. 신에 대한 경외와 사람 사랑이 인생 전부의 가치라고. 종적 사랑과 횡적 사랑이 그녀의 삶에 균형을 잡아주었다. 조화의 가치와 겸손의 미덕은 아무리 강조해도 넘치지 않는다.

저녁 해가 바다를 껴안는다. 서쪽 하늘이 따뜻한 빛깔의 물감을 풀어놓은 캔버스가 되었다. 그녀는 일어서서 걷는다. 앞으로 얼마나 더 걸어야 그녀의 꿈이 이루어질까. 얼마나 더 기다려야 그녀의 어머니처럼 마중물을 한 동이 가득 채울 수 있을까. 그녀는 알고 있다. 육신의 시간이 아니라 꿈의 시간이 인간을 살게 한다는 것을. 태양이 수면을 만나야 화려한 광경을 연출하듯 사람의 생애도 꿈이 있어야 하늘의 뜻을 이룬다는 것을.

휴먼 닥터

길게 휘날리던 반곱슬 머리카락이 어디로 사라졌을까. 그는 짧은 상고머리가 되어 나타났다. 웬일이에요 조나단, 긴 머리가 정말 잘 어울리던데. 크고 호동그란 눈동자가 서글서글 먼저 웃는다. 그게 답이다.

그는 머리카락을 락 오브 러브Locks of Love 재단에 기증했다. 화학 치료를 받느라 머리카락이 빠져버린 어린이 암 환자들에게 가발을 만들어주는 단체다. 기증 규정 8인치가 되도록 기르는 데 일 년 반이라는 시간이 걸렸다. 남자가 구질하게 무슨 짓이냐는 주변 사람들의 성화를 묵묵히 이겨냈다. 알라스. 어린이 암 환자에게 기증할 거라며 동네방네 으스댈 수 있었을 텐데. 좋은 머릿결을 유지하기 위해 머리 빗고 샴푸하는 시간이 기분 좋다고 말할 뿐이었다.

그는 힘든 신경정신과를 택했다. 신경정신과는 환자들과

일정 시간을 보낼 수 있는 몇 안 되는 전문의 분야다. 다른 전문의들은 다루기 힘든 환자들을 정신과 의사에게 보내곤 한다. 정신과 의사들이 환자들의 마지막 대변인이 되는 셈이다. 그런데 생명을 구한다는 영웅적인 환상을 한방에 박살내는 사람들이 있다. 바로 환자들이다. 삶의 변화와 개선을 원치 않으면 정신과 전문 처치가 아무 소용이 없다.

그는 질문으로 진찰을 시작한다. 마음 깊숙이 숨겨놓은 가장 두려운 기억과 트라우마에 대하여. 어린 시절에 당한 성폭행과 신체 학대에 대하여. 가해자들이 대부분 친밀한 사이여서 그들의 폭행을 계속 허용할 수밖에 없는 상황이 상상 이상으로 많다. 직접 겪지 않은 사람은 이들이 겪는 깊은 상처와 두려움을 짐작할 수 없다. 그는 내면으로 피 흘리는 환자들을 대할 때마다 마음이 아프다.

무례할 만큼 사적인 영역을 침해하는 질문, 도무지 일어날 성싶지 않은 질문을 할 때마다 그는 마음을 다잡는다. 상황을 있는 그대로 받아들이자고. 최악의 시나리오가 일어날 수 있다는 것을 인정하자고. 감정에 몰입되지 않고 당면 문제를 해결하여 앞으로 일어날 상황에 대처할 방안을 찾으려면 무지 집중해야 한다. 환자들과 마주 앉으면 이 세상에 고통이 얼마나 만연해 있는지 확실하게 보인다. 날마다 어떻게 하면 죽을 수 있을까 연구하고 실제 시도하는 환자들을 대하노라면 인간에 대한 연민으로 슬프다.

그는 억압적인 환경에 시달리다가 더 이상 견디지 못하고 정신적으로 병이 들어버린 환자들을 대할 때마다 비극이라고 생각한다. 특히 그런 환자들을 돌보아주는 보호자가 바로 그 환자를 아프게 한 원인 제공자일 때 그는 마음이 무너진다. 마음의 병은 돌이킬 수 없을 만큼 파괴적이 될 수 있다는 것을 알기 때문이다.

그는 사람들에게 간곡히 부탁한다. 인생은 이미 고해다. 스스로 그 인생을 더 힘들게 만들지 말라. 타인이나 자신에게 해를 끼치는 행동을 멈추라. 상황을 악화시키지 말라. 실현 가망성이 없는 일을 이루려고 애쓰지 말라. 늘 최악의 상태에 대비하라. 당신이 다른 사람으로부터 받기를 원하는 선행을 당신과 다른 사람에게 베풀어라.

그와 대화하다 보면 인간은 한 공동체라는 점을 깊이 깨닫는다. 그는 이웃이 잘되고 잘 살기를 바란다. 이웃이 행복해야 자신의 삶을 온전히 누릴 수 있다고 생각한다. 주변이 불행하면 자기 자신이나 사랑하는 사람들에게 조만간 나쁜 영향을 끼칠 수 있다는 것을 알기 때문이다. 힐러리 클린턴도 내 이웃이 건강해야 나와 내 가족이 안전하다고 말하지 않았던가.

그래서일 것이다. 그는 끊임없이 지역사회를 위해 봉사한다. 육군에서 재대한 후 8개월 동안 여러 봉사를 시도했다. 맨 처음에는 지역 도시가 필요로 하는 봉사활동을 찾는 일이 쉬울 거라고 생각했다. 현실은 반대였다. 그가 생각하는 선한 일이 커뮤니티가 원하는 일과 일치하지 않을 수도 있다는 것을 알게 되었다.

봉사단체의 필요와 요구에 그의 일정을 맞추는 것도 쉽지 않았다. 한 달에 한 차례 친구들과 함께 음식을 만들어 노숙자들에게 나누어주는 봉사는 오래 지속하지 못했다. 무숙자 지원 단체들과 스케줄을 맞추고 바쁜 친구들과 함께 만나 음식을 만드는 일이 쉽지 않았다. 게다가 무숙자 보호소가 외부인의 출입을 제한했다. 외부에서 들어오는 음식에 대한 안전성 문제와 숙소가 외부인들에게 광범위하게 노출됨에 따라 빚어지는 신변보호 문제 때문이었다.

생각을 바꿔 한 달에 한 차례 노숙자들의 옷을 세탁해주는 봉사를 시작했다. 오후나 한밤중에 일반인들의 출입을 통제하고 세탁을 해야 하는데 그런 배려를 해주는 지역사회 동전기계 세탁회사를 찾기가 힘들었다. 그 일도 오래가지 못했다. 그는 정신 병력을 지닌 임산부들에게 한동안 무료 정신과 서비스를 제공했다. 하지만 법적인 문제가 발생할 경우 그를 보호해 줄 수 있는 보험을 찾을 수가 없어서 그 일도 접게 되었다.

봉사의 프레임을 바꾸어야 했다. 자기 역량으로 주변 사람들의 삶을 개선할 수 있는 방법을 끊임없이 연구하고 찾았다. 여기서 그만둘 수는 없다고 생각했다. 그가 할 수 있는 작은 일을 하자고 결심했다. 그에게는 젊음과 전문 기술과 재정적인 여유가 있지 않은가.

그에게는 꿈이 있다. 사람들이 더 이상 정신과적 질병으로 고통받지 않아서 신경정신과 의사가 할 일이 없어지는 것. 이를 위해 무엇을 해야 할까. 가장 많은 사람들에게 가장 선한 일을 가장 효과적으로 행하려면 어떻게 해야 하는가. 이웃에게 베풀 수 있는 선한 일은 무엇인가. 나의 이웃은 누구인가.

이웃의 범주가 어디까지인가. 그 원이 작을수록 그들을 돕는 일이 수월해지지만 외부의 갈등에 관심을 기울이기는 쉽지 않다. 원이 커지면 제한된 자원으로 주변을 개선하는 일이 어려워지고 더 큰 갈등에 직면할 빈도수가 높아진다.

세상의 악과 어둠이 자신과 사랑하는 사람들을 피해가기를 바라지만 만사가 뜻대로 되지 않는다. 해결되지 않은 주변 문제들이 자신의 삶에 악영향을 끼친다. 고급 주택가에서 고급 자동차를 타고 자녀들을 멋진 학교에 보낸다 해도 지역사회의 범죄와 폭력이 계속 증가하면 언젠가는 그들도 피를 흘리게 된다. 이웃 동네에서 일어난 총기 사고나 마약 파티가 자기와는 무관한 일이라고 장담할 수 없는 것이다.

그는 어린이와 약자 학대 방지와 예방에 유난히 관심이 많다. 어린 시절에 부정적인 일을 당하지 않도록 예방만 해도 건강관리, 약물 남용 예방 치료, 감옥에 가는 확률, 응급실과 경찰 서비스 이용에 소비되는 자원을 크게 줄일 수 있다고 강조한다. 어른들이 어린이들에게 정신적 신체적 상처를 입히는 일을 어떻게 하면 멈출 수 있는가. 그런 사람들을 교회에 보내라고 흔히 말한다. 교회는 유년기 성적 학대, 성추행이나 강간으로 빚어지는 문제들을 다룰 능력이 있는가. 교회에 이 일을 요청하는 것이 공정한가.

사랑하고 용서하라는 메시지에 따라 학대받는 여성들을 가해자인 그들의 배우자에게 보낼 수 있는가. 그 가해자들이 교회에 머물도록 허용할 수 있는가. 위탁관리 시스템을 개선하라고 말한다. 원치 않는 아이들을 모두 입양할 수 있는가. 양부모의 역량을 어떻게 확인할 수 있는가.

그는 왜 지역사회에 대하여 이토록 깊은 부담을 갖는 걸까. 그인들 편하게 살고 싶지 않을까. 자신의 재물과 재능으로 복된 삶을 누리고 싶지 않을까. 그는 말한다. 나도 편하게 살고 싶어요. 내가 하고 싶은 일을 하면서 사랑하는 가족과 함께 행복하게 살고 싶어요. 그런데 사회에 대한 책임 의식이 나를 가만히 두지 않아요.

그는 알고 있다. 혼자 힘으로 지구촌 문제를 모두 해결할 수 없다는 것을. 그렇다고 방관할 수도 없다. 그는 친구와 이웃에게 선을 베풀라고 강요하지도 않는다. 진정한 선행은 진심에서 우러나고 그것이 상대방의 삶을 변화시킨다는 것을 알기 때문이다. 세상을 밝히기 위해 자신이 할 수 있는 일을 몸소 실천할 따름이다.

나는 그의 도덕관과 윤리관이 어디서 비롯되었는지 궁금할 때가 많다. 훌륭한 크리스천 가정에서 자란 배경을 무시할 수 없겠지만 그의 천성이 아닐까 생각한다. 그의 말과 행동이 울림을 주는 이유를 나는 최근에 다시 확인했다. 남다른 희생 정신과 따뜻한 친절, 솔직하고 겸손한 태도, 몸과 마음에 배어 있는 봉사 정신. 사람 사랑이 아니면 갖기 어려운 덕성이다. 그에게 사랑은 명사가 아니라 행동하는 동사다.

그는 두 번째로 입양하는 아기를 데려올 날을 손꼽아 기다리고 있다. 첫 아들 올리버도 입양했다. 아기 양육을 포기한 임산부의 몸에서 나오는 아기를 받아 탯줄을 자르고 데려왔다. 그는 아들에게 필요한 물건을 살 때마다 똑같은 상품을 수십 개 구입한다. 그의 아내가 쓴 따뜻한 카드를 책과 함께 포장하여 미혼모 그룹에 보낸다.

그는 가족이 없는 유학생들을 자신의 집에 불러다가 한국 음식을 만들어 대접한다. 수십 파운드의 갈비를 양념하여 집 뒤뜰에서 굽는다. 많은 사람들이 그의 집에 와서 몸과 마음을 따뜻하게 데운다.

그는 중고 옷가게에서 구입한 5달러짜리 티셔츠를 입고 도요다에서 만든 작은 자동차를 타고 다닌다. 그의 아내도 소시민이 타는 자동차를 몬다. 카이저 병원에서 인기 있는 정신과 의사의 아름다운 품성이 그를 둘러싼 소박한 사물들로 더욱 빛난다.

그의 아내 쥴리가 본 조나단은 의지가 강한 사람이다. 신념과 가치와 성실을 중요하게 여기는 사람이고 영향력이 큰 사람이다. 그가 지닌 높은 표준으로 주변 사람들을 자신에게로 끌어들이고 그들이 자신을 좋아할 수밖에 없도록 만들 만큼 매력이 넘치는 남자다. 사람들이 그의 인생관과 삶의 자세를 본받고자 하는 이유는 그를 실망시키고 싶지 않아서라기보다는 그들 자신의 삶을 고양시키고 싶기 때문이다.

조나단은 직업, 취미, 가족과 이웃을 돌보는 일 등 자신이 해야 할 일이라고 생각하면 최선을 다한다. 좋은 아버지, 훌륭한 의사, 너그럽고 관대한 이웃이 되는 비결이다. 아들 올리버는 그를 우상처럼 따르고 사랑한다. 환자들은 자신들의 아픔을 동정하고 삶의 질을 개선할 수 있도록 온 힘을 다해 도와주는 그를 깊이 존경한다. 그는 진정 이웃과 커뮤니티의 필요를 채워주는 사람이다. 이 모든 것보다 진정 나를 감동시키는 점은 그가 자기 아내 쥴리, 내가 아끼는 조카 쥴리를 깊이 사랑하는 따뜻한 남자라는 사실이다.

조나단은 내 조카사위다. 그가 우리 가족의 일원이라는 사실이 감사하다. 겸손하고 친절하여 사람을 편안하게 만들어준다. 복병 같은 삶의 문제에 허우적거리다가도 그에게 털어놓고 나면 평안해진다. 살맛이 난다. 그는 온 가족에게 따뜻한 심리 상담가이자 테라피스트다.

어제 가족 모임을 마치고 집에 돌아가면서 그에게 문자를 보냈다. 이제껏 그의 긴 머리카락을 가볍게 여긴 나의 짧은 생각을 용서해달라고. 반곱슬에 머리가 긴 그의 아들 올리버와 감정 공유를 하기 위해서 머리를 기른다고 생각했는데 그렇게 깊은 뜻이 있는 줄 몰랐다고. 조나단이라는 인간이 있어서 내가 인간이라는 것이 자랑스럽고 기쁘다고.

그의 나이 이제 서른아홉이다. 나는 이런 사람을 아는 사람이다. 그대여, 나 꽤 괜찮은 사람이지, 라고 내 앞에서 자랑할 생각은 아예 꿈도 꾸지 마시라.

모니카, 은퇴하다

병원 구내방송 스피커에서 안내방송이 흘러나왔다. 메디컬-서지컬Medical-Surgical 병동 수간호사 모니카의 은퇴 축하 모임이 대회의실에서 10분 후에 있단다. 오 마이! 모니카가 30여 년간 일했던 병원을 결국 떠나는구나.

회의실에는 사람들이 가득 차 있었다. 모니카는 앉거나 서 있는 사람들에게 둘러싸여 있었다. 같은 병동에서 함께 일해 온 간호사들이 그녀 몰래 마련한 자리라고 했는데 다른 병동 스태프들과 행정부서 직원들도 눈에 많이 띄었다. 병원은 어느 부서를 막론하고 긴밀한 팀워크로 운영되는 공동체이어서일까? 아니다, 우리 병원의 보석이자 자존심이 떠나는 것을 이토록 아쉬워하는 것이다.

사람들이 모니카에게 한 마디씩 했다.

─ 모니카, 당신은 막 간호학교를 졸업하고 온 나에게 언니

처럼 잘 가르쳐주고 다독여주었어요. 당신을 결코 잊지 않을 거예요.

─모니카, 당신은 내가 실수할 때마다 나직한 목소리로 그러면 안 돼 하면서 큰 눈을 뜨고 고개를 살래살래 흔들었지요. 얼마나 무서웠는지요.

─모니카, 당신과 함께 일하는 동안 많은 지혜를 얻었어요. 당신은 힘들게 얻은 간호기술을 아낌없이 나눠주었지요. 인내심도 가르쳐 주었어요.

─모니카, 당신은 언제나 미소를 지었지요. 언성을 높이는 것을 단 한 번도 본 적이 없어요.

─모니카, 당신은 다른 사람들이 싫어하는 일들을 솔선수범하는 사람이었고, 병동에서 일어나는 일들이 조용하게 수습되도록 중재하는 일등 공신이었어요.

아직도 손을 든 사람들이 많다. 하고 싶은 이야기들이 많다는 뜻이다.

─모니카, 초보자들이 유난히 많은 병동이라서 스트레스가 여간 많지 않았을 텐데 어떤 상황에서도 침착했어요. 어떻게 그럴 수 있지요?

─모니카, 당신은 진정한 실력파이자 노력가예요. 겸손하고요. 당신이 잘난 체하거나 다른 사람들을 얕잡아보는 언행을 단 한 번도 본 적이 없어요.

—모니카, 당신은 환자의 상태에 대한 정확한 판단과 정보를 제공해주어 의사인 내가 효과적으로 치료할 수 있도록 했지요.

—모니카, 내가 맨 처음 이 병동에 디렉터로 왔을 때 당신이 병동을 소개하면서 개개인에 대해서 부정적인 말을 하지 않아 깊은 인상을 받았어요.

사람들은 한결같이 고맙고 존경한다는 후렴구로 석별의 인사를 마무리했다.

모니카는 사람들이 한 마디씩 할 때마다 환한 미소로 응답하며 고개를 끄덕였다. 넘치지 않는 사람. 호들갑을 떨지 않는 사람. 조용하지만 할 말 다 하는 사람. 지금까지 쓸데없는 말을 한 적이 과연 몇 번이나 있었을까 싶을 만큼 진중한 사람.

흑인 특유의 곱슬머리를 올백으로 묶어 늘 단정해 보이는 모니카. 움직임이 조용해서 체구가 큰 여자라는 느낌이 전혀 들지 않는 모니카. 목소리는 작지만 분명한 메시지를 전하는 모니카. 성미 급한 의사들을 다독여가며 간호에 필요한 오더를 정확하게 얻어내는 브라보 모니카.

서로를 껴안고 등을 두드리며 따뜻한 인사를 주고받는 광경이 아름다웠다. 삶의 기쁨이란 이런 것이 아닐까. 품과 격이 있는 사람들을 대하며 기분 좋은 감정이 샘솟는 것. 인간의 존엄성을 재확인시켜주는 현장에 동참하는 것. 찬사와 영광의 세례를 받는 그들에게 더욱 손뼉 쳐주고 축복해주고 싶은 것.

인간은 인간에게서 배운다. 위엄 있고 진중하고 진실한 사람을 대하면 그 사람 가까이에 머물고 싶다. 그를 닮아 나 자신을 변화시키고 싶다. 변화는 감동으로부터 온다. 그러고 보면 사람은 변화와 성숙을 추구하는 생명체다. 사랑해야 할 이유가 충분한 존재다.

모니카에게 깊은 인상을 받았던 때가 많다. 언젠가 수술에 임박한 환자를 데리러 병동에 갔더니 수술 채비가 전혀 되어 있지 않았다. 수술에 필요한 양식에 환자의 사인도 없고 당뇨가 심한 환자인데 혈당을 잰 기록도 없었다. 난감했다. 모니카와 함께 부랴부랴 필요한 것들을 준비하는 동안 나는 그녀에게 담당 간호사에 대한 불평을 쏟아놓았다. 간호사가 어떻게 복부에 구멍을 뚫어 기관을 들어내는 수술 laparoscopy인지 복부를 열어 절개하는 수술 laparotomy인지 구분도 하지 못하느냐, 간호학교에서 뭘 배웠는지 모르겠다, 제발 좀 제대로 가르쳐라, 볼멘소리를 했다. 그녀는 미소 띤 얼굴로 고개까지 끄덕이며 내 이야기를 끝까지 들어주었다. 그리고는 또박또박 말했다.

"제인, 너에게도 초보 시절이 있었지? 너도 그때 정신이 많이 없었지? 조금만 기다려줘. 제스민도 조만간 너처럼 명석하고 숙련된 간호사가 될 거야."

'명석하고 숙련된brilliant and expert'이라는 표현에 그만 거칠고 인정머리 없는 내 자신이 미워서 입술을 깨물었다. 그녀는 자기 사람을 보호함과 동시에 불평을 쏟아내는 다른 병동 간호사로 하여금 스스로 침묵하게 만드는 재주를 지녔다.

어느새 초보 시절을 까마득히 잊고 있었구나. 언제부터 내가 잘한다는 착각을 하기 시작했을까. 같은 실수를 반복해서 저질렀다. 일의 우선순위를 잘못 판단하여 제때 해야 할 일을 많이 놓쳤다. 시간 관리를 제대로 하지 못하여 늘 동당거렸다. 간호보조사들에게까지 만만하게 보여 이리 치이고 저리 차이는 약자였다. 초보 중의 초보였다.

어느 사회건 초보를 괴롭히는 인간들이 있다. 드세고 심술궂은 그들에게 심리적으로 짓밟히고 왕따를 당하면서 얼마나 많은 눈물을 흘리는가. 아침에 눈을 뜨면 한숨부터 쉬는 지옥 같은 나날이 누구에게나 있다. 초보 시절이 있다.

모니카가 마지막 인사를 했다. 오랜 세월 동안 몸담았던 직장을 떠나는 마음이 오죽할까. 짧고 단순한 작별 인사에는 깊은 감사, 애정 어린 당부, 용기를 주는 격려, 그리고 진심 어린 기원이 담겨 있었다. 이제껏 많은 사람들과 부대끼면서 살아온 그녀였다. 앞으로는 한적하고 평온한 삶을 누리기를 바란다.

은퇴 축하 파티가 끝났다. 그녀를 보내야 하는 시간이 왔다. 우리는 꼬옥 껴안았다.

"모니카, 그동안 정말 고마웠어. 행복하게 잘 살기를 바래."

나는 그녀의 등을 토닥이며 진심으로 행복을 빌어주었다. 그녀가 젖은 눈으로 고개를 끄덕이며 말했다.

"제인, 넌 좋은 간호사야. 네가 많이 생각날 거야."

그녀는 내 등을 따뜻하게 쓸어주었다.

나도 언젠가 일을 그만 두게 될 때가 올 것이다. 모니카처럼 후회 없는 병동생활을 마치고 기쁘게 떠날 수 있을까. 자기 연민이 만들어낸 감정이 북받쳤다. 나는 언제쯤이나 모니카처럼 마음이 넉넉해질 수 있을까. 그녀처럼 나긋하면서도 단호한 성품을 소유할 수 있을까. 앞으로 남은 나의 간호 인생이 그녀를 닮아가는 과정이라면 얼마나 좋을까.

카나스크가 자랑스럽다

    남가주한인간호사협회는 2019년 2월에 창립 50주년 기념행사를 성대하게 치렀다. 남가주한인간호사협회, 일명 카나스크KANASC, Korean American Nurses Association of Southern California. LA 다운타운 인터콘티넨탈 호텔 헐리웃 볼룸 행사장은 축제의 열기로 가득했다. 격조 있고 조직적인 행사 진행은 카나스크의 발전된 위상을 대변해주었다. 지난 50년 동안의 활동을 동영상으로 지켜보면서 카나스크 회원의 한 사람으로서 몹시 자랑스러웠다.

    카나스크는 1969년에 40여 명의 선배 간호사들이 설립한 비영리 단체다. 1960년대 말부터 독일에서 미국으로 이민의 물길이 바뀌면서 많은 간호사들이 도미하던 때였다. 그들을 돕는 가운데 꾸준히 성장해 온 카나스크는 활동의 외연을 넓혀 한인 사회의 성장과 번영에 중추적인 역할을 맡았다. 마침

내 오늘날 자타가 공인하는 한인 이민 사회의 선구자이자 개척자가 되었다.

오늘까지 카나스크가 존립하게 된 배경에는 많은 사람들의 수고가 있었다. 초대 고 황선희 회장을 선두로 유분자, 김정숙, 안정옥, 박화자, 방정자, 고 김난주, 박혜순, 임청자, 고 신연옥, 우시영, 권기숙, 심마리아, 김혜숙, 김영초, 안마리, 권순재, 김혜자, 조영덕 전 회장이 있다. 린다 김 현 회장에 이르기까지 많은 지도자들과 회원들의 헌신과 노고가 없었다면 카나스크는 오늘의 모습을 갖추기 힘들었을 것이다.

카나스크의 설립 취지가 인문적이고 인도적이다. '회원의 자질 향상, 권익 보호, 회원 간의 친목, 재능과 이익의 사회 환원'이라는 문구 속에는 각 회원 개인의 발전과 사회 공헌이라는 비전이 명시되어 있다. 지도자로서의 수양과 자질을 겸비하고 이웃과 사회를 위해 일한다는 메시지가 들어 있다. 민주 사회의 가장 큰 덕목이기도 하다.

한 단체가 그들의 권익을 위해서가 아니라 사회 환원 차원의 목표를 도모하는 일은 쉽지 않다. 이를 위해 서로 돕고 함께 하는 마음은 실로 고귀한 일이 아닐 수 없다. 약한 자를 돕고 그들과 함께 걷는 것은 타인의 고통과 어려움을 자신의 문제로 인식하는 증거다. 카나스크는 그 숭고한 가치와 취지에 공감하는 사람들이 모인 결속체다.

카나스크는 간호사들이 회원이다. 간호사가 누구인가. 봉
사정신이 투철하면서도 사리분별이 정확한 사람들이다. 간
호사가 된 것이 타고난 기질 때문인지 간호사의 역할에 적합
하도록 훈련이 된 건지는 정확하지 않다. 확실한 것은 선한
취지가 이들의 마음을 하나로 만들었다는 것이다.

간호사 세 명이 모이면 지구를 들었다 놓았다 할 수 있다는
말이 있다. 이 세상에는 남자 여자 그리고 간호사, 오직 세 부
류의 인간들만이 존재한다는 말도 있다. 모두 간호사의 뛰어
난 감각과 전천후 능력을 인정하는 표현이다.

간호사들은 독립심이 강해서 단체 결성이 쉽지 않다. 이들
이 모여 단체가 구성된다 해도 난관은 많다. 성장, 번영하기
위해서는 두 가지 조건이 선행되어야 한다. 지도부의 인격과
실력이 출중하여 존경을 받을 수 있어야 하고 단체가 지향하
는 목표가 인도적이어서 회원들에게 감동을 주어야 한다. 이
때 상호의존에 대한 가치가 간호사의 유난한 독립성향을 뛰
어넘어 진정한 빛을 발휘한다. 카나스크는 이 모든 것을 갖춘
단체다.

간호사를 이루고 있는 한자를 가만히 들여다보라. 看護師.
손을 눈 위에 얹고 본다는 볼간 자看와 말씀 언言변에 풀초草,
새 추隹, 그리고 집게 모양의 또우又가 합해진 보호할 호護, 그
리고 스승 사師로 이루어져 있다. 간호사는 환자의 이마에 손

을 얹고 따뜻한 말로 위로하고 풀처럼 부드럽고 새처럼 명랑하며 반복되는 요구에도 지치지 않고 돌보아주는 사람이다. 환자가 건강하고 가치 있는 삶을 살아갈 수 있도록 가르치는 교육자이기도 하다. 영어 nurse의 어원에도 간호하다, 돌보다, 라는 뜻 외에도 젖을 먹이고, 배양하고, 육성하고, 소중히 한다는 뜻이 들어 있다. 한자와 영어 두 어원은 간호사가 누구인가를 고스란히 말해준다.

미국의 간호 과정 Nursing Process에 대입해도 손색이 없다. 미국 간호 시스템에는 5단계가 있다. 환자의 상태 파악 Assessment, 간호 진단 Nursing Diagnosis, 계획 Planning, 적용과 실행 Implementation, 평가 Evaluation. 마지막으로 교육 Education. 사람을 돌보아주는 간호사의 역할 5가지 과정을 종합하면 간호학은 인간을 위한 인문 철학임을 알 수 있다.

캘리포니아 간호사협회 데이터베이스에 따르면 남가주에서 활동하는 한인 간호사는 6천 명이 넘는다. 은퇴 간호사까지 합하면 1만여 명에 이른다. 카나스크에는 현재 4200여 명의 한인 간호사가 여러 경로로 연결되어 있다. 이들이 모여 각자의 분야에서 노하우를 나누는 단체 이름이 카나스크다. 파워풀한 이름이다.

지난 50년간 크고 작은 어려움이 왜 없었겠는가. 회원이 많이 빠져나가 존립 위기에 처한 적도 있었다. 카나스크가 어려움에 빠질 때마다 회원들은 개인의 의견과 유익을 접고 한 마음으로 뭉쳤다. 선배들과 후배들, 임원진과 회원들 간의 단합이 중요한 역할을 했다. 수많은 어려움을 극복했기에 오늘 카나스크는 더욱 건실해졌다.

카나스크가 펼치고 있는 사회 환원 사업이 많다. 지역사회 건강도우미, 양로사업, 노인 복지를 위한 세미나가 있다. 정규적인 건강 박람회를 대대적으로 개최하여 의료 보험이 없는 교민들의 건강을 돌본다. 십만 명의 교민이 참석하는 나흘 간의 한인 축제 때는 자원봉사자로 구성된 응급 처치반을 운영한다.

카나스크는 초창기부터 지금까지 한인 간호사들의 배움터와 길잡이 역할을 수행하고 있다. 지금까지 약 3천 명이 넘는 간호사들이 카나스크에서 마련한 Review Class를 통해 캘리포니아 간호사 면허를 취득했다. 또 장학사업, 한국 간호사 해외 연수단 지원사업, 방송통신대학 평생교육사업, 전문 간호사 육성을 위한 학술 세미나, 간호대학 진학안내 및 취업정보 세미나, 차세대 리더십 육성사업 등을 활발하게 펼치고 있다.

그중에 간호사 보수 교육Continuing Education이 있다. 다양하고 유익한 간호학술 대회와 세미나를 개최하여 매 2년마다 간호사 면허 갱신에 필요한 이수 학점을 제공한다. 간호대학 진학 가이드 세미나 및 워크숍도 1년에 두 번 졸업 시즌에 맞춰 개최하여 유능한 간호사가 되기를 꿈꾸는 학생들과 그들의 부모들에게 도움을 주고 있다. 매년 캘리포니아 출신 간호학 학사, 석사, 박사 과정에 있는 우수 학생 사오 명을 선정하여 장학금을 수여하는 장학회도 운영한다. 리뷰 클래스를 통해 면허를 취득한 간호사들과 카나스크에서 장학금을 받아 간호사가 된 회원들이 대를 이어 카나스크를 위해 일한다. 이들의 순수와 열정이 카나스크를 중단 없이 성장, 성숙하게 한다.

한인 간호사 우정의 밤도 정규적으로 개최하여 남가주 지역 선후배 간호사들의 친목과 우애를 다진다. 온고지신溫故知新, 후배들은 선배들로부터 옛것을 익히고 선배들은 후배들로부터 새로운 것을 배워 세대 간의 격차를 줄이고 서로를 이해하는 기쁨을 누린다.

1년에 두 차례 뉴스레터도 발간한다. 카나스크의 활동 소식, 회원 동정, 각종 유익한 정보를 회원들에게 알려 끈끈한 유대와 결속을 다진다. 카나스크의 범인도적인 봉사활동 소식은 간호사로서 긍지와 자부심을 높여준다. 미주 내 각 도시에서 발족한 한인간호사협회와 정규적인 콘퍼런스를 개최한다. 한국간호사협회와 세계한인간호사협회와도 긴밀한 소통을 꾀하여 좀 더 나은 지역사회와 세상을 만들기 위해 노력한다. 이 모든 행보는 깊고 유유한 강물처럼 꾸준하다.

카나스크 임원단에 최근 세대교체가 이루어졌다. 올해 2월에 있었던 카나스크 창립 50주년 기념행사에서 이민 2세 린다 김 간호학 박사가 제25대 회장으로 취임, 2년 임기를 시작했다. 차세대 임원진들이 열정을 다해 노력하겠다는 약속에 행사장을 가득 매운 회원들은 환호와 박수로 성원했다. 원로 지도자들은 따뜻하고 감격어린 미소를 보냈다. 지난 50년 동안 다양한 방법으로 한인 이민 간호사들의 맏언니가 되어준 분들이다. 오늘의 카나스크를 만든 지난 세대와 앞으로의 발전을 책임 질 신세대 지도자들의 단합된 모습은 회원들을 기쁘게 해주었다. 카나스크는 진정 과거와 현재와 미래의 한인 간호사들과 지역사회를 위해 존재한다는 것을 보여주었다.

오늘도 미국 간호사를 꿈꾸는 수많은 사람들이 LA 공항에 내린다. 그들은 캘리포니아 등록 간호사가 되어 이민의 꿈을 성공적으로 이룰 것이다. 공항에 내리는 또 다른 미래 세대의 간호사들과 예비 간호사들의 손을 붙들어 줄 것이다. 그렇게 간호사들이 모이고 모이면 날개를 잃어 로스트 앤젤레스Lost Angeles가 된 로스 앤젤레스Los Angeles가 진정한 천사의 도시로 다시 태어날 것이다.

나는 카나스크의 평생회원이고 이사다. 카나스크의 일원이 된 것이 자랑스럽고 기쁘다. 아직은 간호 현장에서 일하느라 카나스크의 활동에 적극적으로 함께 하지 못하지만 큰 박수로 후원하고 동참한다. 언젠가는 나도 카나스크의 설립 취지를 구현하는 일에 적극적으로 동참할 날이 올 것을 기대한다.

하정아의 회복실 오디세이,
생명 사랑 영성의 하모니

박양근(에세이스트, 문학평론가)

문이 열린다. 수술분과 회복실 문이 열린다. 밤새 하늘 이슬이 깔린 잔디밭을 걸으며 한 품 가득 생명의 기운을 안고 그녀가 들어선다. 일순간 회복실을 비추던 전기불은 순연한 별빛으로 바뀌고 에테르 냄새조차 들꽃향기로 변한다. 조용하면서도 다부진 발걸음, 차분하면서도 깔끔한 손길에 수술 회복실은 영혼의 안식처가 된다. 죽음의 그림자가 쉽게 범접할 수 없는 곳, 하정아 간호사는 이곳을 지키는 푸른 천의를 걸친 에인절이다.

때로는 마마 버드Mama Bird, 리커버리 룸 퀸Recovery Room Queen으로 불린다.

하정아는 간호사 이전에 에세이스트이다. 이민 온 후 사막의 도시 LA에 살면서 30년 넘게 오직 수필만을 쓴다. 「나는 이렇게 간호사가 되었다」에서 밝힌 것처럼 미국 간호사 면허를 획득하고 14년째 종합병원에서 근무한다. 한글과 영어로 칼럼을 쓰고 수필을 가르치는 이중 언어 작가이기도 하다. 사회적 신분보다 그녀의 신원을 더 잘 그려내는 것은 남달리 큰 손과 깊은 눈매와 작은 소리도 놓치지 않는 귀와 몇 밤을 지새워도 지치지 않은 정신력이다. 이런 자질도 겸손이라는 베일에 가려져 더욱 품격을 높인다. 살기 위해 글을 쓰는 그녀는 환자에게 '살아라'하고 외치지만 진즉 자신은 외로움을 운명처럼 즐긴다.

하정아를 지켜볼수록 경탄스러운 것은 이것만이 아니다. 여자이고 간호사이고 작가이기에 앞서 존재 그 자체라는 사실이다. 그녀의 육신이 사라지더라도 남아 있을 투명한 실체. 그것은 '천상 작가'와 '천상 간호사'의 합일이다. 그 존재성은 사랑과 생명과 영성이라는 본질로 이루어진다. 그리하여 부동의 인내심과 해박한 독서력과 풍부한 감성으로 풀어낸『그레이스 피어리어드』는 어둡고 차갑게 기술되기 쉬운 병동 이야기를 우아함 고결함 순결함을 지닌 서사로 끌려 올렸다.

하정아의 간호 에세이『그레이스 피어리어드』는 쓰인 것이 아니라 탄생되었다. 최근에 발표한 물을 테제로 한 에세이집 『꿈꾸는 물 白河』(2018)처럼 그녀를 새롭게 변신시킨다. 8부로 구성된 54편의 에세이는 사랑과 생명과 영성의 조화를 보여준다. 1부는 생명예찬을, 2부는 원시적 자연과의 교감을, 3부는 간호사의 적격성을, 4부는 병동의 웃음과 눈물을, 5부는 그레이스 피어리어드의 사례를, 6부는 작가의 내적 고백을, 7부는 명상의 울림을, 그리고 8부는 자신에게 멘토가 된 간호사와 닥터를 소개한다. 그러면서 작품 하나하나는 간호사 생활에 대한 영적 고백이라는 공통점을 지닌다. 비유하면 바닷가 일몰은 태양이 바다에 떨어지는 것이 아니라 대양에 안기는 변신과 같다고나 할까.

작가는 이미 2011년에 『코드 블루』를 발간했다. "LA 간호사 하정아의 간호 에세이집"이라는 부제목을 달았다. '코드 블루'는 심장마비 환자를 긴급 구명하는 의료 코드이다. 간호사가 된 후 사람을 진정 사랑하게 되었다는 「작가의 말」처럼 병동 체험기는 작가와 간호사로서의 성숙미와 노련미를 펼쳐내었다. 그 후 그녀의 인간관은 더욱 완숙해지면서 각종 산문을 통해 잃고 잊힌 생명주의를 계속 일깨워주었다. 마침내 작가는 8년 만에 사랑과 생명과 영성을 축으로 하는 회복실 스토리를 서사구조로 완성하였다.

세계문학사에서 인간의 삶을 모험 양식으로 담아낸 첫 작품은 호머의 『오디세이』라고 말한다. 그는 지중해를 배경으로 전쟁과 사랑, 항해와 귀환을 남성중심의 화술로 엮어내었다. 하정아의 간호 에세이도 서사성을 갖추고 있다. 흰빛 회복실은 지중해에 못지않은 드라마틱한 공간으로서 영적 분위기마저 자아낸다. 14년을 간호사로 보낸 회복실은 현실보다 더 현실적인 공간이다. 나아가 진실하고 충격적인 갖가지 사건이 펼쳐지는 심리적 배경이라는 의미를 갖는다. 환자들은 삶의 전쟁터에서 상처받은 병사들이며 수술실 의사들은 죽음의 신과 결투를 벌이는 사랑의 전사들로 등장한다. 알코올 중독자로부터 휴먼 닥터까지, 백인 인텔리부터 홈리스 미혼모까지 모두 영혼과 육신의 투쟁에 휩쓸리고 있다. 호머의 작품이 죽음을 그린다면 하정아의 오디세이는 죽음을 벗어나는 부활을 주로 묘사한다. 기록자이자 화자로서 작가는 인간의 생로병사를 보고 듣고 말하면서 현대사회의 고독과 내적 갈등을 함께 체험한다. 현대적 스토리텔링을 완성했다는 의미이다.

무엇보다 그녀의 에세이는 생명과 사랑을 중심 테제로 삼고 있다. 간호사로서는 인간의 육체를, 작가로서는 인간의 마음을 간파하고 있으므로 파란만장한 인간사는 부드럽고 생생한 육성으로 전달되고 '살아라 웃어라 사랑하라'는 메시지로 구현된다. 그 생명의 종을 치는 작가의 모습을 상상하는 독자라면 그녀에게 생명 사랑의 사제라는 이름을 기꺼이 붙여줄 것이다.

회복실은 수술환자가 의식을 차리고 눈을 뜨는 곳이다. 세상에 태어난 신생아처럼 환자가 생명을 되찾을 때 그를 처음 맞이해주는 사람이 간호사이다. 그들의 마마와 같다. 더군다나 수술실은 긴장, 죽음, 위험이 도사린 곳이지만 회복실은 생명 사랑 미래 희망 용기라는 언어들이 풍성한 곳이 아닌가. 이 모든 요소를 하정아가 주관하고 있다.

　서사는 인간의 의지와 신의 은혜로 그려질 때 진정한 인문학적 위상을 갖춘다. 이 구조를 폐부로 체득한 작가는 '그레이스 피어리어드'라는 영감이 넘치는 화술을 펼쳐낸다. 병실에서 피어나는 삶의 꽃, 작품집도 모든 환자를 위한 진실의 대화록으로서 독자를 만난다.

　하정아는 간호사를 전인적 인격체로 표현한다. 세상에는 "남자와 여자와 간호사뿐이며 간호사가 세 명만 있으면 세상을 움직인다"라고까지 말한다. 여러 작품 중에서 「간호사의 조건」은 간호사란 자기관리를 통해 소위 '－3D 직종'을 '＋3D 직분'으로 승화시켜야 한다는 사회적 기대치를 밝힌 대표 에세이이다.

　간호사는 여러 자질이 필요하다. 문제해결 능력, 어려운 상황에서 이성적 사고로 판단하되 큰 그림 안에 적용하는 능력, 효과적인 소통 능력, 현재에 집중하는 능력은 필수다. 사명감, 친절,

여유, 온유도 매우 중요한 덕목이다. 그중 간호 현장에서 자기관리에 실질적으로 도움을 주는 장치는 자제력이다.

__「간호사의 조건」 일부

하정아가 삶의 둥지를 튼 로스 앤젤레스가 천사의 도시라는 어원을 갖는 것도 우연 이상의 필연성을 갖는다. 각종 타락증후군을 앓는 일명 '로스트 앤젤레스'가 되어버린 도시를 다시 부활시키는 주역이 간호사라고 말한다. 『그레이스 피어리어드』 덕분에 많은 간호사들이 그레이스 자질을 갖추고 실천한다면 밀턴의 『복락원』처럼 '리게인드 앤젤레스Regained Angeles'가 될 가능성은 더욱 높아질 것이다.

제목이 그 취지를 더욱 분명하게 해준다. 그레이스라는 단어가 지닌 우리말 뜻은 우아, 은혜, 은총, 미덕, 매력 등이지만 병원에서 사용하는 전문용어는 출퇴근 때 적용하는 유예 시간을 지칭한다. 피어리어드에는 시작과 끝은 있으나 미리 정해진 기간은 없다. 30여 년도, 단 5분도 그것이 될 수 있다. 작가는 이 체험을 여러 경우에 적용한다. 버렸던 반쪽 장갑을 되찾기 위해 돌아선 5분, 어머니가 아이들을 부를 때 헤아리지 않는 '열'이라는 숫자, 출퇴근 펀치가 허락해주는 6분, 코드블루 발동으로 되찾는 생명…… 그녀는 이런 사례들을 삶에 접목시켜 신이 내린 은혜의 시간이라는 개념으로 발전시킨다. 수술에서 회복한 환자가 새롭게 자각하는 여생이 그것이고 모든 삶 또한 여생이다. 그러니 모두 살아야 한다. 무엇보다 '우아한 여생'을 수호해야 한다.

우리는 그레이스 피어리어드를 산다. 여생을 산다. 여생, 얼마나 달콤하고 눈물겨운가. 살아 있는 한 사는 순간까지 열심히 살아야 한다. 신나게 살아야 한다. 그 유예기간이 종을 칠 때까지, 마지막 숨을 맞이할 때까지, 살아서 살아야 한다. 죽음이 두렵지 않을 때까지, 죽음이 두려워할 만큼, 그렇게 살아야 한다.

_「그레이스 피어리어드」일부

삶에 대한 절대 개념이 구현되는 곳이 회복실이고 회복실은 삶에 대한 불꽃을 피우는 곳이다. 죽음에 저항하는 삶을 살아야 한다면 삶은 죽음에 대한 저항 자체이다. 하정아는 그 상관성을 진실이라고 천명한다. 생명과 사랑에 진실한 것, 그 진실을 영성으로 인식하고 실천하는 것, 그 생명의 등대지기가 간호사라고 믿는다.

하정아의 생명의식은 작품 곳곳에서 발견된다. "생명이 감동이다", "지금 살아 있어서 고마운 것이다", "곡선은 생명이고 직선은 죽음이다", "아침은 영혼을 소생시키는 시간이다",

"인생이란 통증을 잠시 잊고 즐거움을 만끽하는 것이다", "세상은 그래도 살만하고 아름다운 곳이다" 등의 어구는 생명의식을 엮어내는 언어망이다. 남은 시간이 얼마인지 알 수 없는 무지가 때로는 인간의 삶을 더 아름답고 더 은혜롭게 만든다고 하정아는 말한다. 이러한 긍정의 담론들이 모인 『그레이스 피어리어드』는 간호 명상으로서도 손색이 없다.

하정아의 생명주의는 범애론에 연결된다. 히포크라테스의 선서와 나이팅게일의 선서를 한 의료진들은 각종 위험을 무릅쓰고 환자의 생명을 구하려 최선을 다한다. 그래서 더욱 그들의 사랑은 고귀하고 신성하다. 경기장과 달리 수술대에서는 오직 한 번의 기회만 주어지므로 '다음에'라는 유예는 불가하다. 그 과정을 간호사로서 목격하고 작가로서 글을 쓴다. 그녀의 모든 세포는 순간순간의 상황에 예민하고 따뜻하게 반응한다. 그녀의 간호 아래 놓이면 누구든 그 섬세한 인간애에 감화될 수밖에 없다. '천상 간호사', 이 말은 체질적으로 간호사라는 뜻이 아니라 하나님이 보낸 대리인으로서 천상 간호사라고 풀이하고 싶어진다.

그녀의 사랑은 분명 현실적이면서 신성하기까지 하다. 언제 스러질지 모르므로 "서로 잘 대해줘야 한다"고 조언하고 죽음 앞에서 인간은 모두 연약하므로 공평하게 대해주어야한다고 덧붙인다. "나에게는 당신이 필요합니다"라는 "눈물보다 아름다운" 부탁에 익숙해질 때면 그녀의 사랑이 경배의 차원에 다다랐음을 알 수 있다.

10여 년 전, 간호사 배지를 달고 병동에 처음 섰을 때, 나는 세 가지 간호철학을 실천하겠다고 마음먹었다. 첫째, 환자의 몸에 손을 댈 때마다 하늘을 만진다는 심정으로 대한다. 둘째, 내가 존경하고 사랑하는 사람을 대하듯 환자들의 인격을 존중한다. 셋째, 간호사의 특권을 남용하지 않는다. 오! 순수했던 과거여, 스스로 정한 약속을 얼마나 이행했을까. 반성하고 또 반성한다.

—「역지사지」 일부

하정아가 실천하는 '살고 사랑하라'의 명제는 신앙고백과 같다. 예수가 인간을 대신하여 십자가에 못 박히고 숱한 선지자들이 목숨을 바친 이유도 이것이 아닌가. 이러한 "사랑을 먹고 사랑을 나누는 일"이 다수의 작품에서 감성적인 문장으로 소개된다. 오하카 원주민을 대했을 때는 원초적 존재의 아름다움을 숨기지 않는다. 사랑은 아무것도 두렵지 않게 만든다는 마음으로 아프리카의 가시밭길을 맨발로 걷는다. 소녀가 업은 아기를 안아주지 못한 참회를 통곡하며 서로의 아픈 상처를 나누는 「두 여자의 대화」는 힐링의 향기를 퍼뜨린다. "마음의 근육"을 키우고 "하루씩만 사는 법"을 배우라는 잔잔한 목소리는 "내면의 음성"을 들으라는 하정아의 눈빛과 어울린다. 이런 풍경과 인상은 "인생은 사랑을 저축하는 시간"이라는 하정아의 사랑 철학을 완성해나간다.

하정아 특유의 사랑론을 정립시키는 힘은 어디에 있을까. 그것은 인간을 존재로서 대하는 그녀의 영성이다. 영적으로 대상과 교감할 수 있는 힘으로 하정아는 신과 대화하듯 환자의 몸을 대한다. 그 영성의 흐름은 그녀가 앞서 발표한 여섯 권의 수필집과 에세이에서 줄곧 이어오고 있다.

회복실은 그녀의 서재이고 집필실이다. 대부분의 하루가 여기서 이루어지는 가운데 환자복만 걸친 나신의 환자들과 다른 데서는 불가능한 교감을 나눈다. 그들의 호소에 귀를 기울이는 작가는 생명의 존귀성과 일상의 엄숙함을 새삼 일깨운다.

그녀의 영성과 문학적 감수성은 해외의료봉사를 통해 회복된다. 원시림과 원주민들을 만나 힐링과 러빙과 리빙의 에너지를 정화시키면서 언젠가는 그곳으로 돌아가리라 다짐한다. 그녀에게 원시 자연은 영적 회복실이므로 하정아의 영성은 원시적 정기에서 발현한다는 주술적 해석도 가능하다. 『그레이스 피어리어드』가 문명으로부터 원시로, 물질로부터 정신으로, 인성에서 영성으로 삼투해가는 이유가 여기에 있다.

『그레이스 피어리어드』에는 좋은 에세이집이 갖추어야 할 특성을 갖추었다. 첫째, 제목이 격이 있다. '은혜'와 '시공성'이라는 이미지가 어울려 병동이라는 배경을 생의 공간으로 바꾼다. 둘째, 병상 간호라는 제제를 생명의 서사라는 형식으로 풀어낸다. 셋째, 간호사의 희비부터 원시 자연까지의 다양한 소재가 모두 영적 교감이라는 공통점을 지닌다. 넷째, 창작과정에서 가장 어려운 일로 집필자와 인간 하정아가 일체성을 이루어 한 배를 타고 움직이는 듯한 풍경을 자아낸다. 다섯째, 잠재독자로서 간호사에게 꿈과 깨침을 주고 있다. 이런 구조와 기법은 책을 내려는 모든 저자가 이루기를 원하는 원리이자 조건이라 하겠다.

'어미 새' 하정아가 관리하는 회복실은 '사랑 생명 영성'이 서로 상생을 발휘하는 소우주이다. 그 작은 시공에서 진실의 목소리로 영적 서사를 풀어내다니. 동서 명상가들이 나름의 영성을 따르며 사유하고 글을 썼듯이 하정아도 자신의 고유한 감성과 지성을 영성으로 끌어올린 에세이를 완성하였다. 이런 성과는 욕심을 내려놓고 인간을 차별하지 않고 뜨거운 심장으로 오늘을 살아야 한다는 깨달음 덕분일 것이다. 「작가의 말」은 그 깨침을 "배운다, 명상한다, 다짐한다, 하고 싶다"는 네 개의 행위 동사로 완결한다.

마취 환자를 대할 때마다 생사의 의미를 음미한다. 우리 인간

은 마치 영원히 살 것처럼 살다가 한 번도 살지 않은 것처럼 죽는
다는 말을 자주 명상한다. 매 순간 즐겁고 행복하자고 스스로 다
짐한다. Live well, Laugh often, Love much! 건강하게 살고, 자주
웃고, 많이 사랑하고 싶다.

_「작가의 말」일부

은혜로운 여생을 실행하기는 쉽지 않다. 생활이 서사성을
지니고 상처를 주는 감정을 서정미로 순화할 때 비로소 우리
는 절망의 막막함조차 사랑의 노래로 승화시킬 수 있다. 그
점에서 하정아의 간호 에세이는 영성의 방주를 타고 진실을
향해 항해하는 영혼의 오디세이라고 하겠다. 그 항해를 위해
하정아는 오늘도 생명이 충만한 아침 기운을 온몸에 안고 수
술분과 회복실 문을 연다.

아모르 리커버리 룸

수술방 회복실에 들어서면 마음이 차분해진다. 진실을 토대로 매사가 이루어지는 이곳에서는 보이는 대로 보고 들리는 대로 듣는다. 느끼는 대로 느낀다. 언어의 장식이나 감정의 여과 장치가 필요 없이 무엇이든 마음으로 고스란히 받아들일 수 있는 안전한 둥지다.

병동에서 일할 때마다 희로애락의 진정한 얼굴을 만난다. 가슴이 터질 듯한 기쁨과 벅찬 감동, 나락으로 굴러 떨어지는 듯한 절망과 절체절명의 슬픔을 맛본다. 슬플 때는 모든 기가 막혀 눈물이 나오지 않는다. 기쁠 때는 인간의 존엄성과 숭고한 정신에 환희와 희열을 느낀다. 환자들의 눈물과 웃음이 내 것은 아니지만 그 상황이 매우 생생해서 나도 모르게 몰입된다. 팽창된 세포 하나하나가 나를 깨어나게 한다.

기쁨과 슬픔이 압도할 때는 의사와 환자, 환자와 간호사, 간호사와 의사가 서로를 꼬옥 끌어안는다. 남녀노소 구분이 없다. 인간은 남자 혹은 여자를 구분하기 이전에 감정의 교류를 우선으로 하는 영적인 존재다. 사람은 정말이지 아름답고 빛나는 존재임을 병동에서 재확인한다.

환자 한 사람 한 사람이 내게 메시지로 다가온다. 육신의 질고를 통해 얻은 성찰과 지혜가 보석만큼 찬란하다. 그 빛에 마음이 환해진다. 그들의 이야기가 내 눈과 귀를 씻어주어 생명의 소중함과 순수한 가치를 보고 듣게 해준다.

육신과 정신에는 우열이 없다. 육신이 무너지면 고고한 정신도 무너진다. 마음이 병들면 육신도 허물어진다. 마음과 몸이 동시에 상하면 모든 희망이 사라진다. 살고자 하는 의지가 있으면 아무리 위중한 병도 거뜬히 이겨내고 병원 문을 걸어 나간다. 이제 그만 쉬고 싶다는 마음의 소리가 가득 차면 조만간 생명이 떠나 들것에 실려 나간다. 삶과 죽음을 가르는 단순한 원리를 병원에서 일할 때마다 거듭거듭 확인한다.

인간의 품성은 지식과 이론으로 바뀌지 않는다. 감동할 때 마음의 문이 열리고 품성의 변화와 성숙이 일어난다. 그 문은 오직 자기 자신만이 열 수 있다. 병원은 인격과 품성을 함양하는데 최적의 장소이다. 이전에 나는 내가 진정 원하는 것이 무엇인지 모르고 내내 살아왔다. 나는 이제 실제 가치와 현재의 중요성을 아는 실속주의자가 되었다. 진짜배기 욕심쟁이가 된 것이다.

여러 나라 사람들을 많이 만난다. 민족마다 생활양식이 다르지만 인간이라는 공통점이 있어서 두렵지 않다. 진실은 언제든 어떻게든 통한다는 것을 체험으로 안다. 백인들에게는 정중하고, 흑인들에게는 겸손하고, 남미계나 인디언들에게는 친절하고, 트랜스젠더들에게는 태연해야 한다는 식의 구분도 하지 않는다. 그냥 솔직한 것이 가장 아름답다. 인간에 대한 이해가 문화와 생각의 차이를 넉넉히 감싸고 껴안는다.

모든 사람은 단순하고 평안한 삶을 원한다. 진실해야 단순함을 얻을 수 있고 집착을 벗어야 평안할 수 있다. 진정한 평안과 고귀한 단순함을 나는 내가 일하는 이 회복실에서 늘 목격한다. 고고한 간호정신과 가장 약한 자의 진실이 만나 세상과 무관한 감정 상태를 경험한다.

현대 물질문명은 인간에게 냉정과 비정을 부추기지만 인간은 여전히 뜨거운 심장을 가진 존재다. 차디찬 몸에 따뜻한 담요 한 장 덮어주고, 얼굴을 흥건히 적시는 눈물을 닦아주는 손길 하나가 환자의 운명을 바꿀 수 있다는 것을 믿는다. 그러한 배려가 간호사의 인생을 깊이 있게 만들어준다는 것을 안다.

수술을 마친 환자가 내게 올 때마다 살짝 긴장한다. 환자들은 다 내 어린 자녀들이다. 잠에 취해 숨 쉬는 것조차 잊은 환자를 부드러운 음성과 터치로 깨울 때마다 모정을 느낀다. 환자가 두 눈을 뜨고 반짝이는 미소를 지을 때마다 방 안이 환하게 빛난다. 별다른 후유증 없이 생체리듬을 회복하고 자신의 병실로 돌아가는 환자를 배웅할 때마다 보람을 느낀다. 몸과 맘이 잘 회복하여 일상에 복귀하기를 간절하게 기원하는 마음이 된다. 아모르 리커버리 룸. 그렇다. 나는 아모르 리커버리 룸 마마다. 마마 버드다.

마취 환자를 대할 때마다 생사의 의미를 음미한다. 우리 인간은 마치 영원히 살 것처럼 살다가 한 번도 살지 않은 것처럼 죽는다는 말을 자주 명상한다. 매 순간 즐겁고 행복하자고 스스로 다짐한다. Live well, Laugh often, Love much! 건강하게 살고, 자주 웃고, 많이 사랑하고 싶다.

간호사가 된 지 14년째다. 간호 현장에서 겪은 체험과 깨달음이 내 정체성과 인생관을 정리 정돈시켜준다. 환자들이 내게 영감과 사색으로 가득한 세상을 보여준다. 인생의 멘토다. 그들과 함께 울고 웃으며 나눈 진실과 사랑의 이야기를 글로 엮어내고 풀어내는 기쁨이 크다.

우리 모두는 언젠가 환자였고 언젠가 또다시 환자가 될 것이다. 간호사도 예외가 아니다. 아픈 나를 돌보아줄 간호사를 선택할 수 있다면 어떤 사람을 원할까. 나 자신조차 지금까지 깨닫지 못한 내면의 상처와 갈망을 읽어내어 주는 심안을 가진 사람이 아닐까. 우리 모두가 그런 간호사 정신을 발휘하여 서로를 감싸고 보듬어준다면 지구촌은 좀 더 따뜻한 안식처가 될 것이다. 동료 간호사들에게, 건강한 사람들에게, 몸과 맘이 아픈 사람들에게 우리 함께 걷자고 손을 내미는 마음으로 누군가에게 용기와 위로를 주는 글, 생명이 되는 글이 되기를 간절히 바라는 마음으로 힐링 간호 에세이 『그레이스 피어리어드』를 펴낸다.

추천의 글을 써주신 김영초 선생님, 작품 해설을 써주신 문학평론가 박양근 교수님, 예쁜 책을 만들어주신 도서출판 바람꽃 권영임 대표님, 이 책이 나오기까지 물심양면으로 지원해주신 아버지, 그리고 음으로 양으로 도와주신 여러분들에게 감사 인사를 드린다.

살아 있는 동안에, 볼 수 있고 느낄 수 있고 만질 수 있는 지금 이 순간에, 언제 마칠지 모르는 이 그레이스 피어리어드 동안에, 사랑하는 이들을 한 번이라도 더 다독여주자. 우리 서로 언제 헤어질지 아무도 모른다.

2019년 가을
裕堂 하정아

1986년 도미
1988년 미주동아일보 편집기자
1989년 『미주크리스천문학』 수필 신인상
1994년 『문학세계』 수필 추천 등단
1995~2000년 미주시조사 편집기자 겸 『뉴스타트』 취재기자

재미수필문학가협회, 미주한국문인협회 이사
국제펜 한국본부 회원
남가주한인간호사협회 평생회원, 이사
재외한인간호사협회 평생회원
가든 수필 문학회, 앤젤레스 글방 수필창작 지도 강사

저서
1. 『행복은 손해 볼 수 없잖아요(2003)』 수필집
2. 『나는 물빛 사랑이 좋다(2005)』 수필집
3. 『코드 블루(2011)』, 간호에세이집
4. 『나는 낯선 곳이 그립다(2011)』 수필집
5. 『사막을 지나며(2012)』, 수필선집
6. 『꿈꾸는 물 白河(2018)』, 물, 테마에세이집

수상
제3회 해외수필문학상(2005)
제7회 미주펜문학상(2007)
제2회 고원문학상(2012)
제8회 구름카페 문학상(2012)

'비평가가 뽑은 2013년 좋은 수필' 선정 작가(서정시학 기획)
'현대대표수필 75인선' 선정 작가(선수필 기획)
'오늘의 한국 수필 대표수필 100인선' 수록작가(현대수필 기획)

1987~1989년, 미주동아일보 주말 칼럼 집필
2000년, 미주한국일보 칼럼 집필
2000~2002년, 미주코리아나 뉴스 주말 칼럼 집필
2002~2019년 현재, 미주중앙일보 '이 아침에' 칼럼 집필